CAROLYN J. CHERRYH

l'opéra de l'espace

traduit de l'américain par Michel DARROUX et Bernadette EMERICH

Éditions J'ai Lu

Ce roman a paru sous le titre original :

MERCHANTER'S LUCK

1

Ils se prénommaient Sandor et Allison... Leurs patronymes respectifs étaient Kreja et Reilly. Celui de Reilly était connu dans les bureaux et les bars de la station Viking : ceux qui le portaient appartenaient tous à l'équipage du *Dublin Again.* Cet énorme vaisseau, dont le port d'attache était Fargone, se livrait à un négoce des plus réguliers sur la boucle des étoiles de l'Union : Mariner et Russell, Espérance et Paradise, Wyatt et Cyteen, Fargone, Voyager et Viking. Reilly était un Nom avec une majuscule parmi les marchands, une puissance dont il fallait tenir compte en tout lieu.

Le nom de Kreja, lui, n'évoquait rien sur Viking. Du temps de sa splendeur, il n'avait navigué qu'entre les lointaines Espérance et Pan-Paris. Plus tard, sur Mariner et Russell, l'épithète « débiteur » avait été accolée à son pseudonyme. Le vaisseau de Kreja s'appelait la *Lucy...* officiellement; sa base était censée être Wyatt, c'est-à-dire le plus loin possible – et même à une distance déraisonnable pour un navire de sa taille et de son âge –, et son capitaine prétendait transporter des excédents de marchandises pour le compte d'un cartel de cette station. Les douanes recherchaient perpétuellement la *Lucy* bien qu'elle leur rendît visite fort régulièrement. L'équipage de ce petit vaisseau n'était pas uni par les liens du sang; en fait, il se réduisait à deux hommes hagards. C'était le genre de navires auxquels les stations faisaient subir un examen attentif avant de les recevoir.

Sur le papier, la *Lucy* était un cargo long-courrier transportant de petites quantités de marchandises sans trop se préoccuper des directives de son cartel, car ce dernier n'avait pas de bureaux sur Viking. Lorsqu'on voulait bien lui faire confiance – et c'était chose rare –, elle prenait des passagers et des marchands en transit.

Sandor Kreja perdit sur Viking le seul membre de son équipage, un vieux sot boiteux qui avait payé son passage en travaillant et, à peine arrivé, avait filé rejoindre son propre vaisseau sans même lui dire au revoir. Le vieil homme avait signé pour Viking et rien de plus. Resté en arrière sur Voyager pour raison de santé, la seule chose qui l'intéressait était de rejoindre sa famille.

Comme à chaque départ, Sandor était nerveux. Le vieux bonhomme s'était montré incroyablement curieux, avait discuté ses ordres, fourré son nez partout et raconté des mensonges épiques à propos de sa *Daisy,* de ses voyages, de ses cargaisons, de son rôle durant les guerres et de ses exploits dans les salons-lits, avec la tête qu'il avait ! Sandor se retrouvait donc seul sur la *Lucy.* Ce n'était pas la première fois; il savait ce que c'était que piloter un cargo lorsqu'on est mort de fatigue et il n'avait pas envie de recommencer. D'autre part, la propension de cet individu à mentir n'était pas sans l'inquiéter : et s'il allait raconter un peu partout dans les docks que la *Lucy* était bizarre ? L'ambiance s'était tendue sur Viking depuis son dernier passage. Des vaisseaux de guerre y avaient pris position et l'on parlait beaucoup des pirates. Il y avait de la nervosité dans l'air et, pour un mot prononcé au mauvais endroit, on risquait de se retrouver dans les bureaux de la station. Il aurait peut-être aussi bien fait de filer tout de suite.

Seulement, il s'était inscrit sur le plan de chargement. On allait donc remplir ses réservoirs. D'autre part, il devait tenter d'obtenir une cargaison. Raison de plus pour calmer ses nerfs et éviter d'attirer l'attention sur son vaisseau. D'après ses faux papiers, la *Lucy* et son propriétaire appartenaient au Cartel de l'Etoile

Wyatt qui possédait des comptes à faible intérêt sur Voyager et Viking. Cela faisait au moins dix fois qu'il venait ici avec les mêmes documents falsifiés. Il voyait venir le moment où leur durée de « validité » prendrait fin et où la station devrait lui fournir de nouvelles pièces, un seuil délicat qu'il avait déjà franchi auparavant et qui lui apportait pour quelque temps un sentiment de sécurité non négligeable...

Il n'était pas un pirate. La *Lucy* était trop petite pour se livrer à la piraterie et son armement, carrément dérisoire. Il ne se considérait pas comme un voleur, car il ne détournait que l'argent nécessaire pour continuer à naviguer, et rien de plus. Il livrait ses cargaisons là où il devait les livrer et redéposait fidèlement l'argent sur les comptes du CEW. Il ne réalisait que de maigres profits, bien sûr, et si jamais la *Lucy* devait rester aux docks trop longtemps ou avait besoin d'une réparation sérieuse, ces minces bénéfices n'y suffiraient pas. C'était pourquoi aucun cartel n'aurait voulu l'employer. Ils préféraient la capacité et la rapidité des gros porteurs. Il avait déjà été dans le rouge à Viking, avait subi des pertes qui eussent mis à genoux un indépendant, mais lui, en puisant sur le compte du CEW, se maintenait à flot. La seule chose qui importât à une énorme société comme le Cartel de l'Etoile Wyatt, c'était que le bilan de fin d'année soit équilibré. Aussi, tant qu'il remettrait scrupuleusement sur leur compte les sommes qu'il leur empruntait, la *Lucy* jouirait d'une confortable réserve. Le CEW s'étendait sur des années-lumières et les alarmes coupe-circuit ne se déplaçaient qu'à la vitesse du son... De plus, peu désireux de se faire prendre, Sandor se contentait de sommes minimes. Il avait vingt-sept ans et sa richesse était immense : il avait échappé miraculeusement au massacre de tout l'équipage lorsque les pirates, qui appartenaient à la Compagnie Guerre, avaient abordé la *Lucy*. Depuis, elle avait survécu tant bien que mal sous une succession impressionnante de noms d'emprunt, grâce à l'ingéniosité de son unique propriétaire. A présent, il lui était impossible de s'en défaire : ses débiteurs lui seraient tombés dessus et lui auraient pris jusqu'au dernier denier qu'il aurait obtenu de sa vente. Pire, il n'aurait eu d'autre ressource que de s'asseoir sur les docks et de la voir passer dans les mains d'une compagnie locale, ou même d'assister à son dépeçage – à plus de cent cinquante ans, ses pièces valaient plus cher que les services qu'elle pouvait rendre.

Elle continuerait à vivre. Aucun cartel n'aurait pu comprendre à quel point elle lui appartenait. Il était né à bord, avait grandi dans ses flancs. Qu'aurait été la vie sans elle? Il n'en avait aucune idée et ne voulait pas le savoir. Le jour où il la perdrait (ce qui pouvait arriver n'importe quand; il suffisait qu'un officier de station se présentât avec un quelconque ordre de saisie ou qu'un douanier jetât un coup d'œil un peu sérieux sur ses faux papiers), ce jour-là donc, ils devraient le tuer d'abord, se disait-il. En fait, ils le prendraient sans doute vivant, car la loi de la station était impitoyablement humaine, et l'Union réservait le même traitement aux assassins et aux voleurs. Ils le plongeraient dans la cuve et altéreraient si bien son cerveau qu'après, il serait heureux de récurer les sols et de mener une vie de stationaute, de citoyen modèle de l'Union. Il ne redoutait rien comme les stations.

Et ce vieux bavard qui avait regagné son navire l'inquiétait également.

Toutefois, depuis longtemps, il avait compris que la pire des choses était de sembler effrayé, qu'il n'y avait rien de tel pour éveiller les soupçons que de rester cloîtré à bord de la *Lucy* alors que tout marchand normal se rendait dans les bars et les salons-lits qui bordaient la longue courbe des docks.

Rasé de frais, sa svelte silhouette blonde aidant, il pouvait passer pour un agent comptable ou un banquier en balade. Mais son regard fiévreux révélait que sa minceur provenait d'une sous-alimentation chronique, si bien qu'il riait beaucoup lorsqu'il partait en bordée, afin d'avoir l'air d'un nanti ou pour se faire offrir à boire. Or, cette fois, parce que sa vie en dépendait, il n'était pas simplement à l'affût d'un verre ou d'un repas aux frais d'un autre cartel, mais d'un homme d'équipage. Quelqu'un, *n'importe qui* ayant l'air d'un petit escroc, qui se laisserait manœuvrer et qui n'irait pas raconter des histoires là où il ne le fallait pas. L'opération n'était pas sans danger. Les marchands formaient des familles. Ils naissaient et mouraient dans le vaisseau familial. Ceux qui étaient en rade n'étaient intéressés que par des allers simples comme ce vieux; sinon, c'était que leurs familles les avaient foutus à la porte ou que, suite à des incompatibilités d'humeur, ils étaient partis de leur plein gré. Parmi ces derniers, les querelleurs et les criminels ne manquaient pas; mais étant humain, il devait dormir de temps en temps... et donc trouver quelqu'un à tout prix. Il scrutait les recoins des bars à la recherche d'un individu aussi famélique que lui, sachant pertinemment que s'il tombait sur le mauvais numéro, il risquait de se faire trancher la gorge n'importe où entre deux étoiles et que la *Lucy* servirait alors des desseins qu'il n'était pas à même de soupçonner.

Il venait à peine de se mettre en chasse lorsqu'il vit Allison Reilly pour la première fois. Bien qu'elle lui tournât le dos, il n'en crut pas ses yeux : combinaison argentée avec les étoiles sur la manche, écussons des mondes visités – tous les mondes connus étaient représentés –, long corps souple et flot de cheveux; on eût dit une bouffée de l'espace explosant dans les néons du bar.

Malgré sa vision embrumée par l'alcool, ses membres déliés lui rappelèrent brusquement les salons-lits, et cet autre besoin de son existence auquel il évitait de penser habituellement, car il représentait un danger bien plus grand que ses faux papiers. En fait, il n'y avait eu que deux femmes dans sa vie. Une marchande de l'intrasystème, complètement soûle, avec qui il avait passé une nuit sur Mariner. A cette époque-là, tout allait bien, il vivait sans craintes, mais à cause d'elle, les ennuis avaient recommencé. Avant cela, il avait rencontré une autre intra en qui il avait vu une partenaire durable possible. Quand leurs rapports s'étaient dégradés, elle l'avait plaqué : c'était sur Espérance. Il vivait en solitaire parce que la seule compagne acceptable pour un marchand devait être issue d'une famille de marchands; or, cette catégorie d'individus représentait un péril bien plus grave pour ses petits trafics que les bureaucrates des stations. Chaque station flotte à proximité de son étoile et n'accorde pas grande attention aux délits mineurs. Mais que vous preniez un marchand à rebrousse-poil, et il vous poursuivra d'étoile en étoile jusqu'au fin fond de l'univers pour avoir votre peau. Ou bien, il vous trahira auprès de toutes les stations et vous finirez dans la cuve, ce qui revient au même. Voilà pourquoi il avait juré de se tenir à l'écart des femmes.

Mais il avait vingt-sept ans et, seul la plupart du temps dans l'interminable nuit, il rêvait. Cette apparition argentée lui fit oublier sa quête, son aspect et ses serments. Il ne s'occupa plus que de ce dos étincelant sur lequel s'étalaient comme la nuit des cheveux de jais dans lesquels il voyait flamboyer des astres. Puis il remarqua le bras qui reposait sur le bar : sur la manche s'étalait le trèfle des Reilly, d'un vert éclatant dans la lumière d'un néon vert. Elle était donc d'un rang très élevé, une princesse, un Nom. Cette tache émeraude signifiait qu'elle avait un crédit en tout lieu, qu'elle pouvait faire en toute quiétude ce que bon lui semblait. Elle était donc du *Dublin Again,* cette grande merveille moderne qui disposait de comptes respectables dans toutes les stations de Cyteen à Pell. Il y avait d'autres Dublinois avec elle, des cousins, des frères, de grands hommes bruns de tout âge. Dans un brouillard, il les voyait vaguement lui parler; elle leva son verre, ses cheveux voltigèrent, comètes incandescentes dans le flot lumineux d'un néon rouge... Elle reposa son verre... nouvelle gerbe de lucioles dans sa chevelure.

Il adressa à Dieu une prière pour qu'elle ne se retournât pas; elle n'était peut-être pas belle, et il voulait garder intacte l'image de ce dos, de cette chevelure magnifique pour nourrir ses rêves futurs. Il aurait dû enclore sa vision sous ses paupières, mais il était paralysé. Et avec la même souplesse, elle lui fit soudain face. Son visage baigné par la lumière d'un néon bleu était turquoise...

Il oublia de rire, il oublia tout ce pourquoi il était dans ce bar, sa lèvre inférieure tomba et il sut ce que son regard exprimait, car elle prit un air irrité. Elle se décolla du bar, et il découvrit le « A. Reilly » brodé sur l'argent bleuté d'un sein. Elle l'examina de la tête aux pieds, jaugeant sa combinaison élimée, le nom presque illisible – et faux – « E. Stevens » inscrit sur sa poche, la nymphe de mauvais goût qui serpentait sur sa manche – article standard que l'on trouvait dans tous les magasins, elle décorait n'importe quel numéro ou nom de vaisseau de son corps nu et enrubanné. Les haleurs et les mineurs prisaient ce genre d'horreur, dont il n'usait que faute de pouvoir s'offrir mieux.

Elle le fixa un temps qui lui parut très long, puis se détourna et glissa une main dans sa poche... ses coéquipiers s'étaient dispersés, l'un d'eux draguait tranquillement une femme d'un autre équipage dans un recoin chichement éclairé à dessein, et elle lui jeta un bref coup d'œil. Puis, après avoir déposé un billet sur le comptoir encerclé d'eau, elle partit seule vers la sortie. Sandor, pétrifié, observa la retraite de ce dos, de ce nuage de cheveux purespace et les vit se fondre dans l'éternelle lumière des docks.

Il appela le tenancier, paya rapidement... plus exactement lui lança son dû, ce qui fit froncer les sourcils au serveur, mais il avait l'habitude. Puis, tout en gardant un air dégagé afin de ne pas attirer l'attention des cousins – il n'avait pas envie que ce soient *eux* qui l'allongent –, il fila à son tour.

Son cœur battait vite et il frissonnait de désir et de panique tout à la fois. Car, vu la tension régnant sur Viking et le nombre de policiers qui traînaient dans les bars sans y avoir été invités par des marchands, ce qu'il projetait de faire n'était pas sans danger.

Il avait rêvé de quelque chose durant ses années de solitude, et voici que cette chose existait. Différait-elle de ses songes ? Il n'aurait su le dire, car cette apparition fulgurante avait balayé l'image de ses rêves. Si elle ne tue pas tes espoirs de sa propre main, tu souffriras éternellement, se répétait-il. Et éternellement, tu te reprocheras de n'avoir pas essayé; au moins essayé. Tu ne sauras jamais. Une partie de son cerveau lui rappelait qu'il était sans conteste ivre, qu'il risquait de tout perdre dans cette aventure; l'autre se contentait de lui signaler qu'il avait échoué dans la lumière aveuglante des docks et qu'elle avait disparu dans un autre bar ou dans un magasin. Il regarda autour de lui. L'interminable courbe des docks que des arches divisaient en sections était envahie par des centaines de passants, battue par la musique et les bruits de machinerie. Noyés dans les lumières aveuglantes, se dressaient les grands squelettes des ponts roulants avec leur écheveaux d'ombilics permettant d'accéder directement des vaisseaux aux tavernes, mais elle n'avait certainement pas eu le temps de les atteindre. Il entra directement dans le bar le plus proche et jeta un coup d'œil sur les consommateurs, ce qui eut pour effet d'attirer l'attention sur lui, ce qu'il redoutait infiniment. Il sortit à reculons et pénétra dans le suivant, puis dans un troisième. Il était nettement plus original que les précédents : le genre d'établissement où les stationautes et les officiers de l'armée devaient venir s'encanailler en côtoyant les spationautes.

Elle était là... seule dans le décor extravagant, perchée sur un tabouret, objet de convoitise que les stationautes venaient reluquer; vaguement exotique, vaguement dangereuse. Et qui sait, peut-être était-elle là justement pour en chercher un ? Un banquier tiré à quatre épingles, un directeur de société ou quelqu'un de qui obtenir des renseignements utiles au *Dublin Again.* Ou bien encore désirait-elle une de ces liqueurs délicates et luxueuses qu'un résident se ferait une joie de lui offrir. Il se sentait intimidé. C'était exactement le genre de coin qu'il évitait : les boissons y coûtaient trois fois le prix normal, et il n'avait aucune chance d'y trouver un membre d'équipage dans une détresse aussi grande que la sienne.

Elle le fixa. Il la fixa, englobant d'un même regard sa personne et le luxe du bar, à deux doigts de prendre ses jambes à son cou. Mais il n'avait jamais aimé courir, il se sentait un peu moins ivre que quelques secondes auparavant et enfin, il tenait à boire la coupe jusqu'à la lie. Alors il s'avança, une main dans la poche; ses doigts palpaient les quelques rares billets qui lui restaient et il pria pour qu'ils acceptent de lui faire crédit.

Nonchalamment accoudée au comptoir, elle se comportait en habituée. Comment allait-il manœuvrer? Elle l'avait reconnu, il était le gars sans Nom de l'autre bar et pouvait toujours chercher à lui faire croire qu'il se retrouvait là par hasard! De sa vie entière, il ne s'était jamais senti aussi démuni; même pas devant un poste de police avec de faux papiers.

– Je vous offre un verre? lui demanda-t-il en maudissant son originalité.

Elle devait avoir dans les vingt-cinq ans et faisait tranquillement le tour des bars, toute seule. Mais qui aurait tenté d'entraîner une fille au trèfle dans un salon-lit? Personne ne désirait voir chuter brusquement son espérance de vie. Peut-être envisageait-elle de boire jusqu'à plus soif, puis d'emmener le premier type dont elle aurait envie, si elle avait envie de quelqu'un; à moins qu'elle ne fût à la recherche d'informations, auquel cas sa présence allait la gêner. Elle était dangereuse, et pas seulement pour son orgueil ou ses rêves.

Une boule dans l'estomac, les paumes moites, il s'installa sur le tabouret à côté du sien. Le garçon s'avança vers eux en l'examinant froidement.

– Choisissez, dit Sandor.

Elle lui montra son verre à moitié vide.

– Deux, parvint-il à articuler.

Le garçon s'éloigna.

Il se fit la réflexion que deux verres de ce breuvage suffiraient à le mettre sur la paille et que ce seraient les derniers verres qu'il payerait de sa vie si jamais la note venait à dépasser le montant de ses maigres finances.

Il plongea dans les yeux de A. Reilly un regard franchement désespéré en se disant qu'il préférerait encore avoir affaire à la police que lui avouer qu'il n'avait pas assez d'argent pour payer.

– *Lucy*, lut-elle sur son badge en penchant la tête pour mieux voir sa manche. Tu es un intra?

– Non, répondit-il en rougissant subitement d'indignation.

Mais, d'un geste de la main, elle annula sa propre question. Le saut d'un vaisseau requérait évidemment un doigté autrement fin que les travaux des haleurs et des mineurs. De ce point de vue, au moins, la *Lucy* et le *Dublin* étaient sur le même pied.

– Quel est ton port d'attache, alors ? demanda-t-elle, soit qu'elle ne supportât pas le silence, soit qu'elle fût sensible à sa présence. Ici ?

– Wyatt.

Le garçon revint avec leurs boissons et lui jeta un coup d'œil signifiant clairement que s'il avait été seul il lui aurait demandé d'ouvrir son portefeuille avant de le servir. Puis son regard glissa sur le trèfle des Reilly. Il déposa les verres et s'éloigna en silence. Sandor en poussa un vers la jeune femme.

– Merci, dit-elle.

Il but une gorgée aussi petite que possible dans l'espoir de faire durer son verre et de ralentir du même coup sa consommation à elle, tout en se demandant désespérément quelle question il pourrait bien lui poser. Tout le monde connaissait le port d'attache du *Dublin* et il n'avait pas envie de passer pour un fouineur en ayant l'air trop curieux.

– Tu es là pour longtemps ?

C'était elle qui continuait à l'interroger.

– Trois jours. (Il avait bondi sur la réponse, soulagé.) Le temps de remplir mes réservoirs, de charger la cargaison. Ensuite, je file sur Fargone. Mon vaisseau est petit, mais il est à *moi* tout seul. J'ai pris un peu d'avance pour avoir le temps de chercher un homme d'équipage.

– Oh ! fit-elle.

Un petit « oh » neutre, mais compréhensif.

– Je suis régulier. Mais jusque-là, je n'ai pas eu de chance. Tu ne connaîtrais pas un gars honnête habitué aux grands sauts, que cela pourrait intéresser ?

Elle secoua la tête en continuant à le regarder avec méfiance. Il arrivait aux espions des pirates d'employer ce genre de stratagème pour tirer les vers du nez aux membres des équipages des vaisseaux à quai. Et même les énormes navires comme le *Dublin* les redoutaient. Sandor vit le moment où elle allait crier au secours. Et quand un Dublinois appelait au secours, il n'avait pas à attendre de l'aide bien longtemps. Des officiers de la flotte s'étaient installés à une table toute proche. Les services de sécurité étaient renforcés sur les docks où l'on parlait beaucoup d'une opération contre les pirates. Une autre rumeur faisait état de querelles territoriales provoquées par Pell. Il souriait comme un forcené.

– Les pirates... commença-t-il. Il y a longtemps... ils ont tué toute ma famille. Et de temps à autre, mes équipages d'emprunt me sautent dessus et me volent tout ce que je possède. Tu connais le genre de type que l'on peut embaucher sur les docks. Impossible d'être sûr d'eux. Mais je n'ai pas le choix.

– Oh ! dit-elle à nouveau. (Mais cette fois, il y avait de la sympathie dans son ton.) Non, je ne sais pas. Des gens viennent parfois nous demander des emplois temporaires, mais nous ne leur en offrons jamais. Et je n'ai pas entendu dire que quiconque se soit présenté ici, sur Viking. Je regrette. S'ils ne s'inscrivent pas sur le registre de la station...

– Je ne veux pas d'indigènes, affirma-t-il vigoureusement. (Puis, se reprenant :) Enfin si, si cela me permet de ne pas prendre de retard. Quoi qu'il en soit, la *Lucy* est à moi, et je suis à la recherche d'une personne susceptible d'être intéressée et non pas pour...

– Tu me considères comme une personne susceptible d'être intéressée ?

Elle se moquait de lui. Mais au fond, il préférait ça plutôt que d'être suspecté d'espionnage. Ravalant son orgueil, il lui sourit de toutes ses dents.

– Je serais incapable de te persuader, n'est-ce pas ?

Elle éclata de rire, et son cœur se mit à battre plus fort, car il savait à quel jeu elle se livrait. C'était – si l'on fait exception du négoce – le plus ancien jeu des marchands, et le fait qu'elle accepta d'y jouer fit se lever en lui un espoir insensé. Il reprit une gorgée mesquine de son verre. Elle s'en octroya une généreuse.

– Tu as perdu ton équipage ici? Bien sûr. Tu n'aurais pas pu accoster seul.

– Oui. C'était un gars qui était à l'hôpital. Il s'est embauché pour payer son voyage. Il a retrouvé son vaisseau ici, et voilà !

Consterné, il la vit faire un discret geste de la main à quelqu'un qu'elle connaissait : un homme à la barbe noire qui venait d'entrer et s'avançait vers eux.

– Ça va ? demanda-t-il.

– Ça va, répondit-elle.

C'était un Dublinois, lui aussi, mais plus vieux, avec un visage rébarbatif, des galons au col et le trèfle et les étoiles bien visibles sur sa manche. Sandor subit l'examen de ses yeux sombres inamicaux; puis l'homme se détendit un peu, sans sourire toutefois.

En guise d'avertissement, il demeura devant lui, juste un peu plus longtemps que la politesse ne l'exigeait, avant de s'éloigner et de ressortir du bar.

Pivotant sur son siège, Sandor l'accompagna du regard, puis se retourna vers A. Reilly, conscient que sa déconfiture devait amuser la jeune femme. Il ne se trompait pas. Elle vida presque son verre. Ses joues se coloraient.

– Quel genre de cargaison transporte ta *Lucy* ? Un peu de tout ?

– Absolument de tout.

– Tu ne poses pas beaucoup de questions.

– Que signifie le A. ?

– Allison. Et le E ?

– Edward.

– Pas Ed ?

– Si tu veux.

– Capitaine.

– Et équipage.

Elle semblait de plus en plus amusée. Elle termina son verre et fit tinter sur le bord un ongle verni en rose. Un tintement léger, très musical. Le garçon revint.

– La même chose, commanda-t-elle. (Puis elle ajouta, la tête un peu penchée vers Sandor :) Une fois, sur Cyteen, j'ai mélangé ça avec du vin et j'ai failli rater mon vaisseau.

– Ça n'a pas l'air trop fort, dit-il en observant le garçon du coin de l'œil.

Atterré, il le vit préparer un verre pour la jeune femme... et un autre pour lui : le genre de sale tour qu'il pouvait se permettre sans que sa clientèle cossue ose se récrier.

– Moi, j'adore ça, avoua-t-elle.

Le garçon déposa les nouvelles boissons devant eux et elle but une bonne gorgée de la sienne.

– On n'en trouve que sur Pell et ici. Tu arrives directement de Wyatt ? Ça fait une belle distance pour un petit vaisseau. Tu appartiens à quel cartel ? Je ne crois pas que tu me l'aies dit.

– CEW.

Il paniquait complètement. Entre l'addition et les questions qui devenaient embarrassantes, son estomac se creusait de plus en plus et la boisson glacée n'y apportait nul remède.

– Je prends les excédents, partout où il s'en présente. Je suis presque un indépendant. Mais le *Dublin,* avec son propre cartel, ça c'est de l'indépendance !

Il racontait n'importe quoi pour ramener la conversation sur elle, sur son vaisseau, en se demandant si elle n'était pas en train de se ficher de sa figure, si elle n'avait pas échangé quelque signe de connivence avec le barbu, si on ne l'attendait pas d'ores et déjà à la porte, ou si elle allait se contenter de filer brusquement en lui laissant la note sur les bras. Malgré le dernier verre, il se sentait encore moins soûl qu'à son arrivée. Seuls ses doigts étaient un peu engourdis, et bien qu'Allison lui parût aussi belle qu'auparavant, son désir était un peu rafraîchi par son air franchement narquois. Faisant bonne figure, comme s'il avait été en face d'un douanier ou d'un commerçant des docks en train de tenter de le rouler, il reprit :

– Les caquetages ne t'intéressent pas, je pense. Quelles questions suis-je censé te poser ?

– Tu m'as offert un verre. (Elle le reposa encore à moitié plein.) Mais tu ne m'as rien offert d'autre. Tu es plus sage que certains stationautes de ma connaissance qui ne savent jamais combien ils ont en poche. Je te remercie, Stevens, c'était très agréable. Et bonne chance pour ton équipage.

Le garçon avait des réflexes rapides. Voyant qui s'en allait et qui allait devoir payer, il arriva comme une fusée. Mais Sandor ne manquait pas de réflexe non plus : il tira le billet qui lui restait de sa combinaison, le jeta sur le comptoir, et fila sur les traces d'Allison. Il était déjà à sa hauteur lorsque la voix retentit dans leur dos :

– Eh ! Vous, là-bas ! Il en manque.

Sandor s'arrêta net, alors qu'à l'ordinaire il se serait rué dehors ou plutôt il ne se serait jamais mis dans une telle situation. Les officiers levèrent la tête ainsi que d'autres clients.

– Je vous ai bien donné un billet de vingt, lança Sandor en tapant théâtralement sur sa poche.

Avec une mine renfrognée, le garçon ramassa le billet et le lui montra de loin.

– Pas de vingt, de dix.

L'air outragé, Sandor revint sur ses pas, vérifia le billet et se composa une expression chagrine.

– Je vous demande bien pardon, monsieur. Mais alors, c'est que je me suis fait voler dans le bar d'à côté. Il aurait dû me rester un billet de vingt. Excusez-moi, je suis un peu ivre, mais je pense que nous allons pouvoir arranger ça. J'ai un compte.

La mine renfrognée devint menaçante. Puis Sandor sentit une présence à ses côtés, et une voix féminine lança :

– Mettez ça sur le compte du *Dublin* !

Sandor plongea dans le regard franc d'Allison Reilly. Ils étaient à peu près de la même taille et c'était vraiment un regard d'égal à égal.

– Nous sortons ? lui demanda-t-elle.

Il hocha la tête, gagné par une colère froide, le cerveau engourdi par le mélange d'alcool et d'adrénaline.

Le brouhaha et la vive lumière de l'extérieur le calmèrent. Il devait admettre qu'il s'en était tiré à bon compte; roulé par un expert. Lorsqu'elle s'arrêta pour lui faire face, il lui dédia un sourire lugubre. Ce dont il avait envie, en fait, c'était de casser quelque chose, n'importe quoi; mais un type qui avait le porte-monnaie vide et l'estomac plein d'un liquide offert par une Dublinoise se devait de se montrer enjoué. Et puis il y avait ses cousins dans le coin, plusieurs centaines de cousins !

– Ça marche en général, ce coup-là ? s'enquit-elle.

– Je te rembourserai, lui promit-il tout en sachant que c'était impossible dans l'immédiat.

Mais il espérait fermement pouvoir tirer encore vingt crédits de son compte. Il détestait autant s'être laissé coincer qu'avoir été secouru.

– Ce n'est pas que je n'ai pas d'argent, mais je n'aime pas me balader sur les docks les poches trop pleines.

Elle le fixait, pesant ses mots, ou se demandant si elle allait appeler ses cousins.

– Tout ça devrait nous conduire quelque part, il me semble, déclara-t-elle.

Sa proposition lui coupa bras et jambes.

– Cela aurait pu. (Son humour était toujours forcé.) Mais je dois rejoindre mon vaisseau. Tu m'as soutiré tout mon liquide et je crains que l'aménagement de la *Lucy* ne diffère légèrement de ce à quoi tu es habituée.

– Hum ! (Elle fouilla dans sa combinaison et en sortit un billet de cinquante crédits.) Bradford. Je connais. Au point de vue aménagement, c'est la grande classe.

Il cligna des yeux, sidéré. Il tentait d'imaginer si elle l'avait cru et ce qu'un gars comme lui représentait pour elle. Lui préparait-elle un coup pire que le précédent ? Mais il la désirait. *Ça* revenait, encore plus fort qu'avant, balayant prudence et raison. Des années de rêveries solitaires pendant lesquelles il s'était contenté de vivoter, il n'aurait pu dire de vivre... une nuit dans un salon-lit haut-de-gamme. Il se fit la réflexion qu'il était dangereusement ivre et qu'il n'était pas le seul. Elle le ramassait délibérément alors que c'était risqué, par curiosité ou par désœuvrement, ou parce que le Bradford était un repaire de Dublinois et qu'une tournée là-bas le plongerait dans des embarras incalculables. Elle le prit par le bras et ils se mirent en route. Sandor avait les paumes chaudes et humides, et il essuya sa main contre sa combinaison avant de saisir la sienne : elle était fraîche et sèche.

Ils longèrent les docks : les portiques s'étalaient à perte de vue vers le centre, invisible à cette distance; les tours qui se dressaient à la verticale et d'autres, plus loin, en biais, faisaient songer aux veines d'un fruit gigantesque. Les docks eux-mêmes se déroulaient sous leurs pas comme la bobine grise d'un ruban le long des bars, des restaurants, des vitrines de boutiques dans lesquelles palpitaient des néons tapageurs. Les docks de Viking avaient un parfum bien à eux, un mélange d'odeurs d'alcool, de machines, de produits chimiques et de l'éternelle bouffée musquée qui s'échappait des sas des cargos; toutes sortes de sons humains, musicaux, mécaniques, créaient une ambiance, parfois cacophonique, parfois étrangement harmonieuse.

Dans ce flot de sensations qui accompagnaient sa marche au bras d'une Dublinoise argentée avec qui, d'un pas accordé, il louvoyait dans la foule, Sandor se sentit pris de vertige.

Ils atteignirent la devanture discrète du Bradford — fenêtres ovales en verre fumé et enseigne dorée —, pénétrèrent à l'intérieur et s'avancèrent jusqu'au comptoir que surveillait une réceptionniste à la mine austère. Tapis épais, éclairage délicat, silence moelleux, tout tranchait avec le vacarme de l'extérieur.

Allison paya et prit la carte de la chambre. Puis, avec un large sourire, elle l'entraîna le long d'un corridor tapissé d'une profonde moquette et bordé de portes numérotées. Elle glissa la carte dans la fente de l'une d'elles qui s'ouvrit sur un salon-lit d'un luxe égal à celui du bar qu'ils venaient de quitter. Entièrement satin crème, à l'exception de l'étonnant lit bleu et crème, la pièce le laissa pantois. Puis, son amour-propre reprenant le dessus, il enlaça Allison Reilly et l'attira contre lui. Instinctivement, elle résista et lui lança un regard de réprimande.

D'un seul coup, il se rendit compte qu'elle l'avait

percé à jour dès le début, qu'elle savait que son humour n'était qu'une façade. Ce ne serait peut-être pas aussi facile que ça. Il était confronté à l'orgueil d'une Dublinoise – qui avait payé, en plus. Allait-il finalement s'en faire une ennemie au lieu d'un objet de rêves fantastiques pour le futur ? C'était indéniable, elle lui faisait peur. Elle avait trop d'atouts en main. Et puis demain, peut-être amuserait-elle le *Dublin* tout entier en racontant par le menu comment elle s'était divertie à ses dépens. Mais par-dessus tout, il redoutait de se fâcher avec elle, car si, comme il s'en doutait vaguement, elle avait deviné qui il était, il ne tarderait pas à avoir la police sur le dos.

Un peu hésitant, il prit son visage entre ses mains pour l'embrasser. Un geste courtois entre étrangers qui se rencontrent sur les docks. Elle se laissa aller contre lui et répondit à son baiser avec une passion semblable à la sienne.

– Et si nous fermions ? lui proposa-t-elle en s'écartant un peu.

Ce détail pratique le ramena brusquement à la réalité. A regret, il la lâcha et poussa le commutateur de la porte, puis la regarda, de nouveau désespéré. Il commençait à se rendre compte que la situation était vraiment comique et qu'il ne lui restait plus qu'à en rire, même contre son gré. Plus âgé qu'elle, il devait toutefois reconnaître qu'il n'était pas habitué aux aventures : dans ce domaine, il était naïf. Et effrayé.

– Moi, je suis pour une douche, déclara-t-elle avec entrain, et elle commença à se dévêtir. Et toi ?

Il s'extirpa lentement de sa combinaison. Un peu par gêne, un peu par crainte qu'elle ne se moquât de ce qui, pour lui, était en train de devenir effroyablement grave.

Elle riait. Elle s'aspergeait de mousse et riait, puis elle tituba avec lui jusqu'au lit en riant encore, mais ensuite, durant un long, long moment, elle fut aussi sérieuse que lui. Ils firent l'amour avec une totale concentration, jusqu'à épuisement, et s'endormirent coulés dans les bras l'un de l'autre.

Sandor s'éveilla. Les lumières étaient toujours allumées. Allison s'étira, murmura quelque chose à propos de sa montre et du *Dublin.* Il s'allongea sur elle, éperdument mélancolique, et finalement lâcha la question qu'il avait eue sur le bout de la langue toute la nuit.

– Je te reverrai ?

– Un jour ou l'autre, dit-elle en suivant d'un doigt le contour de sa mâchoire. Nous partons cet après-midi.

Le cœur de Sandor fit un bond.

– Pour où ?

Elle fronça légèrement les sourcils et finit par répondre :

– Pour Pell. Ça n'est pas affiché, mais un employé des bureaux aurait pu te le dire. Nous traversons la Ligne, car nous avons un marché en train là-bas. Dans un an environ, temps local, nous serons de retour.

Son cœur sombra. Il se laissa glisser contre son flanc et songea un moment à ses papiers, sa cargaison, ses espoirs, au vieil homme qui était peut-être en train de baver sur son dos, aux coups de malchance qui avaient mis son compte à sec. Et la fin de l'année qui approchait ! A la limite, il pouvait rester là et ne pas toucher au compte du cartel jusqu'au début de l'année suivante. Mais cela éveillerait des soupçons, et les frais de docks atteindraient une somme astronomique.

– Quel genre de marché ? demanda-t-il. C'est ça qui agite l'armée ?

– Il y a beaucoup de rumeurs qui circulent sur les docks, dit-elle prudemment. Mais qu'est-ce que ça peut te faire ?

– Je te verrai à Pell.

Le froncement de sourcils d'Allison s'accentua. Elle se lova dans ses bras, se penchant sur lui, plongea ses yeux dans les siens.

– Nous partons aujourd'hui. Quelle vitesse peut atteindre ta *Lucy* ? Tu penses qu'un marginal peut se mesurer au *Dublin* ?

– Vous, vous êtes chargés. Moi, je serai à vide. J'y arriverai.

– Tu vas détourner ton vaisseau. Que vont dire les gens de ton cartel ? Explique-moi ça.

– Je serai là-bas.

Elle l'observa calmement, puis détourna la tête avec un petit rire. Elle ne le croyait pas.

– Il nous reste encore quelques heures, lui rappela-t-elle.

Ils surent les employer.

Quand elle partit, vers midi, il l'accompagna jusqu'à son navire et regarda s'éloigner cette élégante silhouette argentée qui lui tournait le dos comme la veille lorsqu'il l'avait vue pour la première fois.

Il était dégrisé, maintenant; il aurait dû se secouer, retrouver ses esprits, arrêter là son aventure. Il aurait dû partir à la recherche d'un gamin ayant envie d'apprendre à faire le saut. Il avait des connaissances à vendre, au moins à quelqu'un suffisamment aux abois pour signer avec lui; encore que le dernier qui l'avait fait, un novice plein de dons, avait perdu les pédales pendant l'hypno et s'était administré une dose trop forte dont il était mort.

Il aurait dû reprendre là où il s'était arrêté la nuit précédente. Mais Allison s'éloignait. Elle partait pour un endroit où il ne serait pas et, de sa vie entière, en dehors de la *Lucy* elle-même, rien ne lui avait tordu les tripes de cette façon.

La *Lucy* contre le *Dublin Again.* Il y avait ces bruits de perspectives nouvelles à Pell, de visites aux Arrière-Etoiles, de commerce avec Sol, et bien que cette rumeur revînt assez souvent, cette fois, elle semblait réellement fondée. Les militaires étaient sur les dents. Des navires étaient déjà partis là-bas. Le *Dublin* y allait. Elle avait parlé d'une « affaire », puis s'était refermée comme un sas, il s'en souvenait brusquement. Et à présent, il n'y avait plus que deux choses dans sa vie : la *Lucy* et Allison Reilly. La *Lucy* existait bel et bien et il risquait de la perdre, tandis qu'Allison ne datait que de la veille et il la connaissait à peine. Sa situation financière n'était pas trop critique; il était habile aux tours de passe-passe et il lui suffirait de ne pas gaspiller ce qui lui restait pour s'en sortir encore une fois.

Oui, mais dans ce cas, que faire de son temps? Où aller? Il ne parvenait pas à s'imaginer loin du *Dublin*. Ici, il était parfaitement seul, et ailleurs, il vivrait dans l'espoir perpétuel de croiser son chemin. Elle avait parlé d'un an... et lui ne serait peut-être pas là à ce moment-là. Il se trouverait Dieu sait où, peut-être aurait-on fini par l'arrêter; et après le lavage de cerveau, il ne reconnaîtrait même pas le *Dublin,* et sa *Lucy* serait partie en lambeaux en même temps que sa mémoire.

Il se rendit soudain compte que, planté là, immobile, au milieu de l'agitation des docks, il était un peu trop voyant et il se hâta vers les bureaux où il s'attaqua au représentant du directeur des docks avec une éloquence digne d'un orateur professionnel. Il prétendit avoir reçu un message personnel de son cartel lui intimant l'ordre de se mettre en route dans l'instant pour Voyager.

– Alors, remplissez les cuves, lui demanda-t-il avec une petite lueur de supplication calculée dans le regard – exactement ce qu'il fallait pour que le plus humble des stationautes se sente quelqu'un de puissant.

Puis il lui laissa discrètement entendre que si jamais le CEW venait à apprendre qui avait retardé son départ, ils se retourneraient contre lui.

– Donnez-moi des aliments déshydratés au lieu de congelés, si cela doit me faire perdre trop de temps. Je ferai bouillir de l'eau des réservoirs. Je ne désire rien de plus... si ce n'est que vous me fassiez partir.

Il se passa ce qu'il avait à moitié espéré : une paume s'ouvrit sur le comptoir. Au souvenir de la police, des inquiétants bâtiments de l'armée alignés juste là dehors, sur le dock bleu, avec pas moins de deux transporteurs de troupes dont les hommes se ressemblaient trop pour ne pas sortir directement des labos génétiques, son dos se trempa de sueur. Mais, conditionné ou non, citoyen de l'Union ou pas, l'employé avait ouvert sa main sur le comptoir. La seule chose à espérer était qu'il ne s'agissait pas d'un piège de la police.

— Vous pouvez vous occuper de mes opérations bancaires, n'est-ce pas ? Je n'ai vraiment pas une minute à perdre.

L'employé pinça les lèvres, consulta le comp.

— Voyager, vous dites ? Vous savez que votre provision ne dépasse pas cinq mille crédits ? Et vous devrez compter au moins deux mille pour les faux frais divers.

Sandor soupira. Deux mille, c'était exorbitant. Il allait presque épuiser son compte; le prochain retrait — et les frais de stationnement aux docks n'étaient pas donnés — irait puiser directement sur celui du Cartel de l'Etoile Wyatt. Leurs contrôleurs arriveraient ventre à terre. Et après, plus question de remettre un pied sur Viking. Il hocha la tête obséquieusement. L'employé brancha l'imprimante et le comp cracha un formulaire qu'il déposa sur le comptoir.

— Etablissez-le à votre nom. Je peux vous payer ici pour vous faire gagner du temps.

— Croyez bien que j'apprécie votre geste.

Il s'octroya un montant de sept mille crédits et rendit le formulaire à l'employé qui avait déjà ouvert le coffre. Il lui fournit des coupures de l'Union, et non des billets de la station. Des coupures de cinq cents.

— Je pourrais, dit-il, vous accompagner chez le surveillant des docks pour lui passer le mot. Cela avancerait votre départ.

Sandor lui sourit, attendit qu'il enfile sa veste, puis ils sortirent dans le district animé des bureaux.

— Quand nous aurons réglé tout ça, croyez bien que je saurai vous prouver ma reconnaissance. (Sandor palpait les billets dans sa poche.) Mais pour ça, je dois obtenir mes déshydratés au plus vite. Vous me saignez comme si j'avais un gros vaisseau; pour le prix, je vous demanderai de surveiller que l'on me fournit bien les produits auxquels j'ai droit.

— Ne tirez pas trop sur la ficelle, capitaine.

— Je suis sûr que vous pouvez faire ça pour moi. J'ai confiance en vous. N'oubliez pas que si l'on me pose des questions embarrassantes, vous serez dans le bain.

Ils poursuivirent leur chemin en silence. Sur leur droite s'ouvraient les sabords des vaisseaux de guerre, aussi brillants et accueillants que ceux des navires de commerce, mais qu'empruntaient dans les deux sens des groupes d'hommes en uniforme. Et des soldats en armes montaient la garde devant les bureaux. Des soldats issus des labos qui se ressemblaient tous de façon ahurissante. Mais sans doute la plupart des stationautes, eux-mêmes d'origine identique, n'étaient-ils guère étonnés par ce phénomène. En tout cas, vu son âge, l'homme qui l'accompagnait avait connu les années du conflit; peut-être s'était-il trouvé sur Viking au moment de la chute; si oui, il devait avoir des souvenirs semblables à ceux qu'ont les marchands auxquels on a ravi leur navire. Des années de sang. Cet homme et lui avaient au moins ce point en commun : ils n'aimaient pas l'armée. Une certaine nervosité, le sentiment qu'en ces jours tendus l'on se sentait mieux avec une liasse de billets dans la poche. A une époque, on avait évacué les stations, déporté les populations, et les marchands avaient filé jusqu'au Grand Fond pour se mettre à l'abri, tandis que les militaires prenaient les décisions politiques. Personne n'avait envie de revivre cela, mais les vieux réflexes n'étaient pas morts.

– Dure époque, lâcha finalement Sandor. (Ils traversaient la section des arches pour passer dans la zone verte.) Les gros vaisseaux se protègent tout seuls, mais les petits ont de bonnes raisons de s'inquiéter. J'ai réellement besoin de ces denrées alimentaires.

Après quelques nouveaux pas en silence, l'employé lui demanda :

– Vous avez entendu quelque chose concernant la Ligne?

– Rien de solide. Les Mazianni arraisonnent des vaisseaux... Mais qu'est-ce que je peux faire? Je n'ai pas de provisions suffisantes pour rester aux docks sans travailler pendant des mois. Impossible. Quand les troubles deviennent sérieux, les cartels ne se préoccupent plus des coquilles de noix comme la mienne. Ils planquent leurs gros vaisseaux et laissent circuler les petits au milieu de la tourmente. Advienne que pourra ! Mais qui continuera à faire tourner les stations ? C'est bien nous quand même, non ? Finalement, il me faudrait des surgelés.

– Ça vous coûtera plus cher.

– Pas question. Vous m'avez déjà saigné à blanc avec les faux frais. Si je continue, je vais avoir un contrôleur financier sur le dos. Deux mille crédits, c'est énorme pour moi, je ne sais si vous vous en rendez compte !

– Vous pensez que votre cartel souhaite que vous filiez en vitesse ?

– Je ne sais pas ce qu'ils ont en tête.

– S'ils vous ont envoyé un courrier sous la table, ce n'est pas pour rien, non ?

– Je ne sais pas.

Nouveau silence.

– Je vous parie qu'ils ne vérifieront pas votre compte de trop près. Ils sont trop contents de voir leurs vaisseaux s'éloigner des zones de tension. Ce sont des gens réalistes. Vous savez quelque chose sur le marché de l'or ?

Le pouls de Sandor se mit à battre plus vite.

– Ce que je sais, c'est que je n'ai pas de licence pour en transporter.

– En ces temps troublés, sa valeur grimpe sans cesse. La plupart des marchands aiment bien en avoir un peu sur eux.

– Je ne peux pas prendre ce risque. Le CEW aurait ma peau.

– Je connais un gars qui en vend. Vous pouvez en prendre une petite quantité. Avec quatorze mille, il vous fera le prix standard de Viking, plus quinze pour cent; le même prix que pour les gros vaisseaux.

L'air froid de la station fouetta le visage en sueur de Sandor. Le jeune homme frissonna.

– Vous savez qu'il ne s'agit plus là de détournement temporaire, c'est du vol pur et simple.

– Vous vous inquiétez trop. Si votre cartel vous

retire d'ici, si la situation se gâte, ça vous coûtera peut-être cher. Il vous suffira de le revendre là où vous irez, de les rembourser et d'empocher la plus-value. Comme ça, vous serez couvert.

– Plus on s'éloigne des zones troublées et moins l'or augmente.

– Oh si ! il augmente toujours. C'est ce qui est bien. Il ne laisse pas de trace dans les écritures, vous permet de vous offrir tout ce que vous voulez. Et s'il y a des désordres... il monte en flèche.

Sandor avala sa salive. Il avait la gorge nouée.

– Bien ! Vous me préparez le chèque et je marche. Mais je ne veux y toucher à aucun moment, compris ?

– Dans ce cas, ça vous coûtera mille crédits supplémentaires. Pour le risque que je prends, ceux-là.

– A condition que je sois le premier sur le plan de départ et que l'on me livre les provisions pendant que je fais le plein.

– Pas de problème !

Deux heures plus tard, tous les papiers en règle, Sandor bouclait sa ceinture et, avec une douce poussée de ses évents de proue, la *Lucy* s'arrachait du dock. Un léger tangage commença à la balancer. Sandor le laissa s'accroître sans s'inquiéter : la tuyère un peu décentrée qu'il n'avait jamais réparée en était la cause. Une poussée appropriée de l'évent arrière suffisait à la maintenir dans sa trajectoire. Cette mobilité que seuls les vaisseaux militaires possédaient était un avantage par rapport au manque de maniabilité des gros navires. Jamais Sandor ne s'était senti aussi voyant. Mais il y avait de quoi : faux papiers, cargaison d'or de contrebande, détournement de fonds... Il lui faudrait rapidement rebaptiser la *Lucy*... s'il en avait le temps. Il brancha la caméra vidéo de la poupe. Il survolait le *Dublin Again* : le merveilleux vaisseau argenté, tous feux allumés, luisait comme un bijou dans l'ombre de la station. Un navire-dard de l'Union flottait un peu à l'écart de Viking, coque triste hérissée de récepteurs et de canons, munie de turbines incomparablement plus volumineuses que celles des navires marchands; l'étoile lugubre de Viking lui fut bientôt masquée par cette masse imposante, et du même coup, il perdit de vue le *Dublin.* Il éteignit la vidéo et reporta son attention sur la voix familière du central de la station : de minute en minute, elle lui fournissait les données dont il avait besoin pour atteindre la zone de saut. Un saut supposé lui faire atteindre Voyager.

2

Préparer le départ du *Dublin Again* n'était pas une mince affaire. Réunir et compter l'équipage était en soi toute une entreprise : mille quatre-vingt-deux personnes étaient inscrites sur les registres, et la grande majorité d'entre elles s'étaient éparpillées, en permission, dans les docks. La plupart s'étaient enfermées depuis quatre jours dans les salons-lits du vaste tore de Viking. Chacun connaissait l'heure du retour à bord et s'en revenait pointer à temps. Ceux qui étaient prêts à regagner définitivement le *Dublin* n'avaient plus qu'à introduire leur fiche d'identité dans la fente et à franchir la ligne verte qui courait sur le sol et les murs de la soute. On ne retraversait cette ligne sans l'accord de l'officier de garde qu'à ses risques et périls.

Cent quarante-six Dublinois avaient droit aux étoiles vertes des postes de commandement. Soixante-seize d'entre eux arboraient au col le galon des officiers supérieurs, qui siégeaient durant le jour majeur et le jour mineur. Quatre capitaines, un cercle pour insigne, se partageaient les tours de garde de six heures. Vingt-quatre, aux grades divers, avaient théoriquement droit à un siège ou à un poste sur la passerelle de commandement. Et de ce lot, seize avaient été détachés par défaut non d'expérience mais d'aptitude physique; ils siégeaient au conseil de direction. Il fallait sept personnes au com en permanence; huit au scan et quatre au tableau qui contrôlait l'état de la cargaison sur laquelle veillaient également vingt-cinq techniciens et autant de spécialistes. Et si l'on additionnait l'équipage posté et le personnel auxiliaire, cela donnait quatre cent quarante-six Dublinois portant l'insigne des exécutants. Restaient encore les deux cent soixante-dix neuf sans-poste, en cours d'apprentissage, et qui attendaient en travaillant comme ils pouvaient. Venaient ensuite les retraités : plus de deux cents dont le réjouve s'était éteint. Certains descendaient encore sur les docks, les autres attendaient dans leurs quartiers ou à l'infirmerie la mort qui surviendrait lors d'un saut trop écrasant. Il y avait aussi les enfants : presque deux cents de moins de vingt ans; cent vingt d'entre eux effectuaient les corvées, et lorsque le *Dublin* était amarré, ils partaient aussi en permission. Quarante d'entre eux choisissaient un salon-lit, jouissant du même privilège que les adultes.

Et à 15: 50 jour majeur, une marée d'argent reflua vers le vaisseau au milieu des sifflements et des grincements du chargement des caisses. Certains Dublinois avaient été rappelés à 14: 00 et les responsables de la cargaison, à 12: 00. Tous les Reilly – car ils étaient *tous* des Reilly, hormis Henny Magen et Liz Tyler qui, nés sur d'autres vaisseaux, s'étaient mariés avec des Dublinois (mais on avait oublié leur nom d'origine et, par habitude, on les appelait Reilly, sans plus faire aucune distinction) – tous les Reilly, donc, étaient ressortis des bars aux lumières criardes, des échoppes étincelantes ou des salons-lits, pour regagner le navire, chargés de paquets. Certains prodiguaient des adieux prolongés à quelque amour de perme, à la limite de la zone franche du *Dublin.* N'ayant pas à passer un contrôle des douanes, ils revenaient avec ce dont ils avaient envie.

Allison Reilly escalada la rampe, franchit le goulet jaune et glacial du tube d'accès qui menait à la soute avec deux bouteilles du meilleur Cyteen, une collection de microfiches, deux paires de chaussettes, une bande d'étude approfondie, et six tubes de lotion pour les mains. Pas terrible, Viking, pour les emplettes. C'était une station de mines et de chantiers navals. A l'exception des microfiches et de la bande, tous les produits étaient taxés. Mais chacun avait acheté *quelque chose,* car ils partaient pour le territoire de l'Alliance, de l'autre côté de la Ligne, et ils se figuraient que dans cette contrée étrangère, il serait plus difficile de s'approvisionner. C'était pourquoi il y avait eu une belle bousculade dans les boutiques. Mais elle avait besoin de chaussettes et elle aimait cette lotion.

Elle franchit la ligne verte, sortit ses fiches de contrôle et les présenta au poste de garde situé à l'entrée de la soute, puis adressant un sourire las à ses cousins de degrés divers qui exécutaient cette tâche fastidieuse, elle introduisit la fiche-clef dans le comp portable. Danny Reilly pointa son nom sur le registre. Derrière Allison, il y avait Jamie et petite Meg, âgés respectivement de dix-sept et dix-neuf ans. Elle se retourna pour les saluer courtoisement – un simple mouvement de tête – car, forte de ses vingt-cinq ans, pour eux elle était une ma'ame. Elle déposa ses paquets sur le bureau d'enregistrement, les déballa, plaça ses effets dans le bac qu'un cousin lui tendait et sur lequel avait été inscrit au crayon gras « Allison II » par-dessus les inscriptions précédentes. Presque un millier de Dublinois revenaient à bord avec leurs achats une heure seulement avant le départ car, à quai, la plupart de leurs quartiers restaient inaccessibles. Il eût été impossible autrement de charger cette importante quantité d'articles personnels. Il fallait les peser et vérifier si le quota alloué à chacun était respecté. Après le premier saut, tandis que le cargo traverserait paresseusement le premier point nul sur la route de Pell, il y aurait une ruée générale auprès du capitaine de cargaison qui remettrait à chacun ses effets. Il régnerait alors la même atmosphère que lors de la distribution des cadeaux d'anniversaire où chacun attend quelque chose, ne serait-ce qu'un paquet de bougies. Lorsque le poids maximal était dépassé, l'on pouvait vendre la surcharge ou consommer ce qui était consommable, ou encore payer la taxe de surcharge en heures supplémentaires. Celui qui avait racheté ces biens pouvait les revendre sur les docks lors de sa prochaine permission ou faire du troc, si les douanes de la station étaient libérales, dans les bazars des marchands. Les stationautes, en quête d'exotisme, aimaient ce genre de transaction. Un chariot recueillait les matériaux d'emballage. Elle referma le couvercle de son bac et il glissa sur le toboggan qui l'emmenait dans la cale. Les mains libres, elle se remit en marche. Une fois l'embarquement terminé et juste avant que les écoutilles soient scellées, un fût de déchets serait projeté à terre. Le service de recyclage de la station viendrait le récupérer, en trierait soigneusement le contenu afin de récupérer ce qui était réutilisable. Le *Dublin* ne se chargeait que de l'indispensable, tandis que les stations ne jetaient rien qui puisse être négocié, pas même les vêtements déchirés.

– Nous sommes dans les temps ? demanda-t-elle à sa cousine la plus proche.

– Aux dernières nouvelles, la cloche sonnera dans quarante-cinq minutes, répondit la femme.

– Hein !

Elle jeta involontairement un œil à l'horloge, rangea ses fiches et traversa la pièce, esquivant au passage les cousins qui s'occupaient des cargaisons de dernière minute, des vivres principalement, trop fragiles pour emprunter le toboggan, et de temps à autre quelqu'un qui transportait des détritus personnels à jeter par-dessus bord, dérangement qui aurait dû être réglé depuis longtemps par le comp. En fait, il y avait toujours un affairé pour ressortir et rompre la file des arrivants.

En direction de l'ascenseur, la situation était plus calme... quelques aînés, quelques cadets et autres sans-poste... des gens pressés circulant dans un espace singulièrement étroit car, lorsque le grand cylindre qui constituait le *Dublin* faisait relâche, seuls les numéros 1 pouvaient emprunter toutes les coursives avec des bottes de docks aux pieds. Le reste du navire demeurerait obscur jusqu'au départ et la mise en rotation qui rendrait de nouveau accessible l'ensemble du vaisseau.

La blancheur de la zone opérationnelle succéda au vert blafard des couloirs; les odeurs des docks qui pénétraient par la soute cédaient la place à un air vif et mordant. Elle retrouva la pâleur antique des panneaux d'éclairage et des coursives carrelées où la moindre tache aurait blessé l'œil. L'ensemble était impeccable car, dans leur jeunesse, les Dublinois s'échinaient des heures durant sur les sols, les murs et les plafonds. Dans cette zone immaculée, une poignée de cousins attendaient l'ascenseur. Allison les salua et se joignit à eux. Un regard ponctué d'un bref « hello » à Deirdre qui, du même âge qu'elle, appartenait à la même unité. Deirdre : engendrée par un Cato lors d'une permission sur Espérance. Ainsi va la vie ! Les sourcils froncés, elle avait cet air absent et cette tendance à sursauter au moindre bruit que vous donnent quatre jours de bombance. Allison croisa les bras. Etant officier sans poste et non simple membre d'équipage, elle dédaigna l'appui que lui offrait le mur, mais ses pieds et ses genoux la faisaient souffrir d'avoir tant marché et elle languissait de retrouver la couchette moelleuse de ses quartiers installés dans le flanc supérieur du navire.

– Bonne nuit ? s'enquit quelqu'un.

Elle adressa un clin d'œil amical à Curran, un autre sans-poste qui avait passé le début de soirée avec elle au Tiger.

– Oui, fit-elle en y repensant fugitivement. (Puis elle poussa un soupir et le gratifia d'un regard pensif.) Et toi ?

Il se contenta de lui faire un grand sourire. L'ascenseur était arrivé, les plus âgés montèrent en premier. Il restait encore de la place pour elle, Deirdre, Curran, et une foule d'autres. La cabine les transporta rapidement au second niveau où les quittèrent les cadets. Puis elle atteignit l'étage principal. Ils laissèrent descendre les anciens et empruntèrent à leur suite la coursive qui menait au grand salon où bourdonnaient rires et conversations. C'était une pièce aussi grande que la plupart des bars de la station, au sol courbe, équipée de meubles mobiles dont l'inclinaison épousait la géométrie du navire. Ceux qui avaient un poste et les officiers supérieurs poursuivirent jusqu'au deuxième salon. Allison se fraya un chemin jusqu'au passage et regarda à l'intérieur : sa mère, Megan, qui était affectée au scan 24, s'y trouvait.

Elle lui fit signe qu'elle était bien rentrée et, traversant la ligne blanche, Megan s'avança dans le salon des sans-poste pour lui parler.

– Je m'inquiétais, fit-elle.

– Oh ! ce n'est pas moi qui manquerais la cloche. Bon séjour ?

– Quelques nouvelles bandes.

– Rien d'autre ?

Megan sourit, puis redevint aussitôt grave et, geste irrépressible, elle tendit une main pour arranger le col de sa fille.

– Les numéros 1 sont encore en conférence. Nous pensons partir à l'heure prévue. Le délégué militaire s'entretient en ce moment avec l'Ancien.

– Pas de difficulté pour le permis de sortie, n'est-ce pas ? (Légèrement irritée, elle remit elle-même son col en place.) Tout est réglé, j'imagine.

– Un simple problème de papiers concernant la cargaison. Protocole de passage de la Ligne. Le commandant de la station Viking insiste pour que lors du retour, nous rentrions dans l'espace de l'Union via Viking. Nous n'avons rien promis et les militaires nous pressent. Mais je parie que la cloche sonnera à l'heure.

– En quoi cela concerne-t-il Viking ?

– Equilibre de la balance commerciale, d'après eux. Ils feront du bruit au concile.

Allison regarda en fronçant les sourcils celui qui venait de poser une lourde main sur son épaule : Geoff, le demi-frère de sa mère, barbe noire, mine renfrognée.

– Allie, fit son oncle, fais attention sur les docks.

– Il n'était pas dangereux, répliqua-t-elle.

– Hum ! fit Geoff, puis s'adressant à Megan derrière elle : Surveille-la, Meg ! Est-ce que ce type t'a posé des questions, Allie ? Et lui as-tu répondu ?

– Il n'était pas curieux. Non, je ne lui ai rien dit qu'il ne puisse savoir par le premier venu. En fait, c'est moi qui l'ai interrogé. J'étais bien moins ivre que lui.

– Contente-toi des Noms que tu connais, lui conseilla Megan. Surtout de nos jours.

– Ma'ame, soupira Allison. Monsieur.

Accompagnée par une petite tape maternelle sur l'épaule, elle céda la place à Connie, sa demi-sœur qui venait faire son rapport, ce qui ne fut pas sans la soulager. Entre elle et Connie, il n'y avait guère d'intimité. Connie, spécialiste des archives et des statistiques, était accaparée par sa grossesse. « 'jour, Connie », « Bonjour, Allie » furent les seules paroles qu'elles échangèrent. Elle se sentait plus proche de Curran, Geoff ou Deirdre. « Bonjour », dit-elle à Eilis qui l'effleura au sein de la foule. Et « Ma'ame » à sa grand-mère Allison qui, stérile, sous réjouve, paraissait quarante ans malgré ses cheveux argent. (Elle avait en fait soixante-deux ans.) Mina, la bisaïeule, scan numéro 2, paraissait aussi cet âge alors qu'elle en avait le double. Elle était venue dans le territoire des sans-poste pour discuter avec Ma'ame en personne qui était assise sur l'une des banquettes. Ma'ame avec un grand M, c'est-à-dire Colleen dont le réjouve s'affaiblissait et qui s'était asséchée, émaciée, ridée. Pourtant, malgré la fragilité de ses os et la raideur de ses articulations, elle se promenait encore dans les salons durant les manœuvres. C'était par elle qu'Allison était apparentée à Curran et à Deirdre. Retraitée du com 1, elle jouissait encore des avantages offerts par ce poste, mais manifestement elle avait décidé de ne pas siéger au conseil qui se déroulait en ce moment même. L'on était tenu de saluer Mina et Ma'ame lorsqu'on embarquait, et Allison se fraya un passage pour accomplir ce devoir. Mina répondit par un mouvement de tête soucieux, mais Ma'ame lui prit les mains, l'embrassa sur la joue comme si elle eût été une toute petite fille, puis la relâcha pour reprendre aussitôt sa conversation avec Mina. Le ton bas de leur entretien indiquait qu'elles parlaient de questions militaires et des droits des marchands. Allison tendit l'oreille en vain, continua son chemin en saluant de-ci, de-là, croisa un bambin de deux ans au pas chancelant qui errait dans la foule.

Elle s'installa sur une banquette, fondue dans la forêt humaine, et laissa errer son regard sur les meubles dont les courbes rouges épousaient celles de la pièce. Sur les banquettes quelques sans-poste étendus sur le flanc se protégeaient les yeux. Trop de fêtes prolongées. Les inévitables bandes de gamins essayaient en hurlant de grimper le plus haut possible sur le sol incurvé au risque de culbuter et de se faire prendre au collet par un aîné bousculé. Un bébé piaillait, celui de Dia sans doute. Il avait toujours haï le bruit. Les autres enfants bramaient, couraient, sautaient, brûlant ainsi toute leur énergie et se donnant du courage pour le saut qui s'annonçait et que tout marchand connaissait avant même d'avoir vu le jour. C'étaient les moins de cinq ans. Les six à seize ans étaient rassemblés dans les flancs supérieurs du cylindre où ils passaient le plus clair de leur temps durant les arrêts aux stations (et la totalité pour les six à neuf ans). Ils jouaient dans une nursery où plafond et sol étaient inversés. Grâce au rembourrage des parois, la réorientation due à la force centrifuge n'était que prétexte à culbutes et chahuts. Ce n'était pas sans nostalgie que chaque Dublinois se rappelait ce temps, car la pression brutale qu'il devait endurer durant le saut était des plus pénibles.

D'une génération à l'autre, leur nombre restait stable. La descendance des marchands se faisait par la lignée maternelle, les Dublinois étaient très préoccupés par la limitation des naissances. Mais les nouveaux venus étaient toujours bien accueillis. L'un désirait une demi-douzaine d'enfants? Parfait. Il y en avait assez qui n'en désiraient point pour maintenir l'équilibre. La lignée de Ma'ame, Mina et de la vieille Allison parvenait, entre autres, à Megan et Geoff, puis par Megan elle s'étendait jusqu'à Connie et Allison II. Connie allait prolonger à son tour la lignée sur une nouvelle génération. Cinq ou parfois six générations vivaient en même temps grâce au réjouve : Ma'ame, par exemple, qui ne s'affaiblissait guère que depuis une décennie, atteignait les cent cinquante ans. Elle était restée com 1 si longtemps que sa voix s'était gravée dans l'esprit de chacun. Bien qu'elle fût devenue très ténue, lorsqu'elle lançait un ordre, on était ébranlé. Il y avait aussi l'Ancien en retraite qu'Allison avait presque toujours connu sous ce nom et qui à présent sortait à peine. A quai, il se réfugiait dans sa confortable cabine, située dans la partie la plus basse du navire, et lors des sauts, il y avait toujours quelqu'un à ses côtés. Il écoutait des bandes pour se distraire et dormait de plus en plus.

Allison était... vingt et unième timon, une position parmi les sans-poste. Et numéro 1 du Timon 3 pour les jours mineurs. « Que veux-tu être ? » lui avait demandé Megan tout au début de son apprentissage. Lorsque les Dublinois entreprenaient l'étude de leur première bande, ils subissaient la Question. Ils apprenaient les principes en écoutant les enregistrements de la grande bibliothèque du *Dublin* avant même que leurs doigts malhabiles puissent tenir un crayon ou tracer des lettres. « Alors, que veux-tu être ? » avait demandé Megan. Elle voulait un poste de commandement, sur le pont où brillent les lumières, où les gens s'asseyent et font des choses importantes, regardent les étoiles et les stations sur les écrans. « Que veux-tu être ? » lui avait-elle redemandé tous les trois mois jusqu'à l'âge de dix ans. « Je veux être l'Ancien », avait-elle répondu alors qu'elle ne connaissait de l'univers que les compartiments et les coursives de son vaisseau. Assis dans un fauteuil, l'Ancien était le roi du monde, le premier capitaine des jours majeurs, et surtout, il gouvernait le *Dublin*.

– Sois raisonnable, lui avait dit Megan en la prenant par le bras pour l'asseoir au bord du lit de sa cabine. Un seul est destiné à devenir l'Ancien. Et sais-tu combien ont essayé et échoué ? A peine un sur quatre devient gradé, et un sur cinquante seulement atteint le grade de vingt-quatrième timon qui donne droit à un fauteuil sur le pont. Après, c'est l'âge qui joue contre toi, car les capitaines assis sont jeunes eux aussi. Va donc interroger la bibliothèque, Allie, demande-lui combien de temps vit un capitaine. Après tu pourras calculer la durée de vie des numéros 2 qui leur succéderont, et le temps que devra attendre un vingt-quatrième timon avant de recevoir un poste.

– Je ne peux pas essayer ? avait-elle demandé.

– Si, tu peux, avait répondu Megan. Je t'explique seulement comment cela se passe.

Peut-être y aura-t-il un accident, avait-elle songé à

part soi avec cette ambition impitoyable propre à une fillette de dix ans. Un accident qui anéantirait le Timon 2.

– Tu dois tout étudier, l'avait sermonnée Megan lorsqu'elle s'était plainte d'apprendre le fonctionnement des cuisines. Les cours Timon te préparent à tout. Et si tu flanches, plus tard tu n'arriveras jamais à rien. Tu t'imagines qu'être timon, c'est simplement s'asseoir dans un fauteuil. Erreur : c'est s'occuper du commerce, des routes, du droit, de la navigation, des armements, des com et du scan. C'est posséder trente-six métiers, Allie, ma'ame, et avant d'en arriver là, il faut même savoir faire la plonge.

» Tu peux toujours *renoncer,* Allie, ma'ame.

– Non, ma'ame, avait-elle répondu.

Elle s'estimait assez entêtée pour réussir. D'autre part, ayant lâché la bride à l'espèce de folie qui l'habitait, elle savait qu'elle n'avait plus qu'à se laisser entraîner par son élan irréductible. Aujourd'hui, elle était vingt et unième timon, et lorsque Val, sixième timon, et dont le réjouve s'éteignait, prendrait sa retraite, elle deviendrait vingtième timon et un autre Dublinois recevrait le grade de vingt-quatrième timon.

En tant que timon, elle jouissait de l'admiration des sans-poste. Cela faisait partie de leurs privilèges. Mais Lallie, là-bas, était entretien 196 à vingt et un ans à peine, et elle faisait partie de la deuxième équipe de jour mineur de la Deuxième Unité d'Entretien; elle serait promue à un poste assis avant que ses cheveux blanchissent, contrairement à un vingt et unième timon qui risquait de devoir patienter quarante ans avant qu'un autre timon assis se décide à prendre sa retraite. Elle serait probablement sous réjouve avant que vienne son tour sur la liste et continuerait à commander les sans-poste, les cheveux blancs, attendant encore le droit de franchir la ligne qui court sur le sol à l'entrée du salon réservé aux officiers supérieurs.

Les yeux clos, adossée à la paroi, elle revit le dock bleu, les soldats en uniforme noir. On parlait de rouvrir les voies commerciales, fermées depuis la guerre, jusqu'à Sol, de rouvrir aussi les stations mises sous naphtaline des Arrière-Etoiles. De nouvelles routes entraîneraient de nouveaux profits grâce à une pénétration dans le territoire de l'Alliance, à l'établissement d'une boucle qui relierait les étoiles de l'Union à Pell. Commerce et politique.

Assistant aux conseils de direction du *Dublin,* elle connaissait tous les détails du débat. Le *Dublin* interviendrait-il ou se contenterait-il d'attendre la suite des événements ? En temps de crise, les Dublinois restaient en relation avec chaque partie adverse afin d'être prêts à agir au mieux de leurs intérêts. Or, l'Alliance des Marchands, jadis association de capitaines qui se disputaient l'Union, considérait à présent la station de l'étoile Pell comme un capital. Ne s'était-elle pas déclarée gouvernement souverain, n'avait-elle pas promulgué des lois... bref, elle avait tout l'air d'une puissance où il serait avantageux de prendre pied. Du côté de l'Union, le casier judiciaire du *Dublin* était vierge. Et il en allait de même du côté de l'Alliance, car il s'était tenu à l'écart des zones troublées durant la guerre. Il pouvait donc y ouvrir un compte et, si finalement ces voies commerciales étaient ouvertes, il aurait droit au double agrément. Le Concile de l'Union soutenait le *Dublin,* car il souhaitait que des modérés interviennent dans l'Alliance, qui voteraient contre les intérêts de Pell si la situation prenait un tour menaçant. L'Union parlait de construire des navires marchands qu'elle remettrait à certains de ses partisans – comme les Dublinois – afin d'accroître son influence. Lorsqu'elle songeait à cette possibilité, le pouls d'Allison s'accélérait. L'armement d'un nouveau navire entraînerait le départ du Timon Deux tout entier, et du même coup, elle recevrait un poste. Depuis un an, elle vivait avec cet espoir.

Mais les parlotes s'éternisaient et tout semblait se réduire à un simple maintien du statu quo. « Rapprochement » : c'était le mot d'ordre de l'Union. L'Alliance et l'Union au coude à coude après avoir enterré leurs anciennes querelles. Recontacter Sol depuis si longtemps silencieuse. Eliminer les pirates. Accorder des chances égales à tous les marchands pour le pilotage de ces nouveaux vaisseaux – toujours hypothétiques.

L'espoir allait et venait. Pour l'heure, il était au plus bas, et sur les docks, elle avait pris des risques. Geoff avait raison. Une idiotie. Mais elle s'était soulagée en dépensant quelques crédits de son compte-épargne avec un type qui savait faire usage d'un bon verre et d'un bon salon-lit. Poussée par un élan instinctif de charité, elle aurait même pu gaspiller un peu plus – il aurait certainement su utiliser cet argent. Non, son orgueil ombrageux lui aurait interdit d'accepter. Ce n'était pas certain après tout, il avait l'air sur les dents. Mais alors, il l'aurait haïe. Son souvenir s'estompait déjà, comme celui de Viking et de toutes les stations dès que les sas étaient étanches. La seule personne à qui elle continuait de penser était Charlie Bodart du *Silverbell.* Un sympathique com 12 aux yeux verts. Elle le rencontrait plusieurs fois par boucle, car le *Dublin* et le *Silverbell* voyageaient l'un derrière l'autre.

Mais cette fois, ce ne serait pas le cas puisqu'ils partaient pour Pell, de l'autre côté de la Ligne. Au revoir, *Silverbell.* Elle ne le reverrait plus avant longtemps – jamais, peut-être.

Quelqu'un se laissa tomber sur le coussin à côté d'elle. Un corps lourd, de mâle. Elle ouvrit les yeux et tourna la tête. Curran.

– La gueule de bois ? fit-il. Tu portes un masque.

– Le manque de sommeil.

– On en reparlera.

– Ça ne m'étonnerait pas.

Puis elle regarda l'horloge. La cloche était en retard.

– J'ai du neuf. Ces fiches. Et deux bouteilles.

– Nous les aurons descendues avant d'arriver à Pell.

– Nous les aurons descendues avant de larguer les amarres s'ils ne se mettent pas d'accord avec ces militaires.

– Je crois que c'est arrangé, dit Curran.

Vingt-deuxième timon, il arrivait juste derrière elle. Des cheveux noirs. Aussi proche qu'un frère.

– J'ai appris ça de Ma'ame.

– J'espère bien.

Elle croisa les bras, se fit enjouée.

– J'ai eu une proposition dont je veux te faire part. Mon ami de la nuit dernière cherche un équipage. Une seule personne. Il m'a offert le siège de deuxième timon. Du moins, c'est ce que j'ai cru comprendre.

Curran pouffa. Un marginal offrant un poste à un Dublinois, il y avait de quoi rire ! Mais pas trop, car cela touchait la même corde sensible chez lui que chez elle.

– Cousine Allie... gazouilla une petite fille de quatre ans en s'accrochant à ses basques pour qu'elle la prenne dans ses bras.

Allison poussa un soupir, la hissa sur ses genoux, la fit sauter, puis la balança dans les bras de Curran qui la fit rebondir de ses cuisses sur le fauteuil le plus proche.

– Veux 'mener, implora Tish qui à son âge avait appris l'art de séduire. Veux 'mener dans *Dublin*.

– Bientôt, expliqua Curran.

– *Là-haut,* fit l'enfant en pointant un doigt grassouillet vers le plafond. Mon bébé *là-haut*.

– La prochaine fois, tu penseras à l'emmener avec toi, dit Allison.

Au début de chaque permission s'élevait un concert de gémissements à cause des poupées oubliées. Les zones centrales du vaisseau demeuraient inaccessibles à l'arrêt. Le jeune Wall III avait proposé à Tish de se glisser par une gaine de secours pour aller chercher le jouet. Une plaisanterie, car c'était le meilleur moyen de se rompre le cou. Tish apprenait donc à avoir de la suite dans les idées. Tout le monde apprenait à bord du *Dublin,* et très tôt.

– Pa'tir, babillait Tish avec anxiété.

Un stationnement prolongé n'était guère amusant pour les plus petits qui se retrouvaient cloîtrés dans un espace trop étroit et encombré d'adultes bruyants.

– Au revoir, fit Allison.

Tish s'éloigna en se faufilant entre les jambes des adultes, en quête d'un autre cousin à taquiner. Les yeux clos de nouveau, Allison souhaitait que le bruit cessât.

Ses désirs se réduisaient à sa couchette confortable et parfumée.

La cloche tinta comme celle de Cendrillon annonçant la fin de la liberté et des libertés. On fit taire les enfants. Les conversations cessèrent. Chacun s'absorba dans ses pensées, qui songeant à sa gueule de bois, qui à ses jambes endolories d'avoir tant marché dans les docks, qui à ses dettes à rembourser par un travail qui empiéterait sur ses heures de loisir. « J'ai menti », fit l'un d'eux d'une voix sonore. Une vieille plaisanterie, car la coutume voulait qu'après la cloche le bluff ne soit plus permis. Il y eut des rires, parce que c'était une facétie rituelle et réconfortante. Chacun prit place sur un coussin. Les ceintures cliquetèrent. Un doux murmure, un dernier cri d'enfant. Allison s'arracha à sa torpeur pour sortir la ceinture de sa housse et l'attacher. Eilis s'installa sur le siège à côté d'elle et boucla la sienne.

La bacchanale était terminée. L'Ancien regagna son fauteuil. L'ordre hiérarchique était rétabli.

Le *Dublin* se préparait à prendre l'espace.

3

En cours d'opération, la *Lucy* était fort bruyante. Ronflements, sifflements, claquements de compresseurs ou de pompes au fur et à mesure qu'ils se mettaient en marche ou s'arrêtaient. Sa coque grinçait, son système de rotation rugissait. Elle était formée d'un long anneau rotatif central de gravité nulle et d'une partie ventrue servant de cale. A l'extérieur, la partie supérieure et les flancs étaient occupés par les groupes trapus des vannes du générateur. Bien que vide, elle se dirigeait cahin-caha vers la zone de saut de Viking en empruntant le couloir réservé aux petits navires.

Sandor brancha l'éclairage intérieur, et la *Lucy* sembla soudain moins morne. Sur la droite, la peinture blanche de la coursive – jadis carrelée – qui menait aux cabines étincelait. Sur la gauche, une autre coursive flanquée de placards et de réserves de matériel circulait le long de la courbe. A l'arrière du pont, au delà de la plus profonde des voûtes, s'étendait une zone où s'alignaient douze couchettes, habillées d'une matière plastique marron, que l'on pouvait régler manuellement pour compenser l'inclinaison du vaisseau lorsqu'il était à quai. Autrefois c'était la salle commune : elle servait de dortoir durant l'arrêt, de quartiers ou de garde-robe selon les besoins du moment. Sandor passa en automatique, déboucla sa ceinture, se glissa hors du fauteuil : il serait bon pour une amende corsée si la station se rendait compte que personne n'était aux commandes alors que le vaisseau se trouvait encore dans le territoire de Viking.

Il dénicha le pulseur sous l'étagère de la console, l'attacha à son poignet, traversa le pont et emprunta le couloir à sa droite. Luttant contre l'accélération de la rotation, il avançait en titubant, le pied droit sur la courbe carrelée, le gauche sur le pont. Il trouva les médicaments qu'il cherchait et, toujours chancelant, regagna son fauteuil. Accroupi dans le pit, il fixa à portée de main avec du ruban adhésif ceux qui lui seraient nécessaires, coupa certains contrôles de sécurité – autre manœuvre illégale – et brancha le système des sanitaires, car il en aurait besoin (et même bien plus qu'il ne le croyait).

Un second périple le mena dans les espaces réduits de la cuisine et de la cambuse. Il emplit plusieurs bouteilles d'eau qu'il alla fixer avec des sangles qu'il avait depuis longtemps installées près de la console de pilotage... Tout bien réfléchi, il avait peur. Chassant ses craintes, il vérifia le scan en hochant la tête. Puis il ouvrit la trappe du pont sous laquelle il conservait toujours quelques déshydratés afin d'éviter le froid glacial des cales. Agenouillé, il sortit des sachets, les compta, puis les attacha, toujours avec du papier collant, tout autour du fauteuil. Ses membres raidis tremblaient sous la force de la gravité. Un sachet lui échappa. Il parvint à le rattraper au vol et le mit en place.

Sa route continuait à être dégagée. Il se leva une nouvelle fois et, appuyé au dossier de son siège, il contempla un moment ses instruments avant de partir s'installer cahin-caha sur l'une des couchettes, à l'arrière, afin de soulager son échine endolorie. L'accélération de la rotation lui tordait les bras, et il posa ses mains à plat, appuya sa tête contre la cloison pour plus de confort. Ce n'était pas idéal, mais cela le changeait de la position assise et, de là, il pouvait atteindre rapidement le com ou les commandes, si nécessaire.

L'anneau était entouré de compartiments servant de cabines. Diamétralement opposé au pont se trouvait l'atelier jadis réservé aux enfants... Il n'allait jamais jusque-là. Il se contentait de l'espace exigu du cockpit, de la zone arrière du pont et de ses vieux matelas rafistolés. Tout au fond, près de la cloison, il y avait la couchette sur laquelle il dormait lorsqu'il avait dix ans. Et là, celle de Papa Lou, sur laquelle il ne s'asseyait jamais. Celle de sa mère aussi. Naguère, il avait eu des frères et des sœurs, et des cousins, dont trois de moins de six ans. Mais Papa Lou et vieille Ma'ame les avaient renvoyés lorsqu'ils avaient compris ce que tramaient leurs envahisseurs. L'armement de la *Lucy* était bien trop piètre pour qu'elle osât faire front à un transporteur de troupes. Ils ne possédaient que deux pistolets à main... mais ceux qui les avaient pris au piège à ce maudit point nul avaient déclaré ne s'intéresser qu'à leur cargaison. La *Lucy* avait eu à choisir entre ouvrir l'écoutille ou l'anéantissement. Des menteurs, ces Mazianni. Des pirates qui, à cette époque, sous le nom de « Compagnie Fleet », visaient Pell et la Terre. Des individus qui ne respectaient rien; et surtout pas la vie. Et c'était à eux que Papa Lou les avait livrés... sans rien comprendre.

Lui non plus n'avait rien compris, alors, rien pressenti. A la fois terrorisé et fasciné par ces envahisseurs sans visage, il avait souhaité être l'un d'eux, porter leurs armes, revêtir une de ces effrayantes armures étincelantes – une brève et honteuse tentation qui s'était évanouie dès qu'il s'était rendu compte que Papa Lou avait peur et que les choses allaient mal tourner. Au souvenir de cette admiration, aujourd'hui encore, il se sentait coupable. Ce n'était que l'éclat du métal qui l'avait séduit, se raisonnait-il. Tout enfant aurait réagi de même par ignorance, en toute innocence. Mais il n'avait *toujours* pas la conscience tranquille.

La tuerie s'était déroulée dans la coursive, la salle commune et sur le pont. Une fois l'équipage rassemblé, à l'exception des enfants, les pirates avaient commencé à manifester clairement leurs intentions. Mais avant d'être abattu, Papa Lou était parvenu à gagner son fauteuil et à souffler la partie du navire où les enfants et les plus âgés s'étaient réfugiés. La majorité des Kreja avaient été massacrés dans la salle commune et sur le pont. Certains avaient été emmenés, pour subir un traitement plus lent.

Trois d'entre eux avaient survécu : lui, le vieux Mitri et cousin Ross. Grâce à Ross qui avait la rage de vivre. Lorsqu'ils avaient été abandonnés, baignant dans le sang, Ross s'était extirpé du coin où il s'était affalé sur Mitri et lui, avait ramassé des médicaments que les pirates à la recherche de drogues avaient éparpillés. Sa mère gisait près d'eux, une balle dans la tête : il en gardait un souvenir d'une précision impitoyable. Ils avaient donné les deux pistolets aux femmes. « Ce sont elles qui en auront le plus besoin », avait déclaré Papa Lou. Et lorsque ce dernier avait soufflé les enfants, elle avait tiré sur un des envahisseurs, en plein centre de sa visière. Quand les pirates avaient quitté le vaisseau, ils avaient emmené la dépouille avec eux, sans doute pour récupérer l'armure. Mais tante Jame était morte avant d'avoir tiré la moindre balle.

Ici, là, et puis là, douze corps étaient tombés; et d'autres dans les coursives, et lui et Mitri et Ross.

Tels étaient les souvenirs qui l'assaillaient lorsqu'il avait le cerveau engourdi par la fatigue, qu'il se préparait un repas solitaire dans la cuisine ou qu'il passait devant les cabines vides. Cette tenace vision écarlate annihilait les moments de bonheur de son enfance. Partout où il allait, s'asseyait et dormait, quelqu'un était mort. Plus tard, ils avaient épongé tout le sang, nettoyé les banquettes plastifiées, le carrelage, le blindage, et livré les cadavres au point nul désolé, redevenu calme après le départ des pirates. Ils les avaient balancés dans l'espace où probablement ils dérivaient encore, blocs solides congelés, perdus dans l'infini, autour des scories d'une pseudo-étoile. Un endroit propre et décent comparé au charnier qu'avait été le vaisseau. Dans son esprit, ils vivaient encore dans ces limbes, intacts, indestructibles... ils continuaient à voguer, mirant les images étoilées qui défilaient devant leurs yeux que le grand froid maintenait ouverts – groupe de voyageurs solitaires. Tous. Seuls Ma'ame et les bébés étaient partis en tête, que jamais les autres ne rattraperaient.

Mitri était mort dans l'espace, lui aussi, un jour où il changeait le nom de la *Lucy* sur la coque après leur coup sur Pan-Paris. L'opération avait mal tourné — un accident stupide à mettre au crédit des Mazianni qui leur avaient volé l'équipement nécessaire. Quatre heures durant, Ross avait tenté au péril de sa vie de le ramener à l'intérieur, car ils pensaient qu'il y avait encore un espoir. En fait, il était mort dès les premiers instants : la chute de la pression de sa combinaison avait provoqué une hémorragie, et son sang avait obstrué les filtres. Ross l'avait simplement appelé pour lui dire ce qui s'était passé, puis il avait ôté la combinaison de Mitri et laissé son corps s'éloigner dans le vide; nouveau flâneur éternel encore plus solitaire que les autres. Lui, il n'avait que douze ans et avait dû attendre dans le navire, tremblant, malade de peur qu'il arrivât quelque chose à Ross, craignant qu'il ne revînt pas, qu'il mourût.

Il se souvenait qu'il lui avait crié : « laisse-le! » par lâcheté, avant même de savoir que Mitri était mort. Il se souvenait aussi des pleurs de Ross dans le micro. Contrecoup de sa terreur, il avait vomi après qu'il fut rentré sain et sauf. Un autre point nul désolé — point de masse entre des étoiles en feu que les vaisseaux devaient traverser entre deux sauts. S'il s'était retrouvé seul à ce moment-là, il aurait été incapable de faire repartir le navire, d'exécuter le saut. Il avait pleuré ensuite, et Mitri, l'unique fantôme de la *Lucy* envers qui il se sentait coupable, continuait à hanter ses rêves.

Ross, lui, était mort sur Wyatt lors d'une tractation avec des stationautes qui tentaient de l'escroquer. Sans aucun doute, ils l'avaient incinéré. Ainsi, l'un des siens manquerait à jamais sur la liste de ceux qui dérivaient dans les grands fonds. Dans un certain sens, ce qui le troublait le plus, c'était d'avoir été contraint de l'abandonner aux mains d'étrangers... mais il avait eu tout juste le temps d'empêcher la saisie de la *Lucy*. Il avait dix-sept ans à l'époque, connaissait les contacts, les ports, savait comment s'adresser aux agents des douanes.

Depuis, il dormait uniquement sur la vieille couchette de Ross. Ce lit lui paraissait plus chaud, moins hanté que le reste du vaisseau. Ross avait été très proche de lui, et comme il n'avait pas jeté de ses propres mains son corps dans l'espace, parfois il se figurait qu'il n'était pas mort, mais simplement invisible depuis cette mésaventure sur Wyatt, qu'il continuait à vivre à bord dans les programmes du comp. Ross avait enregistré très méticuleusement tout ce qu'il savait, programmé chaque manœuvre, laissé des instructions pour toute éventualité... « au cas où, avait-il dit simplement, au cas où ». Les systèmes d'alarme avaient sa voix, les signaux horaires et les instructions de vol aussi. Une compagnie, en quelque sorte, qui comblait le silence.

Il évitait de s'entretenir avec la voix plus que nécessaire. A bord, il ouvrait rarement la bouche, conscient de ce que le jour où il commencerait à tenir des conversations avec le comp, il serait atteint d'un profond déséquilibre mental.

Mais cette fois, assis, les yeux rivés sur les écrans, les muscles tendus pour lutter contre l'accélération, le cerveau léthargique, il tenait un tête à tête avec ses fantômes. (Ross, Ross... et si je l'aimais ?) Il fallait bien éprouver cette idée avec quelqu'un, simplement pour savoir si elle semblait raisonnable.

Non, elle ne l'était pas. Il lui restait quelques vieilles bandes-récits que Ross avait chipées sur Pan-Paris alors qu'ils étaient jeunes et que la chance leur souriait. Il les avait passées et repassées, mais il savait distinguer le réel de l'imaginaire et refusait de se laisser dominer par ses fantasmes. Il lui fallait affronter la vie... et la solitude. Il ne pouvait se permettre le moindre laisser-aller. Une faiblesse d'ivrogne, sans plus. A présent, il était dégrisé, et simplement fatigué.

Quelle folie d'avoir payé cette somme pour l'autorisation de sortie ! Maintenant, il était bel et bien en route, et grillé sur Viking... Il s'apprêtait à violer les instructions de vol pour atteindre un lieu bien réel — et avec de faux papiers. Un lieu et une rencontre tangibles qui risquaient d'anéantir ses chimères.

La fin, peut-être. A tout jamais. (Ross... j'ai peur.)

Nul bruit, hormis le ronronnement de l'anneau, un son blanc, omniprésent, dans lequel venait s'ensevelir le silence. Les rares bruits humains, tels que sa respiration, la chute d'un stylo, l'enclenchement d'une touche, étaient étouffés, engloutis.

(Ross... c'est peut-être l'ultime voyage. Je regrette. Je suis las...)

Cette certitude gravée dans la moelle de ses os constituait le nœud de ce voyage. Le dernier vol, l'ultime saut... parce qu'il quittait les stations civilisées de l'Union. Il s'était déjà rendu sur Pell, de l'autre côté de la Ligne, avec Ross et Mitri du temps où la *Lucy* se prénommait *Rose*. Ils s'y étaient endettés, comme partout. La *Lucy* n'avait pas de port d'attache, et lui, pas de solution. Il était fatigué d'avoir peur, fatigué d'avoir faim et de ne dormir que d'un œil comme lors de son voyage vers Viking; il craignait alors vaguement que le vieil homme qu'il avait engagé ne le volât, ne parvînt à déverrouiller le comp, ou encore – ce qui était toujours possible – ne le tuât durant son sommeil. Vivre, vivre une fois seulement comme les autres, visiter tranquillement les bars et les salons-lits de rêve, connaître une femme ayant autre chose en tête que la rapine...

Jusqu'à présent, il avait voyagé sans destination, vivant la plupart du temps dans son vaisseau, occupé uniquement à déjouer les pièges qu'on lui tendait. Pell, avait dit Allison Reilly. Des affaires. Cela corroborait les rumeurs selon lesquelles de nouvelles routes allaient s'ouvrir. Un espoir... même pour les marginaux de son espèce.

Mais ce n'était qu'une blague, bien sûr, la meilleure blague de sa carrière de comique. Une surprise aussi pour Allison. Lorsqu'il lui frapperait l'épaule dans quelque bar bondé de la station, elle se retournerait et le regarderait bouche bée. Il savait ce dont la *Lucy* était capable, et ce qu'il allait faire, jamais ce grand vaisseau moderne n'oserait le tenter...

Elle le traiterait d'idiot, et elle aurait raison. Mais qu'un petit navire ait tenu tête saut après saut au *Dublin Again* la ferait réfléchir. Et l'impressionnerait. Ce serait mieux que rien. En fait, il était plus épuisé que la *Lucy* car, tout au long de leur voyage sans fin, il lui prodiguait les soins qu'elle ne cessait de réclamer. Il lui avait tout donné pour qu'elle vive. Et à présent, son orgueil exigeait qu'en retour elle lui donnât quelque chose. Il n'avait pas de Nom. La *Lucy* n'en avait pas. Voilà pourquoi il se lançait dans cette aventure insensée.

Cédant à la gravité qui le plaquait contre la cloison, il ferma les yeux et s'efforça de somnoler pendant qu'il le pouvait encore. Le pulseur était accroché à son poignet; le premier bip de la balise hors zone le réveillerait. La station lui trancherait le cou si elle savait. Mais pour lui, c'était le seul moyen de faire le saut sans mourir de fatigue.

Le pulseur lui piqua le poignet. Il avait l'impression de n'avoir dormi qu'une seconde. Mû par une peur aveugle, il tituba jusqu'aux commandes, s'assit et comprit que ce n'était que le contact initial de la balise de la zone de saut. Le moteur se coupa à l'heure prévue.

Numéro 1, pour le saut, lui annonça-t-elle. Elle l'avisa aussi qu'un autre vaisseau le suivait. Un frisson lui parcourut l'échine lorsque ses évaluations — taille, vitesse, heure — lui révélèrent qu'il s'agissait du *Dublin*. Il le rattrapait, mais beaucoup plus lentement qu'il ne l'avait prévu, car la *Lucy*, qui se trouvait à présent assez près de la cible, l'obligeait à demeurer en arrière. Comme, selon les renseignements émis par le central de la station, ils ne prenaient pas la même direction — ce qui était faux —, la balise automatique allait leur donner leurs ordres de saut juste l'un à la suite de l'autre.

Il vérifia et revérifia ses calculs. Cette opération était beaucoup plus délicate que celle des manœuvres d'accostage malgré les aberrations produites par les tuyères de la *Lucy*. D'une dimension plus vaste qu'une planète, les points nuls se déplaçaient, en effet, selon le mécanisme complexe des étoiles, ce dont le comp devait tenir compte. Nul être sain d'esprit n'aurait tenté un saut seul, avec un comp dépourvu d'auxiliaire, de l'hypno, des vivres et de l'eau accrochés au tableau de bord, songeait-il en faisant ses préparatifs : coups d'œil au comp et au scan, étude des signaux réguliers de la balise qui suivait leurs déplacements. Il s'injecta l'hypno dans le bras. Il était temps d'engourdir ses sens qui allaient être mis à rude épreuve. Ce n'était pas un saut qu'il allait affronter, mais trois. S'il en manquait un, il ne le saurait jamais.

L'on spéculait beaucoup sur l'Entredeux, sur les capacités de l'esprit humain lorsque la drogue commence à faire effet et qu'aucun retour en arrière n'est possible. On parlait de navires errant de part et d'autre du saut comme des fantômes, de gémissements mystérieux dans les récepteurs, d'âmes damnées qui jamais plus ne redescendent, ne reviennent au port ni ne meurent... Lubies d'alcooliques en fait, légendes alimentées par les équipages ivres rivalisant d'inspiration pour terroriser les stationautes crédules.

Pour l'heure, il ne voulait pas songer à cela. Il avait trop à faire pour maintenir la *Lucy* sur sa trajectoire et garder l'esprit clair au cas où les choses iraient de travers. S'il commettait la moindre erreur, il risquait de passer un temps fou au premier point nul pour se sortir d'affaire, et il perdrait du même coup la trace du *Dublin*. Le transit, étant donné qu'il n'était pas chargé, durerait un mois subjectif ou plus. Et pendant ce temps, *le Dublin Again* poursuivrait sa route, le doublerait... puis paresserait quelques jours, une semaine peut-être, à chaque point nul. La *Lucy* ne pouvait s'offrir un tel luxe. Aussi n'avait-il pas l'intention de basculer complètement entre les points; ce qui lui permettrait de rattraper son retard.

L'hypno commençait à faire effet. Il songea au *Dublin* et aux risques encourus. Il brancha le com, régla le transmetteur sur portée réduite. Son message ne devait être entendu que par l'immense cargo étincelant qui avançait sur ses traces.

– *Dublin Again*, ici US 48-335 Y *Lucy*, n° 1 pour le saut. La balise se trompe. Je pars pour Pell. Je répète, le renseignement transmis par la balise est faux. Je me dirige vers Pell. Ne me gênez pas au départ.

L'œil froid de la *Lucy* localisa l'étoile de référence,

l'encadra. Une douce torpeur l'envahit. Nul signe de terreur. Dans cet état, la mort elle-même apparaissait comme un divertissement innocent. Il déclencha la séquence de saut, enfonça la touche mettant en marche les turbines génératrices, ignorant les protestations de la balise. Puis ce fut le saut. Il éprouva brièvement la sensation que la matière qui l'environnait et son propre corps subissaient une transformation étrange, que toute chose se mouvait de plus en plus vite, de plus en plus vite...

... il reprit conscience, encore sous hypno, l'esprit à la fois engourdi et hyperlucide. Il entendit la sonnerie du système d'alarme. La *Lucy* faisait de son mieux pour le prévenir que sa vitesse résiduelle atteignait un seuil critique. Il lui fallait comparer l'énergie nécessaire à une bascule à celle que brûlerait l'acquisition...

Ce n'est pas un jeu de dés. Calcule! Bouge un bras! Enclenche les touches! Bascule au minimum, sinon tu perds le navire au prochain...

Point Wesson : position actuelle, Point Wesson dans la zone de saut appropriée. Direction masse noire : n'oublie pas l'équilibre bascule/accélération.

Sandy.

C'était le comp et la voix de Ross.

Sandy, réveille-toi. Installe-toi au comp.

D'autres voix chantaient à son oreille, qui se dissolvaient dans le ronflement de la *Lucy.*

Mort, Sandor. Tous morts.

Sandy, réveille-toi. C'est l'heure.

Remonte !

... un stress supportable. Passe en automatique et prends de l'hypno le temps du passage. Installe-toi bien, branche le pulseur. Repose-toi. Tu as deux heures deux minutes pour traverser le point nul, avant... prêt, *cible* !

Mort, Sandor. Tous.

Le pulseur le réveilla. Tous ses os le faisaient souffrir. Il déboucla sa ceinture et s'effondra sur l'accoudoir gauche du fauteuil pour se soulager l'estomac. Le corps aussi lourd que du plomb, épuisé, affaibli, encore sous hypno, il resta longtemps dans cette position. Il lui fallait pourtant se remettre aux commandes, boire et manger un peu, car dans une demi-heure, tout allait recommencer.

Il attrapa un des sachets en papier alu, l'ouvrit non sans mal de ses doigts ankylosés et le porta à ses lèvres : un aliment en poudre qui avait un goût de cuivre. Une bouteille d'eau. Il la vida en quelques gorgées, jeta le sachet et la bouteille. Le liquide et la nourriture pesaient, inertes, au fond de son estomac. Avant qu'il ne se révoltât, il s'injecta une nouvelle dose d'hypno... se força à fixer les pupitres tandis que la *Lucy* filait à deux doigts du désastre. Il arrivait qu'un point nul fût entouré d'un anneau obscur de rocs et de glace, et parfois, parfois, de stationautes perdus à qui ces lieux infiniment sombres tenaient lieu de tombe...

Il s'obligeait à garder les yeux ouverts, essayant tour à tour de vomir et d'assimiler le flot d'informations que le comp, après les avoir triées, lui transmettait selon un mode inhabituel, car tout se précipitait... Il fonçait à l'aveuglette à une vitesse telle que le comp n'aurait pas le temps de l'avertir si une planète croisait son chemin. La *Lucy* se dirigeait vers l'autre côté du point nul à une allure démentielle. Dans ce goulot étroit, ils subissaient la même distorsion que la lumière, et il devait en tenir compte dans ses calculs. Oubliant que les écrans du scan étaient aveugles, il tenta de savoir d'après les données si ses évaluations étaient exactes afin de connaître, si jamais il y avait une erreur de position, quelles conséquences cela entraînerait pour le saut.

Son subconscient lui rappelait à grands cris que le *Dublin Again* était capable de franchir d'immenses distances dans un temps différentiel qu'il ne pouvait deviner et que, ironie du sort, il lui rentrerait dedans si jamais l'énorme navire se trouvait sur sa trajectoire. La position du *Dublin* était incalculable, car sa marche pouvait varier suivant qu'il s'attarderait ou non au cours des transits. Vu les dimensions de l'espace, les risques pour que deux navires entrassent en collision étaient à peu de chose près inexistants; sauf lorsque deux d'entre eux jouaient à saute-mouton dans les mêmes points nuls...

Le deuxième saut... statistiquement moins dangereux... un vaste point composé de trois grandes masses juxtaposées, un nœud dans l'Entredeux qui attirait les navires et les repropulsait selon une trajectoire complexe... Bascule... maintenant... ralentis...

Réveille-toi, Sandy.

Puis sa propre voix pré-enregistrée : *L'étoile référentielle est Pell. Réenclenche le contrôleur de trajectoire. Le contrôleur de trajectoire.*

Il localisa la touche appropriée, contempla avec extase l'écran... à partir de là plus question de se reposer. La vitesse était encore considérable. Il avait la langue gonflée. Il prit une bouteille d'eau, l'absorption du liquide lui fut douloureuse. Il songea à manger. L'idée le révulsait, mais il le fit quand même, par nécessité.

Il était fou – pas de doute. Il avala mécaniquement des bouchées insipides, incapable de se souvenir des touches qu'il venait d'enfoncer, se fiant à son enregistrement qui lui indiquait les opérations à suivre selon les besoins du comp, se fiant aussi à cette étoile qu'il apercevait en face de lui, si jamais elle n'était pas un simple produit d'un esprit qui battait la campagne.

Il songea soudain au *Dublin.* Si Allison savait peu ou prou ce qu'il était en train de trafiquer, elle le maudirait d'avoir mis les siens en danger. Il aurait dû ramener la *Lucy* à une vitesse plus décente, il devait le faire tout de suite. Il avait peur. Rien n'était plus dangereux qu'un point triple abordé à une telle vélocité. Il ne pouvait se permettre la plus petite erreur.

Mais la *Lucy* continua sa route avec l'assurance d'une femme qui sait où elle va, et il était emporté dans cette course insensée, prisonnier de son corps tout-puissant qui depuis si longtemps l'avait vidé de sa substance même. Il se déplaçait au ralenti dans une sorte de brouillard tandis que l'univers évoluait à une vitesse vertigineuse. Il y avait des débris dans cette zone. Il parvenait au zénith du disque d'accroissement... du moins l'espérait-il. S'il s'était trompé dans ses diagrammes, il allait mourir. Le choc ne produirait qu'une infime lueur.

Obéissant à la bande enregistrée, il bascula. Les données triées par le comp s'alignaient en séries de chiffres de plus en plus insensées. Lorsque la voix lui en intima l'ordre, il pressa la touche permettant d'isoler une partie du graphique : sa position correspondait bien à son plan de vol. Il sourit tout seul, encore bêtement effrayé, simple composant humain d'un projectile approchant C, puis contempla les écrans, les pupilles dilatées par l'hypno.

Il jaillit dans la zone de saut de Pell à une vitesse qui déclencha automatiquement les cris de protestation de la balise. Elle l'avertit qu'il allait pénétrer à tombeau ouvert dans la zone fréquentée.

Bascule ! répétait-elle.

Ses systèmes lançaient de violents avertissements, de machine à machine, à l'auto-alerte du comp qui était programmé pour y obéir. Les turbines se révoltaient contre les brutales contre-poussées ordonnées, provoquant des entrées et des sorties saccadées de l'espace réel qui retournaient l'estomac de Sandor. Des voyants rouges clignotaient un peu partout sur la console, qui finirent par le tirer de sa torpeur. Il pressa la touche qui confirmait l'ordre de bascule.

4

La vitesse décrut : il allait s'écouler un certain temps avant que l'image scan de la balise parvienne au central de Pell. Ils sauraient alors qu'un vaisseau entrait dans leur zone et ils lui lanceraient un appel. Avec des gestes maladroits, Sandor s'extirpa de son nid, les narines offensées par la puanteur que dégageait son corps. Trop engourdi pour tenir sur ses jambes, il tomba à quatre pattes au milieu des immondices qui encombraient le pit. *Réveille-toi, Sandy,* répétait le comp. Toujours à quatre pattes, il parvint à lever un bras au-dessus de sa tête et, à tâtons, composa le code pour l'arrêter. Pour l'heure, c'était bien la seule manœuvre que son cerveau en compote lui permettait d'accomplir.

Debout ! Tu n'as guère de temps devant toi avant qu'ils t'appellent et réalisent qu'il n'y a personne aux commandes. S'agrippant au bord du pupitre, il parvint à se relever. Penché au-dessus des écrans et des commandes, il fouilla un moment sa mémoire avant de retrouver le programme qui plaçait la *Lucy* sous surveillance. Le pilote automatique fonctionnait. Tout allait bien.

Le cœur au bord des lèvres, la vision trouble, il vérifia les autres contrôles et entra l'ordre de stopper l'accélération. Toujours agrippé au pupitre, son pulseur au poignet, il sortit du pit en marchant en crabe et atteignit la coursive conduisant à la cambuse et... à la douche. La lumière crue blessait ses pupilles. Il ôta tous ses vêtements et les fourra dans la chute : ils étaient immondes. Puis il s'allongea sous le jet d'eau chaude qui le nettoya de ses excréments, des fragments de peau morte et des cheveux qu'il avait perdus. Savonner. Frotter. Il attrapa son rasoir et se rasa à l'aveuglette, paupières closes. Peu à peu il se sentait renaître. Il aurait voulu rester là, couché dans l'eau chaude, perpétuellement propre, pur... et dormir.

Non. Debout! Il ne lui restait pas beaucoup de temps. Il ferma les robinets, tituba en frissonnant jusqu'à un placard pour prendre des vêtements. Après s'être vaguement séché, il enfila sa combinaison et écarta ses cheveux mouillés de ses yeux. Le pulseur restait muet. Une brassée de serviettes et du désinfectant sous un bras, il retourna dans le poste de pilotage et, en se retenant pour ne pas vomir, il nettoya consciencieusement le pit. Puis il se débarrassa des détritus et se laissa tomber dans son fauteuil. Epuisé, complètement avachi, il commença à lutter contre le sommeil en clignant régulièrement des paupières. Fausse ou pas, ils avaient déjà son identité. L'ordinateur de la *Lucy* la délivrait automatiquement. D'ores et déjà, il recevait l'image scan, relayée par la balise, de la station et de ses environs; son esprit embrumé lui souffla soudain qu'il y avait là quelque chose d'inhabituel. En y regardant de plus près, il découvrit qu'un nombre considérable de vaisseaux croisaient autour de Pell. Graphique du trafic : enchevêtrement des lignes de navettes à destination du Monde Inférieur, des lunes et des exploitations minières. Depuis toujours, des marchands s'étaient unis afin d'imposer leurs tarifs à l'Union en la menaçant de faire grève. Depuis toujours, ils desservaient les ports de l'Union et dédaignaient les cartels... Mais le phénomène avait pris une ampleur considérable. Le marché de Sol... jusque-là cela avait semblé un peu fantaisiste.

Cela allait être dur de monter un coup avec cette surpopulation. A moins qu'au contraire les bureaux n'aient plus le temps de vérifier tous les papiers. Dans cette affluence, il passerait peut-être inaperçu... Non, il suffisait d'adopter une nouvelle tactique...

— Ici, le central de Pell, lança soudain une voix.

Au même moment, le pulseur le piqua sans pitié. Surpris, il ne sut un instant de quelle commande s'occuper en premier, puis il arrêta le pulseur, ouvrit le micro et se pencha en avant.

— Vous êtes entré à une vitesse supérieure à la limite. Consultez la section 2, article 22 du code de limitation du trafic de Pell. Les transmissions ultérieures précisent que vous êtes retombé à une vitesse normale. Dans le cas inverse, une patrouille de police vous aurait intercepté et vous auriez eu à répondre sans retard. Expliquez pourquoi cette approche? Identifiez-vous immédiatement... Nous venons de recevoir l'émission de votre nom, *Lucy*. Confirmez votre identité, s'il vous plaît, et répondez aux autres questions.

C'était la rengaine habituelle : au moment où il pénétrait dans la zone d'une station, on lui affirmait toujours qu'il aurait dû établir le contact beaucoup plus tôt.

— Nous ne vous recevons pas, *Lucy*. Expliquez votre silence.

Effrayé par l'insistance de l'opérateur, il tendit une main endormie vers le comp.

— Ici, la *Lucy* de Stevens, arrivée à 45 : 79 sur votre zénith. Sur la route assignée par la balise. Je vous reçois bien, central de Pell. J'ai juste eu un petit ennui de com.

Mensonge transparent derrière lequel s'abritait tout vaisseau qui n'avait pas établi le contact obligatoire.

— Accusez réception, s'il vous plaît.

Pell se mit à émettre sans arrêt, lui décrivant ce que le central percevait afin qu'il en déduise sa position sur la ligne de temps.

— J'apprécie votre sollicitude, Pell. Ici, Stevens de la *Lucy* de Stevens. Marchand du Cartel de l'Etoile Wyatt, US 48-335 Y. J'ai eu un ennui à l'entrée. Une panne mineure qui m'a mis un moment hors contact. Tout va bien à présent. J'ai branché l'auxiliaire. Il n'y a plus de problème. Donnez-moi les instructions d'approche et d'accostage, s'il vous plaît. J'ai voyagé en solo et j'ai besoin d'un salon-lit. J'apprécie sincèrement votre assistance, central de Pell. Terminé.

Pell continuait à lancer ses communiqués. C'était à présent un affreux galimatias de plusieurs voix que le tableau du com renonçait à démêler. Il se renfonça dans son fauteuil : tous ses os le faisaient souffrir. Les yeux brûlants, il s'assura que les lignes correspondaient bien avec le diagramme d'approche en triant les mots clés dans le fatras délivré par le com. Ils semblaient enfin convaincus de son honnêteté. (Toutefois, il ne pouvait faire taire en lui l'éternelle et sinistre voix qui lui disait qu'un vaisseau de patrouille allait lui tomber dessus à l'improviste.)

De longues heures durant, l'opérateur continua à lui fournir des instructions et à lui poser des questions. Il était à la limite de l'hallucination. Une fois, un appel pressant éclata à ses oreilles et il se réveilla, couvert de sueur, parcourant comme un dément les instruments du regard pour découvrir à quelle distance il se trouvait de la zone de trafic... il venait d'y pénétrer.

– *Lucy*! Ça va? *Lucy*, qu'est-ce qui se passe?

– Ça va, murmura-t-il. Je vous reçois nettement. Veuillez répéter, central de Pell.

L'entrée fut un véritable cauchemar. C'était comme s'il avait voulu faire un saut ivre mort. La mâchoire pendante, les yeux rivés aux écrans, il exécuta les délicates manœuvres d'alignement en manuel uniquement, ce qu'un gros vaisseau n'aurait jamais osé faire. Mais il était si exténué que son cerveau n'aurait pas été à même de fournir au comp les données exactes ni de traduire ses réponses. Il se contenta de surveiller les voyants d'alarme qui ne s'allumèrent jamais. Lorsque finalement il accosta en douceur, il se sentit aussi fier qu'un ivrogne qui est parvenu à parcourir trois mètres en ligne droite.

Il était si satisfait qu'il resta assis là, immobile. Puis le com du dock lui ordonna d'ouvrir les écoutilles, et ses mains se mirent à trembler si violemment qu'il éprouva des difficultés à saisir les commandes.

– Ici, la douane et le service de sécurité de Pell, annonça une autre voix. Veuillez préparer vos papiers.

– Douane de Pell, ici, Stevens de la *Lucy*. Les embarras de Viking ne nous ont pas permis de prendre de cargaison. Bienvenue à bord pour les contrôles. J'appartiens au Cartel de l'Etoile Wyatt et je ne transporte que ma propre nourriture. Mes papiers sont prêts.

Se souvenant soudain de l'or caché derrière une paroi de la cale, il sentit son estomac se soulever de nouveau. Un voyant clignotait frénétiquement et l'appel de la douane fut répété. Il enclencha le processus d'ouverture des soutes, et le changement de pression qui se produisit lorsque les panneaux glissèrent lui boucha momentanément les oreilles.

– Veuillez excuser ma lenteur, contrôle des docks de Pell. Je suis simplement un peu fatigué.

Une pause.

– *Lucy*, ici, les autorités des docks de Pell. Ça va à bord ? Désirez-vous une assistance médicale ?

– Négatif, autorités des docks de Pell.

– Expliquez pourquoi vous êtes seul.

Son esprit refusait de se mettre au travail.

– Je suis seulement très fatigué. (La peur revenait au galop.) J'embauche des hommes d'équipage. Le dernier a retrouvé sa famille sur Viking et il m'a laissé tomber. Je n'avais pas d'autre choix que de partir seul. Et je ne suis pas parvenu à obtenir une cargaison. Mon saut s'est bien déroulé, mais je suis complètement épuisé.

Il y eut un long silence. A l'idée que l'on était en train de peser ses mots un à un, une nouvelle poussée d'adrénaline lui parcourut le corps.

– Et bien, félicitations, *Lucy*! Vous avez eu de la chance. Avez-vous besoin d'une aide quelconque ?

– Non, ma'ame, juste un salon-lit. Ah, si... est-ce que le *Dublin* des Reilly est là ? J'y ai une amie.

– Affirmatif, *Lucy*. Le *Dublin* est à quai depuis deux jours. Vous avez un message ?

– Non, je le trouverai bien.

– Parfait, *Lucy*. Il faudra que nous parlions des frais de docks, mais si vous voulez laisser votre vaisseau sous scellés, nous pourrons établir les papiers demain.

– Entendu, ma'ame. Mais il me faut passer à votre bureau de change.

Une pause.

– Cartel de l'Etoile Wyatt, *Lucy*?

– De l'Etoile Wyatt, c'est ça, ma'ame. Vingt, ça suffira. Juste de quoi me payer un verre, un sandwich et un lit. Je désire ouvrir un compte pour le CEW à Pell. Je peux transférer immédiatement trois mille crédits de l'Union.

Une nouvelle pause.

– Pas de problème, *Lucy*. Laissez votre vaisseau ouvert. Il sera sous notre protection pendant la visite des douanes. Quel est le numéro de votre carte d'identité de l'Alliance?

Le cerveau las de Sandor fut traversé par une nouvelle vague d'appréhension.

– Je n'en ai pas, docks de Pell. C'est la première fois que je passe la Ligne.

– Le numéro de celle de l'Union, alors.

– 686-543-560-5.

– 686-543-560-5. Cela suffira. Pour le moment. Votre nom à vous?

– Stevens. Edward Stevens, propriétaire et capitaine.

– Bon séjour et bonne chance, Stevens.

– Merci, ma'ame.

D'une main tremblante, il coupa le contact, éteignit tout, puis verrouilla le comp et le logiciel. Déjà il calculait vaguement comment il allait refiler tranquillement son or à un quelconque trafiquant qui falsifierait un billet pour le payer. Un petit marché en douce, pas de traces dans les écritures... Finalement, c'était peut-être un bon coin, ici, le genre de coin qu'il cherchait depuis longtemps. Et le *Dublin* était là.

Elle était là.

Il s'extirpa de son fauteuil, traversa le salon, emprunta l'ascenseur et ouvrit le sas : une bouffée d'air glacial l'accueillit. Saisissant une veste dans l'armoire, il s'emmitoufla dedans, tapota les poches de sa combinaison pour s'assurer de la présence de ses papiers et s'engagea dans le court corridor conduisant à la sortie. Le tube d'accès, à l'extrémité, était éclairé par une lumière jaune. Il frissonna convulsivement, remonta la fermeture à glissière de sa veste et s'avança dans le tube vers les docks bruyants et les machines qui purgeaient les délicats dispositifs de la *Lucy*.

Les douaniers étaient là. Les policiers aussi. Et plus loin, une horde tumultueuse de stationautes. Au milieu de la rampe d'accès, il s'arrêta : les douaniers en costume marron orné d'insignes distinctifs s'avançaient vers lui. L'expression de Sandor trahit une seconde son appréhension, mais il s'en rendit compte et se mit à farfouiller dans ses poches pour sortir ses documents.

– J'ai parlé avec le bureau du directeur des docks, dit-il en les leur tendant.

Il était heureux que la foule fît un tel tapage au delà des barrières, car il avait l'impression que les battements de son cœur étaient audibles à plusieurs mètres. Le plus jeune des douaniers examina ses faux papiers et y apposa un tampon.

– Vous êtes censés mettre mon vaisseau sous scellés, continua Sandor en tentant de ne pas regarder les policiers qui attendaient plus loin. Je n'ai pas de cargaison. Il y avait trop d'embarras à Viking. Je suis complètement brisé, j'ai besoin de sommeil. Pas d'équipage, pas de passagers, pas d'armes, pas de drogues à l'exception des produits pharmaceutiques légaux. Je dois aller directement au bureau de change pour prendre un peu de liquide.

– Vous transportez de l'argent ?

– Trois mille crédits. Des coupures de l'Union. Je les ai laissées à bord. On m'a certifié que je pourrais accomplir les formalités plus tard. Quand j'aurai dormi.

– Vous avez des objets de valeur sur vous ?

– Rien. Je vais prendre une carte de la station et filer dans un salon-lit.

– Quand nous aurons besoin de vous, nous vous localiserons par votre carte.

L'homme le toisait. Le genre de regard auquel il était habitué de la part des douaniers, où qu'il débarquât.

En réponse, Sandor le gratifia d'un beau regard franc. L'homme lui rendit ses papiers; Sandor les enfouit dans sa poche et se remit en marche.

Les policiers s'ébranlèrent.

– Capitaine Stevens, l'interpella l'un d'eux.

Il s'arrêta, le cœur battant à se rompre.

– Il vous faut prendre une feuille de régularisation au bureau. Nos procédures diffèrent quelque peu de celles de l'Union... Est-ce que vous avez eu des difficultés pour quitter Viking ?

Sandor fixait l'officier, muet.

– Lieutenant Perez, se présenta ce dernier. Opérations de Sécurité de l'Alliance. S'agissait-il d'une erreur de programme compréhensible, ou bien d'autre chose ?

Etourdi par l'incroyable rumeur de la foule que réverbérait la haute couverture de la station, Sandor secoua simplement la tête. Pourquoi un policier des docks lui posait-il ce genre de question ? Ça n'avait aucun sens.

– Je ne sais pas, déclara-t-il finalement. Ça arrive parfois. Je ne sais pas. Normalement, je transporte des excédents. Mais il suffit que quelqu'un n'ait pas ses papiers en règle ou qu'un gros vaisseau rafle l'affaire. Je ne sais pas.

Le policier hocha lentement la tête, une seule fois, avec un air dubitatif. Sandor lui tourna le dos et partit vers les barrières contre lesquelles la foule se pressait. Il avait peur. Il se demandait pourquoi ces gens avaient choisi cet endroit des docks entre tous pour se rassembler.

– Eh ! capitaine ! cria quelqu'un. Pourquoi avez-vous fait ça ?

Il regarda dans la direction de la voix, ne vit personne en particulier et commença à se frayer un chemin dans la cohue. Il sentait la panique le gagner. Il lui fallait s'échapper de là, vite. Des mains se tendaient, le touchaient. L'œil froid d'une caméra se posa sur lui, et il la fixa une seconde, éberlué, avant de comprendre et de détourner vivement la tête.

– Quelle route avez-vous prise, capitaine? lui demanda un autre. Vous avez découvert de nouveaux points nuls?

– Pas du tout, répondit-il. Je suis venu par Wesson et Tripoint.

Il continuait à marcher, terrifié par cette masse de stationautes qui étaient venus le voir. Un micro se planta sous son nez.

– Vous savez que toute la station écoute vos communiqués depuis cinq heures? Le savez-vous, capitaine?

– Non.

Il regardait le micro, affolé, se rendant soudain compte que son visage... était rendu public, ainsi que celui de la *Lucy* et son numéro.

– Je suis fatigué, dit-il.

Mais le micro restait là.

– Vous vous appelez Edward Stevens, n'est-ce pas? De l'Etoile Wyatt. Quel est le lien avec le *Dublin*? Vous avez dit *elle*. C'est personnel?

– Parfaitement.

Il avait parlé d'une petite voix tremblante. Ses genoux tremblaient eux aussi.

– Excusez-moi.

– Combien de temps êtes-vous resté « out »? (Le micro le poursuivait.) Avez-vous eu des difficultés particulières à le faire en solo, capitaine?

– Un mois environ. Je ne sais pas. Je n'ai pas encore consulté le comp.

– Vous avez dit que vous alliez rencontrer quelqu'un du *Dublin*.

– Je n'ai pas dit ça. C'est personnel.

Il cherchait désespérément dans la multitude une faille par où s'échapper pour atteindre les bureaux. Le dock bleu, c'était là qu'il devait se rendre. Si les stations différaient par leurs styles de décoration, elles possédaient toutes ce point en commun. Il se trouvait sur le vert. Le bleu ne devait pas être loin. Il tenta de se souvenir des docks tels qu'ils étaient lors de son unique visite avec Ross et Mitri, de nombreuses années auparavant.

– Dites-moi au moins son nom, capitaine.

– Excusez-moi, je vous en prie. Je suis fatigué. Je veux simplement aller à la banque. Je n'ai rien fait de spécial.

– Parti de Viking, vous avez rallié Pell en un mois avec un vaisseau minuscule et en solo. Comment est-il gréé ?

– Excusez-moi. Laissez-moi passer.

– Vous ne trouvez pas que ce que vous avez accompli est fantastique ?

– Je trouve que c'est stupide. S'il vous plaît !

Son cœur continuait à battre la chamade, il se faufilait entre les gens... des gens, des gens à perte de vue. Et soudain...

Elle! Allison Reilly, qui le regardait avec de grands yeux étonnés et fâchés à la fois.

Il se retint de justesse de lui prendre les mains et resta planté devant elle en oscillant comme s'il allait tomber.

– Tu es fou, lâcha-t-elle. Complètement fou !

– Je t'avais prévenue que je te verrais ici. Je suis fatigué. Pourrai-je te parler lorsque je reviendrai de la banque ?

Elle le saisit par le coude et l'entraîna à travers la foule. Le micro les suivait. Mais Sandor n'entendait même plus les questions et Allison les ignorait. Ils longèrent les bars et s'avancèrent vers une ligne d'individus plus calmes, des spationautes. Les stationautes qui le harcelaient marquèrent le pas, stoppés par les regards froids et menaçants de ces hommes et femmes en combinaison.

A partir de ce moment-là, il se laissa guider sans même regarder où il allait, se retrouva assis devant une table dans un bar sombre et paisible. Il croisa les bras sur la table et laissa choir sa tête dessus. Mais on le secoua par l'épaule. Il se redressa : Allison Reilly lui tendait un verre. Il avala une gorgée et eut un haut-le-cœur : au lieu d'une boisson forte, elle lui avait donné un jus de fruits avec du sucre glace. Mais c'était nourrissant, et il le but tout entier en observant Allison comme dans un rêve. Un groupe de spationautes s'étaient réunis autour de lui, tenues argentées, blanches, vertes, dorées; intras bigarrés qui le regardaient en silence. Toutes les sortes de badges et un même silence réfléchi.

— Sandwich, annonça quelqu'un, et une main masculine déposa une assiette devant lui.

Il en arracha quelques bouchées à coups de dents, puis plia le reste dans la serviette en papier et l'enfouit dans la poche de sa veste — une vieille habitude de fauché —, se sentant soudain embarrassé par son geste devant tous ces gens qui savaient ce qu'inégalité veut dire et à quel point il fallait être pauvre pour pousser un vaisseau de cette manière. Le *Dublin* savait ce qu'il avait fait. Un Dublinois avait parlé et tout le monde savait comment, en enfilant les sauts, il était parvenu à coller à leur gros navire. On ne tarderait pas à l'arrêter. Quelqu'un divulguerait l'information dans un bureau du Central et les autorités se mettraient à chercher des preuves auprès des marchands dans toute la station. Ils en trouveraient bien au moins un à qui rafraîchir la mémoire. Avec sa toute nouvelle notoriété, son visage, sa voix, l'image de la *Lucy* balancés sur tout le réseau vidéo de Pell, il ne pourrait plus, comme il en avait l'habitude, mener ses affaires tranquillement ni fourguer son or. Plus maintenant. Il était perclus de peur. Allison Reilly était là, et il lisait dans ses yeux exactement ce qu'il avait souhaité y lire, mais c'était un peu cher payé.

— Allison, lui dit-il (elle s'était assise à côté de lui et l'observait, le menton dans une main), je voudrais te parler, mais ailleurs.

— Viens. Viens avec moi !

Elle dut le prendre par le bras pour l'aider à se lever et à marcher; la gravité trop forte l'incommodait. Un spationaute marmonna une vieille plaisanterie obscène sur les besoins d'un gars qui vient de voyager en solo, et Sandor se dit qu'il avait raison. Mais dans sa tête seulement, car son corps était mort.

Il avança sur les docks bruyants et froids comme dans un mirage désagréable peuplé d'inconnus, franchit une porte et se retrouva devant un bureau. Derrière, une espèce de papier mural aux dessins confus et un employé... Un salon-lit, avec de la moquette partout. Tandis qu'Allison réglait les détails financiers, il demeura agrippé au comptoir, la joue appuyée sur ses mains. Puis la jeune femme le reprit par le bras et l'entraîna le long d'un corridor.

– Renvoyez-les ! cria-t-elle dans son dos à quelqu'un qui acquiesça.

Puis elle ouvrit une porte avec sa fiche-clef et le fit entrer dans une chambre au centre de laquelle trônait un grand lit blanc.

Pivotant sur lui-même, Sandor tenta alors de l'enlacer. Mais elle posa une main sur sa poitrine et le repoussa si fermement qu'il faillit tomber.

– Idiot, souffla-t-elle.

Ce n'était pas le mot de bienvenue qu'il avait espéré, mais il devait bien admettre qu'elle avait raison. Il resta là, muet, misérable, exténué, l'esprit vide, jusqu'à ce que, d'une poussée, elle le fît basculer sur le lit. Elle le déshabilla avec des gestes brusques, violents comme si elle eût été encore fâchée.

– Tourne-toi, siffla-t-elle en le tirant par les épaules.

Puis elle jeta une couverture sur son corps.

Il dormait déjà.

5

Il s'éveilla et sentit le doux contact d'une peau nue, la chaleur d'un bras contre son dos. L'esprit encore engourdi, il se retourna en clignant des yeux dans le demi-jour artificiel de la chambre. Elle était toujours là.

– Allison, murmura-t-il d'une voix que la fatigue rendait rauque.

Il lui caressa les cheveux, la réveillant involontairement.

– Oh ! dit-elle en le regardant, ce n'est pas trop tôt !

Mais ses forces l'abandonnèrent, et il se rallongea, profondément gêné, songeant que, vu la situation, elle allait sans doute s'habiller et le quitter à jamais.

– Qu'espérais-tu ? fit-elle en pressant une main contre ses lèvres.

Cette attitude l'effaroucha tant qu'il se contenta de la regarder dans les yeux sans broncher, s'attendant à quelque remarque cinglante. Mais elle resta silencieuse.

– Je regrette, finit-il par dire. Je regrette vraiment.

– Nous avons demain. Quelques jours encore. Que vas-tu faire, Stevens ? Crois-tu vraiment que cela valait la peine de faire toutes ces acrobaties pour gagner quelques jours ?

Il réfléchit à la question et, durant quelques instants, il lui fut difficile de respirer. Tout compte fait, sa situation avait quelque chose de comique, mieux valait en rire. Il parvint à hausser les épaules.

— Heu... eh bien, peut-être. Mais ça m'a mis sur les genoux. Je ne suis pas près de recommencer.

— Tu as complètement perdu la tête.

Il sourit, non sans mal, pour se donner une contenance.

— Je n'ai pas l'habitude de faire ce genre de truc.

— Pourquoi l'as-tu fait ?

— Pourquoi pas ?

Elle fronça les sourcils, son visage se renfrogna. Puis, après quelques instants, elle secoua la tête, se dressa sur un coude et passa un doigt sur la vieille cicatrice qu'il avait sur le flanc. Une gentille caresse.

— Que vas-tu raconter à ta compagnie ?

Les yeux rivés au plafond, les bras croisés sous la nuque, il étudia la question — allait-il lui dire la vérité ? continuer à lui mentir ? Puis il haussa les épaules en feignant la plus totale indifférence.

— Je ne sais pas. Je trouverai une explication valable.

— Pour sûr, fit-elle en lui tapotant les côtes. Pas de cargaison. Pas d'autorisation. Et tu as annoncé une fausse direction à Viking. Que vont-ils te faire, Stevens ?

— En fait, c'est sans importance.

Il ferma les yeux, le visage encore souriant malgré la lassitude écrasante qui l'étreignait.

— De toute façon, je m'en sortirai. (Puis, après un temps de silence :) Si l'on essayait de nouveau, Reilly ? Je pense que ça marchera.

Il pensait juste. Et ce, songeait-il alors qu'Allison, satisfaite, le tenait enlacé, parce que je me suis mis à réfléchir à la façon de sauver ma peau et la *Lucy*.

Malgré sa fatigue, sa détresse, cette perspective lui avait fouetté le sang. Il contemplait sa ruine avec une remarquable placidité. L'essentiel serait de tenir le coup jusqu'au départ d'Allison Reilly et du *Dublin*. Et puis, il avait l'or. Si, par quelque miracle, on ne le reconnaissait pas, il pourrait se procurer des papiers, une cargaison... rallier Voyager sans passer par Viking, une série de sauts risqués, puis retourner à Viking avec des timbres en règle – à condition que le *Dublin* n'ait pas communiqué son changement de destination...

Mais ça, Allison devait le savoir. Il suffisait de le lui demander. Et pourquoi, se dit-il impulsivement, ne pas invoquer quelque lien avec le *Dublin* qui serait avantageux pour les autorités de Pell, qui lui servirait de référence, au moins pour ses frais de dock ? Elle pouvait faire ça pour lui. Ainsi, tandis qu'elle le tenait dans ses bras dans un lit qu'elle avait payé, il mijotait un coup formidable qui lui permettrait de se faire épauler par le *Dublin* et résoudrait tous ses problèmes sauf celui de Viking. Et avec l'or, il se procurerait de vrais papiers.

Il tourna la tête et l'observa. Elle ouvrit soudain ses yeux noirs. Son regard était chaud et profond. Ce qu'il était en train de calculer lui fit alors honte. Mendier auprès d'elle ou la tromper. Ni l'un ni l'autre n'étaient très agréables. Elle se serra contre lui et il se pencha pour l'embrasser.

Il était injuste, songeait-il, qu'il soit tombé entre ses mains à elle, qui pouvait le manœuvrer bien plus facilement qu'il ne l'avait fait lui-même avec les plus désarmées de ses victimes. Elle se payait un peu de bon temps, sans intention malveillante, tandis que lui, il se ruinait pour elle.

Si elle l'apprenait, tout serait fini. Elle n'oserait pas l'envoyer promener, mais elle le haïrait : ce serait pire que de se retrouver au poste de police.

– Je vais te dire toute la vérité. Je n'ai pas d'ennuis. Mon voyage sur Pell est couvert.

– Oh ? (Elle se redressa pour mieux le regarder.) Comment ?

– J'ai reçu une avance pour venir ici. Etant un opérateur assez insignifiant, le cartel m'accorde de grandes marges. Tout ce qu'ils me demandent, c'est de réaliser des bénéfices. En vertu de quoi, ils me laissent aller et venir à ma guise. Ce n'est pas Wyatt qui décide d'annuler ou non une opération, mais moi. Tu m'as donné envie de venir sur Pell. J'ai entendu des rumeurs. Tu as fait pencher la balance, c'est tout.

– Oh ! (Son visage se fit sérieux.) Alors, ce n'est pas pour moi que tu es là ?

— Je voulais te voir aussi. Ça compte.

Son expression devint pensive, plus froide, différente.

— Et bien, j'espère que tu t'en sortiras.

— Oui. C'est sûr.

— Oh ! refit-elle.

Comme elle se glissait au bord du lit, il la saisit par le poignet pour la retenir.

— Où vas-tu ?

— Je dois partir. J'ai du travail.

— Qu'est-ce que j'ai dit ?

— Rien. C'est bientôt mon tour de quart.

— Si, j'ai dit quelque chose qui ne t'a pas plu. Qu'est-ce que c'était ?

L'inquiétude se peignit sur son visage. Elle secoua la main pour se libérer, mais il ne la lâcha pas.

— Laisse-moi partir.

— Pas avant que tu m'aies répondu.

— Si tu me laisses une marque, Stevens, tu le regretteras. Penses-y, veux-tu ?

— J'essaye de te parler. Je t'ai dit la vérité.

— Tu ne sais même pas ce que c'est que la vérité. Tu ne m'as pas dit la vérité, et aux douanes non plus, je le parierais.

Son cœur battait de plus en plus fort.

— Ah ! parce que le *Dublin* raconte toute la vérité aux douanes ? Ne me demande pas de croire ça !

— Bien sûr ! J'imagine qu'il y a toutes sortes de raisons pour raconter des histoires aux douanes. Mais je ne vois qu'une explication au fait qu'un vaisseau nous talonne comme tu le fais. Et je trouve que cela sent mauvais. Tu ne m'as jamais répondu franchement, et pourtant je t'ai tendu plusieurs fois la perche. Toujours est-il que tu peux me casser un bras, tu peux même me tuer pour fermer ma gueule mais, monsieur, figurez-vous que j'ai plusieurs centaines de cousins qui savent où je suis et avec qui. Et si tu ne me laisses pas partir tout de suite, tu te retrouveras sur le *Dublin* pour un lent et long voyage.

— C'est pour *ça* que tu es restée avec moi ? Pour me poser des questions ?

– Qu'est-ce que tu t'imaginais?

Jamais il n'avait souffert ainsi depuis la mort de Ross. Il la relâcha si soudainement qu'elle faillit tomber du lit. Elle se frotta le poignet en le dévisageant. Mais il n'avait nulle envie qu'elle l'observât.

– Va-t'en, fit-il. Je ne te retiendrai pas.

– Ne me dis pas que je t'ai blessé.

– Impossible. Allez, va-t'en, laisse-moi dormir.

– C'est ma chambre. J'ai payé.

Cela le vexa.

– J'arrangerai ça. Je ferai un versement sur le compte du *Dublin* pour rembourser ma part... pour l'autre fois aussi, sur Viking. Sors d'ici! L'argent, ce n'est pas un problème.

– On dirait, pourtant. Pourquoi est-ce moi qui paye tes notes de bar? Vas-tu me suivre encore longtemps pour que j'éponge tes frais?

– Je ne t'ai rien demandé, fit-il amèrement, le visage en feu. Allez, dehors!

Elle se leva, alla ramasser ses vêtements sur le fauteuil et commença à s'habiller, hésita, puis ferma sa combinaison argentée.

– Je ferai peut-être aussi bien de te louer ce salon-lit pour la semaine, observa-t-elle en se retournant vers lui. A mon avis, Stevens, tu as des ennuis et ton cartel ne tardera pas à avoir ta tête. Tu ne feras aucun bénéfice, ici.

– Ne t'occupe pas de moi. Je ne veux ni de ton argent ni de ton aide. Je sais m'y prendre avec mon cartel.

– Mais naturellement! Tu vas leur expliquer combien, au départ, ton idée te paraissait excellente. Ton histoire va se répéter de station en station, chaque fois un peu enjolivée. On racontera que tu as fait ça pour me revoir, parce que tu l'avais parié, que tu avais annoncé une fausse direction à Viking, que tu as effectué le triple saut en solo par Tripoint, que tu es un espion des Mazianni ou de l'Union, ou encore un voleur sans foi ni loi. Et tu t'imagines comme le *Dublin* a envie d'être mêlé à cette affaire? Cela parviendra aux oreilles de Viking, sans que nous y soyons pour rien.

On va bientôt la raconter sur Wyatt... on la racontera partout, chaque fois de plus en plus déformée, parce que tout le monde est ici, tous les vaisseaux, toutes les familles, tous les Noms de l'Alliance des Marchands. Il y a même des militaires de l'Union. Cela va se répandre comme une traînée de poudre. Tu comprends ce que ça signifie ?

Il en eut froid dans le dos.

– Bon, et alors ? Je suis tout de même plus dans le pétrin que vous, non ? Ce n'est pas ça qui va couler le *Dublin*.

– Salaud !

– C'est toi, Reilly, qui es venue à ma rencontre sur les docks. Je n'ai rien fait pour.

– De toute façon, tu serais venu me chercher. Tu as utilisé notre Nom à ton arrivée. Que te faut-il encore ?

– Dehors !

– Tu es complètement ruiné ! A moins que tu ne transportes quelque chose dans la coque. Mais ils iront fouiller. Pour commencer, ton navire va être saisi...

– J'ai apporté des fonds.

– Tu as apporté *quoi* ?

– Cela ne te regarde peut-être pas.

– C'est faux. Tu n'as rien.

– Ce n'est pas ton affaire.

– Hum !

Il se tut, peu désireux de continuer cette querelle. Elle s'avança vers la porte, s'arrêta. Finalement, elle ôta sa main du commutateur et se retourna.

– Dis-moi pourquoi tu t'es lancé dans cette aventure ?

– Comme tu dis ! une aventure !

– Mais encore ?

– Crois ce que tu veux. Je ne discuterai pas là-dessus.

– D'accord ! mais explique-moi donc, Stevens, comment tu comptes t'en sortir ? J'aimerais vraiment le savoir.

Il s'assit en haussant les épaules, s'adossa contre un oreiller.

– Je t'ai déjà dit ce que j'allais faire. Ce n'est pas un problème.

– J'ai l'impression que tu es dans une mauvaise passe, Stevens.

– Rien qui ne puisse s'arranger.

– Je suis flattée d'avoir fait sur toi une telle impression. Soit ! Mais ce n'est pas pour moi que tu es venu. Alors pourquoi ?

Il tenta de grimacer un sourire.

– Eh bien, à l'époque, cela semblait raisonnable.

– Je continue à vouloir te croire. Mais tu ne m'y encourages guère.

– Je suis habitué à naviguer en solo, dit-il après un silence pesant. Ce n'est pas une grande affaire. Elle est parfaite, la *Lucy*. Elle peut se mesurer avec ton *Dublin* de luxe. J'arrangerai tout ça avec le CEW à mon retour sur Viking. Cela ne me déplairait pas de t'y revoir.

Elle revint s'asseoir sur le lit, posa une main sur la sienne et le regarda droit dans les yeux. Ainsi, il devenait difficile de jouer la comédie.

– Et si tu invoquais un excès de fatigue ? Ils te laisseraient tranquille. Un trop long séjour dans l'espace.

– Merci. Je n'y avais pas pensé. J'essayerai.

– Je suppose qu'il vaut mieux que tu tentes quelque chose. Tu as de sérieux ennuis, n'est-ce pas ?

Il ne répondit pas.

– Stevens. Est-ce bien Stevens ? Dans quelle mesure m'as-tu dit la vérité ?

– Je t'en ai dit une partie.

– Sur toi-même ? Si l'on commençait par toi ?

– Je suis ce que je t'ai dit.

– Tu es fichu, ruiné, n'est-ce pas ? Et tu penses peut-être que je vais te financer. A Viking, tu as épuisé tes réserves... tu crains les questions de ton cartel et... tu as emmené ce vaisseau hors de leur territoire...

– Non.

– Non ?

– J'ai dit non.

– Tu sais, Stevens, je ne devrais pas te dire ce que je viens de penser... mais je suis persuadée qu'en fait tu n'appartiens à aucun cartel.

Il l'observa : ce n'était pas la colère qui fronçait ses sourcils. Il cédait du terrain sans raison valable, uniquement parce qu'elle savait – il le sentait. Elle allait regagner son vaisseau et tout raconter, c'était certain.

– Non, n'est-ce pas ?

– Non. Je suis... (Il tendit le bras pour l'empêcher de filer, mais elle n'avait pas eu l'intention de se lever, et il se sentit gêné.) Ecoute, le CEW ne s'occupe jamais de moi. Je leur *fais* gagner de l'argent. Je ne leur coûte pas le moindre crédit...

– Jusqu'à présent.

– Je les rembourserai.

– Tu *es* un pirate.

– Non.

– Très bien. De toute façon, je ne serais pas là si je pensais ça. Donc, tu détournes des fonds. Je ne suis pas sûre de vouloir entendre les détails.

Elle poussa un soupir, s'installa de guingois, un poing calé entre ses genoux.

– Et puis, zut !

– Ce qui signifie ?

– Que j'ai envie de m'occuper uniquement de mes affaires. Maintenant, je suis au courant, mais je ne ferai rien pour toi. Tu comprends ? Cela ne te rapportera rien, peu importe ce que tu escomptais.

Le visage de Sandor s'empourpra.

– Ecoute, je t'ai dit la vérité : les possibilités étaient devenues restreintes, là-bas. Beaucoup trop. Et tu m'as donné l'idée de venir à Pell, c'est tout. J'ai estimé qu'ici j'aurais plus de chance.

– Comme ça ?

– Comme ça. Quand je sens le courant passer, je sais que c'est le moment de partir et je pars. C'est ainsi que l'on reste en vie.

Elle se leva avec l'air absorbé de quelqu'un qui songe à la loi, à la morale, à la police...

– Crois-moi, fit-il en se glissant au bord du lit pour chercher ses vêtements. (Il les découvrit sur le sol et s'assit.) Reilly... je n'aime pas jouer les grincheux. Je te jure que je comprends que cela te préoccupe. Je ne te blâme pas. Mais ce navire est à *moi.* C'est la vérité.

— Je ne veux plus rien entendre. Je suis timon, tu m'entends, et j'ai les mains propres. Tu as mêlé notre Nom à tes histoires, et je te jure que je le protégerai. Excuse-moi. D'autre part, je veux bien croire ce que tu viens de me dire parce que tu ne peux pas tout de même mentir tout le temps et que tu n'as certainement pas envie que je passe le mot sur les docks. A présent, je ne veux rien apprendre de plus. Je ne te reverrai plus, où que ce soit. Ce n'est pas la peine d'y compter.

— Hé! attends! attends un peu!

Désavantagé par sa nudité, il se pressa d'enfiler sa combinaison. Une fois sa fermeture éclair remontée, il reprit son souffle et sa dignité.

— Ecoute, je regrette le cirque de mon arrivée. C'était de la folie. Ce n'était pas du tout dans mes intentions. J'ignorais que les gens étaient cinglés, ici.

— Sur Pell, toutes les manœuvres passent en vidéo. Tu l'ignorais? Sais-tu de quoi tu avais l'air en arrivant? D'un fou. D'un fou et de quelqu'un dans la poisse... c'est passé sur le canal des informations et des milliers de gens t'ont regardé. Malheureusement pour toi, Stevens, c'est Pell. Les capitaines de l'Alliance viennent ici, de grands Noms, des navires célèbres... *Finity's End* et *Little Bear* et *Winifred*. Les habitants de cette station connaissent les Noms. Certains de ces esprits libres passent outre aux règlements et d'autres jouissent de privilèges avec un grand P. Si quelqu'un fait une arrivée comme la tienne, ils en apprécient le style. Mais comme ce ne sont que des stationautes, ils ne savent pas vraiment à quoi tu as joué à Tripoint. Tu étais poussé par un désir d'autodestruction, Stevens. Au tréfonds de toi-même, tu es suicidaire. Et tu me fais peur. Tu es dangereux. Pour moi. Pour toi. Pour cette station et ses innocents habitants qui ont eu la bonté d'âme de s'inquiéter de ton sort une fois qu'ils ont compris que tu n'allais pas *les* attaquer. Ils croient que tu as fait ça par adresse. Dans les docks, ce n'est pas la même chanson. Ils pensent que tu es un imbécile, Stevens, et j'en suis gênée pour toi, mais je t'ai amené ici parce que j'ai été mêlée à cette scène sur les docks, et parce que tu as au moins eu la conscience de prévenir le *Dublin* que tu mettais nos vies en danger à Viking. L'Ancien m'a convoquée sur le tapis, m'a regardée droit dans les yeux en me demandant quel genre d'homme tu étais. A la fin de cette permission, ou avant, curieux de savoir pourquoi j'ai entraîné le *Dublin* dans tes histoires, il me rappellera. Et je ne sais pas encore ce que je vais lui répondre.

Il se leva. A l'évidence elle avait raison, mais il tint à se défendre.

– J'ai déjà fait ça avant, expliqua-t-il d'une voix tranquille. Parfois j'y suis obligé. Je n'ai pas le choix. Mais cette fois-ci, j'ai fait une erreur de calcul : je me suis surestimé. Un trop long séjour sur Viking, le manque de sommeil, le manque de nourriture – je n'étais pas à la hauteur. Cela, je l'admets. Mais la navigation en solo... la *Lucy*, ce n'est pas le *Dublin*. Je détourne les règlements. Je suis forcé de manœuvrer ainsi. Il faut bien dormir à un moment donné... et donc piloter en automatique. Et vous, les Dublinois, il faut que vous le sachiez, il faut que vous sachiez que tous les marginaux de mon espèce naviguent de cette façon. Ce n'est ni simple ni sûr. J'estimais pouvoir y arriver, et la chance aidant, j'ai réussi. J'aurais dû vous laisser partir de Viking avant moi. Mais si j'avais attendu alors que j'avais mon autorisation de départ, ils se seraient posé des questions... Alors je suis parti; c'est tout.

– Et l'intérêt que tu portes au *Dublin* ?

Bras croisés, il haussa les épaules.

– Tu me rends nerveuse.

– Toi. Je voulais te voir.

Elle secoua la tête, mal à l'aise.

– En général, les gens attendent pour jouir de ce privilège.

– Tout le monde n'a pas le temps d'attendre.

– Qu'entends-tu par là ?

Il haussa de nouveau les épaules, de plus en plus gêné.

– Je ne reste jamais longtemps au même endroit. Je vais repartir. Jusqu'à votre départ, je me ferai tout petit. Je crois qu'étant donné les circonstances, c'est le moins que je puisse t'offrir. Lorsque vous aurez pris l'espace, je m'arrangerai pour me tirer de ce guêpier. Mais sans mentionner le *Dublin*. Je te le promets.

Elle lui coula un long regard de biais.

– Je n'ai pas encore de poste. A cause de toi, je risque d'attendre très, très longtemps mon affectation. A tout jamais. Ce n'est pas une blague, Stevens. C'est sérieux. (Elle s'avança vers la porte, puis se retourna.) J'ai environ dix mille crédits devant moi. Ce serait suffisant pour régulariser ta situation et payer tes frais de docks et de sortie, non ? Comprends-moi, c'est tout ce dont je dispose. Il me faudra un an de travail pour récupérer cette somme, mais je veux que tu n'aies plus rien à voir avec le *Dublin.* Et que tu n'aies plus d'ennuis avant le jour où la *Lucy* et lui seront chacun à un bout de l'univers.

La bouche sèche, il secoua la tête. Cela lui faisait mal aux tripes.

– Tu n'auras rien d'autre, imbécile.

– Je ne veux pas de ton argent, je ne veux pas de ton aide. Je m'en sortirai tout seul. Je peux payer mes taxes et partir.

– Avec *quoi* ?

– Avec mes trois mille crédits. Et je trouverai peut-être une petite cargaison en sus. Je pourrai même avoir un peu plus de trois mille.

– Combien fais-tu payer un transport de marchandises ?

– Ça me regarde. Tu réponds aux étrangers qui t'interrogent sur le contenu des cales du *Dublin* ? Je ne pense pas.

– Je veux que tu partes de Pell, dit-elle dans un grincement de dents.

– Annonce à ton Ancien que je m'en vais.

– Je lui dirai que tu as accepté les dix mille crédits et que tu repartiras de Pell avec une cargaison, notre cargaison, cela paraîtra plus honnête. Ensuite, je veux que tu oublies ta dette. N'essaye pas de la rembourser. N'en parle pas. Sinon je filerai droit aux bureaux des autorités de la station.

– Je te comprends, dit-il d'une voix très posée. J'accepterais bien ton argent. Je te promettrais bien de te le rendre, mais tu n'y croirais pas, et tu aurais raison. Ce serait de l'argent fichu par la fenêtre, tu sais. Je doute même de pouvoir simplement quitter ces docks, Reilly.

– Tu connais quelqu'un ici ?

– Disons plutôt qu'il y a de fortes chances pour que quelqu'un me connaisse. La publicité, Reilly. D'habitude, je me fais moins remarquer.

– Pour quelle raison t'arrêterait-on ? s'enquit-elle en baissant le ton. Quel est le pire dont on puisse t'accuser ?

– De sales dettes.

– Il est improbable qu'un marchand se rende à la police pour un tel motif. Encore que...

– Je n'ai pas de Nom. Ils ne savent pas qui je suis. Ils peuvent s'imaginer que je suis un pirate. Mais maintenant je vais tout t'avouer. J'ai deux mille crédits de liquide que je n'ai pas déclarés : pour mes affaires dans les docks. Et quatorze mille crédits en lingots d'or planqués dans la soute : de l'argent du CEW. Voilà pourquoi j'ai filé de Viking comme si j'avais le feu au derrière... C'est un stationaute, là-bas, un employé... il m'a forcé à accepter le marché. Moi, je n'en voulais pas, mais il aurait pu tout ficher par terre. Donc, j'ai assez d'argent pour payer les taxes et me procurer une cargaison.

– Avec tes malheureux seize mille crédits de contrebande ?

– Tu crois que dix de plus serviraient à quelque chose ? Non. S'ils m'arrêtent, ils mettront leur nez partout; ils découvriront que je possède plus que je ne suis censé avoir, et qu'on m'a fait un virement de dix mille crédits sur Pell, n'est-ce pas ? Une question au comp, et ils auront les numéros de série avec ton nom en face. Crois-moi. Je connais la chanson.

– Tu m'étonnes !

– Alors, garde tes économies. Je me débrouillerai à ma façon.

Il ramassa sa veste, l'enfila, s'assura de la présence de ses papiers dans ses poches.

– Disons que nous sommes quittes. Retourne avec

tes cousins. Trouve-toi un nouveau partenaire de salon-lit et arrange-toi pour que cela se sache. Fais vite. Cela tuera l'affaire dans l'œuf. Je suis doué pour brouiller les pistes. Pour ça aussi.

– Je te souhaite bonne chance. Tu en auras besoin.

Elle était sincère.

Il lui ouvrit la porte. Souriant, sûr de lui.

– Merci, dit-il, et il s'éloigna dans le hall, les mains dans les poches, la démarche délibérément sautillante.

Il était temps d'aller voir la *Lucy*. De se rendre auprès des autorités de Pell pour éteindre l'incendie. Ou du moins d'en étouffer les flammes. Les scellés seraient retirés s'il parvenait à décider un agent des douanes à effectuer un contrôle minutieux du vaisseau en sa présence.

Ensuite, il partirait de Pell avec le peu de liquide qui lui resterait. Il pourrait essayer le marché noir – c'était toujours une solution. Changer le nom et l'immatriculation de la *Lucy* à Tripoint et faire du marché noir aux points nuls en espérant que personne n'irait lui trancher la gorge. S'il s'en sortait avec un peu d'argent, il achèterait des faux papiers. Si, si, si... Maintenant qu'Allison Reilly était passée au deuxième plan, son cerveau se remettait à fonctionner clairement, à analyser froidement les réalités auxquelles il allait se heurter.

Il regarda derrière lui. Immobile, sur le pas de la porte, elle l'observait. Il avait été pris de folie. Elle avait raison. De l'autodestruction. D'un côté, il voulait survivre, de l'autre, il était fatigué de lutter, et cela lui devenait de plus en plus difficile d'y voir clair dans ce labyrinthe... il avait même du mal à se souvenir de ses propres mensonges et à ne pas se couper...

Il y avait des soldats ici aussi. Lorsqu'il les vit, cela lui fit un choc. Ce n'étaient plus les uniformes verts ou noirs de l'Union, mais des bleus. La milice de l'Alliance. Il se souvint des rumeurs qui couraient à Viking, des bruits de chasse aux pirates. Il eut le sombre pressentiment que les temps changeaient, que les failles qui permettaient aux marginaux de survivre allaient se refermer. Rapidement et définitivement.

Un casier judiciaire chargé l'attendait dans toutes les stations de l'Union, et sous peu il serait grillé sur les territoires de l'Alliance aussi. Bientôt il ne saurait plus où mettre les pieds.

– Qu'est-ce qui s'est passé? s'enquit Curran qui était venu rejoindre Allison dans l'ombre de la porte.

Cette intrusion lui fit froncer les sourcils.

– J'étais là, expliqua-t-il en indiquant d'un signe de tête le bar voisin. Certains d'entre nous s'inquiètent... Au cas où. Qu'est-ce qu'il mijote? Tu sais que l'Ancien va te le demander.

– Il retourne sur son vaisseau. Je crains qu'il ne s'agisse d'un quiproquo. Nous sommes quittes.

– Allie, il y a un garde, là-bas.

– Un garde?

Elle redressa le buste.

– Sur son navire. C'est ce qui nous a tracassés. Nous ne voulions pas te déranger, mais cela nous a donné à réfléchir. Les militaires s'intéressent à lui.

– Ce n'est pas une simple affaire de douanes? siffla-t-elle entre les dents.

– Non. Ils disent qu'un officier de *Mallory* est arrivé.

– J'ai entendu ça aussi.

– Allie, s'ils l'arrêtent, risque-t-il de dire quelque chose qu'il ne devrait pas savoir?

– Non. (Elle jeta un bref regard perçant à son cousin.) Echafauderais-tu des hypothèses, Curran, mon ami? Et pas d'Allie avec moi.

– Lorsque notre premier fraie avec un homme qui est le point de mire de la milice... nous nous posons des questions. C'est tout le Timon 3 qui est concerné.

– Tu n'es pas chargé de me surveiller.

– Quels remerciements! Nous protégions tes arrières. Reviens à bord. Nous te le demandons. Tout de suite.

Elle ne dit mot, suivant du regard la lointaine silhouette. Le trafic était moins dense qu'en jour majeur. De nouveaux résidents s'en allaient à leur travail, à leurs affaires. Durant cette seconde moitié du jour permanent de Pell, c'étaient les activités industrielles qui dominaient. On apercevait plus de combinaisons que de costumes. La circulation était plus lente – de grands glisseurs grinçants charriaient des fûts en zigzaguant entre les groupes disséminés de marchands.

Et de soldats.

Et d'autres êtres. Pell était en orbite autour d'un monde habité. Les indigènes, petits et furtifs, portaient des masques à oxygène qui sifflaient au rythme de leur respiration. Des primates au poil noir... qui se déplaçaient sans bruit sur leurs pieds nus et calleux. Elle en repéra deux, perchés sur une pile de caisses dans la direction où était amarrée la *Lucy*, et un autre près de la barrière de sécurité. Soudain, ils se volatilisèrent.

Elle secoua lentement la tête, prit Curran par le bras, aperçut les autres membres de son unité, Deirdre et Neill, qui l'attendaient.

– Rentrons, fit-elle.

– Avait-il une arme ?

– Aucune. Ça, j'en suis certaine. Mais c'est inutile de rester plantés là, non ?

6

La *Lucy* était toujours sous scellés. Ses écoutilles fermées, sa rampe d'accès sombre contrastaient avec les sabords brillamment éclairés des autres vaisseaux. Les barrières de la douane, le métal noir et sinistre d'une grue oisive étaient là pour lui rappeler qu'il n'y avait pas de cargaison pour lui, bien sûr. Le poste d'amarrage voisin, en revanche, était envahi par des montagnes de fûts que l'on venait de décharger. Les tapis roulants tournaient à vide pour l'instant : on devait démêler quelque écheveau de marchandises à l'intérieur du vaisseau. Des natifs flânaient en attendant la reprise du travail... êtres différents qui lui remirent en mémoire qu'il existait d'autres échappatoires. L'homme n'avait rien trouvé d'autre que les gentils, indiciblement gentils Inférieurs de Pell. C'était peut-être par là, à une ou deux étoiles de distance. Il se pouvait que quelque marchand lassé de l'état des choses détournât un jour son navire pour tenter sa chance dans les profondeurs... Mais la recherche des points nuls demandait du temps et de l'argent. Or, il n'en avait pas. Chaque route, chaque chose existant dans l'Au-delà demeurait hypothétique. Peut-être cette année... peut-être que quelqu'un... Sandor prenait un plaisir pervers à songer que les prérogatives actuelles de certains n'étaient pas à l'abri de toute éventualité.

Ces pensées le rongeaient. Et elles étaient fondées, cette fois. C'était une question de hasard. Il repensa à ce que Allison lui avait dit : elle avait raison. Peut-être aurait-il dû accepter ses crédits, finalement.

Tandis qu'il longeait les rangées de fûts, les Inférieurs qui l'observaient du sommet disparaissaient les uns après les autres. Il s'avança vers la *Lucy* en regardant autour de lui. Elle n'avait certainement pas posé de gros problèmes aux douaniers, se répétait-il pour calmer ses angoisses. Ils s'étaient sûrement contentés – espérait-il de toutes ses forces – d'envoyer une jeune recrue pour vérifier qu'il n'avait pas de cargaison. Les plaques derrière lesquelles il avait caché l'or étaient parfaitement identiques à des centaines d'autres de la caverne déserte et obscure de ses soutes. Ils avaient jeté un coup d'œil et étaient repartis, un point c'est tout... on était en jour mineur.

Il tourna à l'angle d'une haute pile de caisses métalliques et se retrouva nez à nez avec deux miliciens en uniforme bleu, à la mine rébarbative. Surpris, il cligna des yeux, puis haussa les épaules et repartit en sens inverse.

Et voilà ! Trop de soldats partout. A Viking d'abord, maintenant ici. Il relâcha ses muscles, luttant pour maîtriser ses nerfs. Mieux valait passer par les bureaux que se heurter aux services de sécurité. Les mains dans les poches, de nouveau anonyme, il marchait, légèrement raide, en dévisageant les gens qu'il croisait : des dockers ou des spationautes pour la plupart. Une fois, il tressaillit en voyant un groupe de passants le montrer du doigt et se lancer dans une discussion animée. Mais la foule du jour majeur avait disparu : personne ne l'importuna. Il rejeta à l'arrière-plan de son cerveau l'expérience qu'il venait de vivre, le cauchemar de son accostage, les instants passés avec Allison Reilly dans le salon-lit, et se concentra tout entier sur la façon dont il allait se tirer d'affaire. Il aurait pu être sur n'importe quelle station, à n'importe quelle époque de sa vie d'adulte. Cent fois déjà, il avait connu ça. Ses jambes étaient encore en coton... faute de nourriture uniquement. Il attrapa le sandwich entamé dans sa poche – une bonne idée qu'il avait eue de le garder, finalement. Ce fut là tout son déjeuner.

Le cartel m'a autorisé à transporter cet or à tout hasard, monsieur... fonds de secours personnel, monsieur, ce n'est pas pour faire du commerce. Il préparait ses arguments pour le cas où ils l'auraient trouvé. L'état instable des affaires, monsieur, vous comprenez, les militaires...

Non. Il vaudrait mieux n'invoquer cette raison qu'en toute dernière extrémité. Les affaires instables suffiraient pour commencer.

Et puis, avec un peu de chance, ils n'auraient pas découvert la cachette; il paierait ses frais de docks et filerait d'ici en faisant semblant de n'avoir pas pu obtenir de cargaison.

Il avala sa dernière bouchée, fit une boule avec la serviette en papier et la mit dans sa poche : un réflexe de spationaute. Dans le quartier des bureaux, il y avait des miliciens partout. Il repéra le sigle de la section des scellés et pénétra dans les locaux de la douane – situés juste à côté de ceux des autorités des docks. On approchait du jour majeur. Des officiers et des spationautes faisaient la queue devant les différentes sections, chacun préoccupé par ses propres problèmes. Un guichet à part était réservé au dédouanement. Il présenta ses papiers; une jeune femme les prit, détailla sa carte d'identité, les faux papiers de la *Lucy*, puis releva les yeux sur lui.

– Capitaine Stevens, il y a un message pour vous.

Son cœur se mit à cogner : à la moindre anomalie, il y avait de quoi dans ce genre d'endroit.

– De quel vaisseau ?

– Je vous demande un instant, monsieur.

Elle quitta le comptoir en emportant ses documents. La peur de Sandor vira à la panique. Si elle ne lui avait pas pris ses papiers, sans doute aurait-il bondi dehors...

Mais non, avec son vaisseau sous surveillance, cela n'aurait servi à rien. Les mains croisées sur la banque, il se composa une expression exaspérée et attendit en souhaitant – sans y croire – qu'il s'agissait d'un message d'adieu d'Allison Reilly (c'était impossible, elle ne voulait plus avoir le moindre rapport avec lui), qu'ils lui rendraient ses documents et iraient ôter les scellés.

Il se maudit d'avoir accepté la pose de ces sacrés scellés, mais il avait été tellement fatigué et obnubilé par l'idée de retrouver Allison que ses réflexes avaient été pris en défaut.

L'employée revint. Son cœur se mit à battre à coups redoublés. Il se pencha par-dessus le comptoir avec un air excédé.

– Je suis exténué. J'aimerais autant prendre ce message plus tard, si c'est possible.

C'était ce qu'il aurait dû dire dès le début. En fait, la jeune femme ne le regardait pas lui, mais quelqu'un qui était venu se placer dans son dos. Le mouvement de ses yeux le mit en alerte. Il se retourna et se retrouva nez à nez avec un policier de la station.

Pour de l'imprévu, c'était de l'imprévu. Un comptoir dans le dos, un policier en face, dans un bureau bondé, pas d'arme, pas de papiers et la *Lucy* sous scellés : il était bel et bien coincé.

– Capitaine Stevens, lui dit le policier, le directeur des docks veut vous voir.

Avait-il pâli ? En tout cas, il transpirait.

– C'est le jour mineur.

– Oui, monsieur. Vous venez ?

– Il y a quelque chose qui cloche ?

– Je ne sais pas, monsieur. J'ai simplement pour mission de vous ramener.

– Bon, écoutez, je règle mes affaires avec la douane et j'irai là-bas après.

– J'ai ordre de vous ramener tout de suite, monsieur. Si vous voulez bien...

– Ecoutez, tous mes papiers sont retenus ici... Ma'ame, si vous pouviez me les rendre...

Bien qu'il s'attendît à se retrouver avec les menottes aux poignets, il se retourna et tendit une main. La jeune femme les lui redonna, mais comme il faisait le geste de les remettre dans sa poche intérieure, le policier lui bloqua vivement le bras, puis tapota toutes ses poches à travers le tissu de sa veste.

– Ça va, dit-il enfin en lui lâchant le poignet. Voulez-vous bien me suivre à présent ?

Sandor obtempéra. L'officier se contenta de marcher

à ses côtés. Comment aurait-il pu s'échapper de Pell, de toute façon ?

– Par ici.

Le policier ne l'entraîna pas vers les ascenseurs du couloir principal, mais vers un appareil de service qui ouvrait sur les docks. Un autre policier les attendait, qui leur tint la porte ouverte.

– Il me semble que j'ai le droit de savoir ce qui se passe, protesta Sandor.

Mais il n'était pas certain que la législation de l'Union fût en vigueur de ce côté-ci de la Ligne.

– Nous ne le savons pas, monsieur, répéta le policier en le faisant entrer.

La porte se referma sur eux.

L'engin démarra en flèche et Sandor ressentit une douleur dans les genoux. Ils s'élevèrent de deux, quatre, six, huit niveaux. Machinalement, il porta brusquement une main à la poche qui contenait ses papiers, puis il se rendit compte que son geste risquait d'être mal interprété et il termina son mouvement avec plus de délicatesse.

La porte glissa sur elle-même, et ils débouchèrent dans un corridor recouvert d'une moquette. L'un des policiers décrocha un détecteur de sa ceinture et saisissant Sandor par le bras, le lui promena sur le corps de la tête à la taille, puis donna l'appareil à son collègue qui se chargea des jambes. Il ne le relâcha que lorsque l'opération fut terminée.

– C'est parfait. Excusez-nous, monsieur.

Peut-être était-ce une violation de ses droits ? Il n'en était pas sûr. Les deux hommes l'entraînèrent le long du couloir. Il était semblable à celui de n'importe quelle corporation : moquette en fibres naturelles, et bas-reliefs bizarres sur les murs. Ces lieux qui respiraient l'aisance l'intimidaient; il était trop loin de la *Lucy*, il n'aurait même pas été capable de retrouver son chemin seul. Etait-il encore sous l'effet de ses trois sauts rapprochés ? Toujours est-il que l'extrémité de ses doigts et de ses pieds était glacée et que son cerveau ne fonctionnait pas normalement. Il se sentait aussi déplacé que s'il avait déambulé dans les luxueuses coursives du *Dublin*. Perdu. Il y avait ici des puissances de la finance qui, habituellement, ignoraient les petits poissons de son genre. On devait y brasser les crédits par millions et non par misérables poignées de trois mille...

L'un des policiers ouvrit une porte avec une fiche-clé, et ils pénétrèrent dans une pièce où se tenaient un milicien (un énorme et abominable revolver pendu à son flanc), deux officiers de la sécurité et un employé installé devant une console.

– Entrez, lui ordonna ce dernier en appuyant sur une touche.

Le milicien ouvrit une autre porte, mais Sandor hésitait, attendant un mot de l'officier de police qui finit par lui dire : « allez-y », et loin d'être rassuré, il se retrouva dans une vaste salle au milieu de laquelle trônait un bureau en forme de U. La plupart des places étaient occupées par des stationautes aux cheveux argentés par le réjouve, mais il y avait des exceptions. Entre autres, la femme qui se trouvait à la tête du U, une très belle femme vêtue d'une élégante robe verte, et assis à sa droite, un officier de la milice en uniforme bleu, un homme aux cheveux blond très clair et aux yeux pâles et mornes.

– Vos papiers, lui demanda la femme.

L'agent de sécurité qui était en faction dans la salle vint les prendre des mains de Sandor et les lui apporta. Elle les déplia devant elle et y jeta un rapide coup d'œil.

– Pourquoi suis-je ici? se risqua Sandor sur un ton bas, dénué d'agressivité. On ne m'a pas donné la moindre explication.

La femme passa les documents à l'officier de la milice, puis releva les yeux et croisa les mains devant elle.

– Elene Quen Konstantin, se présenta-t-elle, directrice des docks de Pell.

Et Sandor se souvint de ce que l'on racontait sur cette femme qui avait eu le cran de défier la flotte de l'Union. Il ravala ses boniments et décida d'attendre, de prendre sa mesure.

– Votre opération pose quelques problèmes, capitaine Stevens. Je vous avouerai sans ambages que nous sommes quelque peu inquiets. Certains marchands ont affirmé que vous aviez été mis au ban sur Mariner, sous un autre nom, et pour des raisons qui n'ont pas été spécifiées. Ce sont des bruits qui courent en tout cas. Vous n'êtes pas forcé de répondre à nos questions. Mais nous sommes contraints de vérifier ces bruits. Nous sommes prudents, ici. C'est vital pour nous; je ne pense pas qu'il soit nécessaire de vous rappeler pourquoi. Nous rembourserons à votre cartel tout retard injustifié que vous prendriez par notre faute; de même, vos frais de docks seront à notre charge pendant toute la durée de l'enquête. A moins, naturellement, que nous ne découvrions des preuves tangibles contre vous.

Soudain, Sandor eut de la peine à contrôler le tremblement de ses genoux.

– Ce n'est tout de même pas à cause de simples ouï-dire que vous me retenez ainsi ! Et le tort causé à ma réputation ? Qui m'en dédommagera ?

– Vous êtes dans l'espace de l'Alliance, capitaine, et non plus dans celui de l'Union. L'Alliance est une souveraineté. Vous êtes venu chez nous de votre plein gré et sans visa – ce que nous autorisons, au demeurant. Mais il vous faudra en obtenir un pour opérer ici. Je suis sincèrement désolée de ce contretemps, aussi je vous promets que l'enquête ne sera pas longue; trois jours au plus. Plusieurs marchands en provenance de Mariner sont sur Pell et nous devons les interroger. Vous avez le droit de savoir qu'une procédure a été intentée à votre endroit et d'être confronté aux plaignants et aux témoins à charge. Vous avez également le droit de prendre un défenseur; ses honoraires seront à la charge de votre cartel. Toutefois, si ces accusations se révèlent inexactes, ainsi que je vous le disais, Pell s'arrangera pour...

– Pas question ! (La voix de Sandor était légèrement fêlée, et il ne jouait pas la comédie.) Je suis un indépendant, je travaille simplement sous l'aile de Wyatt. Je paie mes propres frais et je m'en sors tout juste. Cette affaire va me mettre à genoux. Je n'ai pas les moyens de perdre du temps, ne serait-ce que quelques jours. Le peu de bénéfices que j'escomptais va y passer, et à cause de vous, mon compte va basculer dans le rouge. Ils saisiront mon vaisseau...

– Capitaine Stevens, si vous vouliez bien me laisser terminer.

– Je suis sûr que c'est un coup monté par quelque autre marginal qui veut ma perte...

– Capitaine, vous n'êtes pas à l'audience. Ne lancez pas ce genre d'accusation à la légère. Vous avez droit à un avocat, attendez de l'avoir consulté. Les accusations mensongères et les calomnies sont punies par nos lois, et le vaisseau qui a produit des charges contre vous sera retenu ici, lui aussi. De plus, si elles s'avèrent non fondées, il devra vous verser des dommages et intérêts.

– Et comment vais-je rémunérer mon avocat ? Je n'ai pas de fonds personnels. L'argent dont je dispose appartient à mon cartel. Qu'est-ce que vous voulez que je fasse ?

Quen tourna les yeux vers l'homme qui siégeait à sa gauche. Ce dernier hocha la tête.

– Les Affaires Judiciaires vous aideront à choisir un avocat.

– Les mêmes qui me poursuivent ?

– Capitaine, Pell est le seul monde des territoires de l'Alliance... A moins que vous ne préfériez comparaître devant une juridiction de la Terre elle-même, ou encore une extradition sur Mariner. A l'audience, vous pourrez présenter l'une ou l'autre de ces requêtes. Mais auparavant, votre défenseur devra considérer attentivement tous les aspects de la question. Je vous le répète, ceci n'est pas l'audience, mais une réunion officieuse à seule fin de vous prévenir que certaines accusations ont été portées contre vous et que nous avons ouvert une enquête officielle. Souvenez-vous que vous êtes enregistré à l'Union et que vous n'êtes pas au fait des lois de l'Alliance. Je vous conseillerai donc de vous abstenir de tout commentaire tant que vous n'aurez pas rencontré votre avocat.

– Je ne suis pas l'un de vos citoyens.

– Mais vous désirez vous faire enregistrer, ce qui est d'ailleurs la seule façon pour vous d'être en droit de commercer ici. A ce propos, s'il s'avérait que l'on vous a calomnié, je tiens à vous avertir que votre inscription sur Pell deviendrait une simple formalité. Ainsi, en fait, vous gagneriez du temps, croyez-moi. Car si vous vous êtes imaginé que pour obtenir et remplir les bons formulaires, puis trouver les bureaux adéquats, il vous faudrait moins de trois jours, vous vous trompiez lourdement. Et pendant ce laps de temps, la station prendra tous vos frais en charge, ceux de docks y compris.

– Si cela ne doit pas durer plus...

Sandor se montrait conciliant, ce qui ne l'empêchait nullement de sentir un filet de sueur dans son dos.

– A peu de choses près. Et je vous garantis que la procédure de votre enregistrement se fera simultanément.

– Je vous en suis reconnaissant.

Il croisa les mains derrière lui et s'appliqua à prendre un air satisfait. En fait, il avait la nausée.

– Où est-ce que je devrai loger ? J'aimerais avoir accès à mon vaisseau.

– Pas encore.

– Dans les agencements des docks alors ?

– Vous pouvez choisir n'importe quel logement de classe B.

– Capitaine...

C'était l'officier de la milice. Sandor tourna la tête vers lui. Son uniforme bleu le gênait, il ne lui était pas familier. Jamais il n'avait imaginé l'existence d'une autre force que celle de l'Union – *la* Civilisation –. L'emblème, un soleil éclaté, s'étalait sur sa manche, et plusieurs bandes noires zébraient son poignet.

– Commandant Joseph Talley, des Forces de l'Alliance. Officiellement... pourquoi êtes-vous ici ?

– Pour faire du commerce.

– Quelle sorte de commerce ?

– Est-ce que je peux attendre les conseils de mon avocat, demanda Sandor en se tournant vers Quen, avant de répondre à ce genre de question ? Je ne vois pas pourquoi je devrais rendre mon business public.

– Vous n'êtes pas forcé de répondre. C'est à vous de décider, lui dit-elle.

Sandor refit face à Talley : il avait un port tout militaire, froid, sec et le regard le plus dur qu'il ait jamais croisé.

– En fait, avança-t-il, j'ai pris quelques libertés avec mon cartel. J'étais sur la boucle Viking-Fargone, mais ça ne rapporte pas. Aussi ai-je pensé à élargir mon champ d'action, à traverser la Ligne et à ouvrir un compte ici... Je suis libre de le faire. J'ai une marge à placer. Je l'ai apportée.

– Quelle marge, capitaine? Trois mille crédits comme vous l'avez proclamé? Et c'est avec ça que vous comptez entrer en compétition avec des vaisseaux plus rapides, plus gros? Le côté économique de votre opération nous intéresse vivement. Que transportez-vous quand vous parvenez à obtenir une cargaison? De petits objets... très légers, très chers?

La pièce devint brusquement minuscule et l'air irrespirable.

– Ici, ce ne peut pas être pire qu'ailleurs, voilà tout. Oui, c'est le genre de cargaison que je prends. Le surplus des stations, les colis postaux, les produits pharmaceutiques. Uniquement des produits légaux. Des aliments déshydratés. Parfois, des passagers qui ne sont pas pressés et n'ont pas trouvé mieux. Il est exact que la *Lucy* n'est pas très rapide.

– Et le CEW trouve un intérêt à avoir une base sur Pell?

Sandor prit le temps de peser sa réponse. Il tenta de se souvenir de ce qu'il avait déclaré dans le com lors de son arrivée.

– Je vous le répète, monsieur, c'est moi qui prends ce risque. J'étais persuadé de trouver une cargaison ici. On raconte que sur Pell, les affaires marchent bien.

– Capitaine, je connais un peu la législation de l'Union. Les obligations légales et les risques que vous prenez laissent peu de place à un réel bénéfice. J'ajouterai qu'il me semble vraiment peu probable que votre cartel laisse un indépendant de votre classe faire ce genre d'écart.

– Ce n'est pas un écart pour mon cartel. Je me suis simplement détourné de ma route habituelle pour ouvrir un compte marginal.

Luttant contre le désespoir qui le gagnait, il faisait de son mieux pour prendre l'air indigné.

– Je n'ai jamais violé les lois et je suis venu ici en toute bonne foi. Aucun règlement de l'Union ne me l'interdit.

– Les arrangements financiers sont assez détendus des deux côtés, il est vrai. Et vous appartenez à une catégorie particulière. D'autre part, je remarque que vous êtes un connaisseur en matière juridique, comme la plupart des marginaux. Je parie que si nous assignons votre log et vos registres à comparaître, nous découvrirons... qu'ils n'existent pas, et que vous êtes en défaut. En fait, vous n'enregistrez rien de plus que les Mazianni. Qu'est-ce que vous en dites, capitaine ?

Avait-il été aussi effrayé une seule fois dans sa vie ? Non, certainement jamais. Son cœur cognait si violemment contre ses côtes qu'il en éprouvait des difficultés à respirer.

– Ce que j'en dis, monsieur, c'est que je ne suis pas un pirate et que, toute ma famille ayant été massacrée par les Mazianni, votre comparaison me semble tout simplement odieuse.

Le regard du commandant ne flancha pas.

– Néanmoins, apparemment il n'y a pas de grandes différences, insista-t-il.

– La *Lucy* n'est même pas assez armée pour se défendre.

Son ton était monté d'un cran et il fit un effort pour se radoucir.

– Vous admettrez aussi qu'elle est lente. Alors, comment pourrait-elle être un vaisseau pirate ?

– Les vaisseaux des Mazianni n'ont pas tellement l'habitude d'aller commercer et discuter tranquillement dans les stations. Mais il *existe* un moyen pour eux de faire du trafic dans les stations : les marginaux. Certains réalisent des affaires avec eux aux points nuls, ils transfèrent leurs cargaisons sur leurs navires et se chargent de les écouler avec de faux tampons de douanes. Connaîtriez-vous des vaisseaux de ce genre, capitaine ?

– Non, monsieur.

– Lorsqu'elle est vide, votre *Lucy* est rapide.
– Vous pouvez inspecter son gréement...
– Vous nous intéressez tout particulièrement. Les accusations lancées contre vous incluent la possibilité que vous soyez un pirate.
– C'est faux.
– Nous vous prévenons donc que la flotte de l'Alliance ouvre une enquête sur votre cas, entièrement indépendante de celle des autorités des docks de Pell. Une enquête qui durera beaucoup plus de trois jours. Nous relèverons le profil de votre vaisseau et ses numéros d'identification internes, vos empreintes rétiniennes et vocales, toutes données que nous transmettrons au Cartel de l'Etoile Wyatt et à Mariner par voie diplomatique et militaire. Si cela s'avère nécessaire, par la suite, nous les fournirons également à tous les ports de l'Union et de l'Alliance, présents et futurs. Mais dès que nous aurons pris les empreintes, quant à nous, vous serez libre de partir.
– Et si je suis innocent ? Vous réalisez au-devant de quels ennuis je vais ? A n'importe quel point nul, le premier imbécile venu qui appuiera sur le mauvais bouton apprendra de quoi l'on me soupçonne et ce sera ma fin. Vous me transformez en cible vivante, tout simplement. (Il jeta un regard désespéré à Quen.) Est-ce que je peux faire appel de cette décision ? Est-ce que j'ai une alternative ?
– Les opérations militaires, trancha Talley, sont distinctes de celles de la cour civile. Vous pouvez protester devant le concile de l'Alliance ou devant la cour militaire. Tous deux siègent sur Pell. Encore que pour ce qui est du concile, sa session venant juste de s'achever, ses membres ont dû commencer à partir sur différents vaisseaux. Vous pourrez faire appel devant lui dans trois mois, lors de sa prochaine session. Celle de la cour militaire aura lieu dans un mois. Vous seriez détenu le temps de ces deux procédures, mais tous vos frais seraient pris en charge par le concile, dans le cas où vous decideriez de faire appel. Vous pouvez également obtenir un délai si vous voulez avoir recours à

des témoins. Votre avocat se chargerait de les convoquer.

– Je verrai ce qu'il me dira.

– Ce serait plus sage, intervint Quen.

Un aide venait d'entrer, qui déposa un papier devant elle. Elle le lut, dit quelques mots à voix basse au messager qui s'en alla aussitôt, et croisa les mains sur le feuillet.

– Quelqu'un désire intervenir dans votre affaire, capitaine. C'est à vous de voir si vous acceptez.

– Je ne comprends pas.

– Les Reilly du *Dublin Again* vous offrent leur propre avocat... ce qui est tout à fait légal pour Pell.

Sandor eut l'impression que tout son sang se retirait de son visage.

– Est-ce que je peux prendre le temps de réfléchir ?

– Absolument.

– Je voudrais leur parler avant.

– Et bien, dans ce cas nous en avons terminé avec vous. Il ne vous reste plus qu'à prendre rendez-vous avec les autorités militaires pour vos empreintes.

– Et si je m'y oppose ? Peut-être que...

Il parcourut du regard la rangée de visages inflexibles, et se tut.

– Capitaine, vous avez le droit de faire opposition, précisa Talley. Mais les militaires ont le droit, eux, de vous garder en prison. Votre avocat peut aussi bien vous rencontrer dans votre cellule, si c'est ce que vous souhaitez.

Il imagina brusquement quatre murs et l'arrivée d'un des cousins d'Allison, venant le tirer de son guêpier, le regard plein d'un mépris glacial.

– Non. Je me présenterai pour les empreintes.

– Alors, nous devrions en avoir fini, conclut Quen en jetant un regard en coin à Talley.

Ce dernier hocha sobrement la tête, et elle reprit :

– Nous souhaitons que tout ceci ne soit qu'une erreur, capitaine. Vous pouvez dès à présent vous adresser au bureau. Nous vous écouterons. Mais je vous conseillerais de consulter d'abord votre avocat.

– J'attendrai donc.

— Capitaine, dit Talley, si vous voulez bien suivre cet officier...

— Monsieur. Ma'ame.

La voix de Sandor était calme, précise. Il fit demi-tour et emboîta le pas à l'officier de sécurité. Ils sortirent de la salle, traversèrent le bureau et débouchèrent dans le corridor. Malgré un effort démesuré, il ne parvint pas à repérer de quel côté se trouvait l'ascenseur, ni la direction par laquelle il était arrivé. Il était complètement désorienté. Son esprit en pleine confusion était submergé par la panique : ces enfilades de couloirs n'étaient pas ceux de la *Lucy*; cette géométrie complexe n'avait rien à voir avec le cercle si simple des docks.

Ils entrèrent dans un petit bureau : deux tables, une console avec des appareils compliqués... et un technicien de la milice.

— Relevé d'identité général, déclara l'officier.

Le technicien le prit en charge et lui fit remplir les différentes formalités dont l'ultime fut un prélèvement cellulaire.

Cette fois, c'était irrévocable. Ils avaient toutes les données et n'allaient pas se gêner pour s'en servir.

Le technicien lui donna un verre d'eau froide et l'invita à s'asseoir. Mais Sandor déclina l'offre. Etait-ce son aspect qui lui avait attiré cette marque de sympathie ? Sans parvenir à garder un air indifférent, il se retourna vers l'officier de sécurité. Un nouveau gradé s'était joint à lui et ce fut ce dernier qui lui déclara :

— Votre partie vous attend. Près de l'ascenseur.

Allison, pensa-t-il, et son moral descendit encore d'un cran. Il eût mieux fait d'accepter la prison, de refuser cette séance de relevé d'empreintes. Par sa faute, toutes les cartes étaient brouillées. Mais le confinement... Etre enfermé dans une cellule sous les yeux des Dublinois... cloîtré dans une station inconnue... L'officier lui montra la porte, l'ouvrit et pointa un doigt vers la gauche.

— Tournez à l'angle et continuez !

Sandor tourna à l'angle et s'arrêta net... Un personnage vêtu d'une combinaison argentée l'attendait bel et bien près de l'ascenseur, mais il s'agissait d'un homme qu'il voyait pour la première fois.

Un Dublinois, bien sûr. Il reprit sa marche et le personnage, jeune, très brun, lui lança un froid coup d'œil de bienvenue. Sa puissante poitrine était ornée d'un fin « C. Reilly ».

– Curran Reilly, se présenta-t-il.

– Où est Allison ?

– Qu'est-ce que ça peut vous faire ? J'ai l'impression que vous n'allez pas tarder à avoir des ennuis. Vous m'écoutez ?

– Je vais au bureau de change.

– Doucement.

Un bras bloqua brusquement le sien avant qu'il n'ait appelé la cabine.

– Vous avez des ennemis sur les docks, Stevens ?

– Non, dit-il en réprimant son envie de le boxer. Pas que je sache. Quel pourcentage allez-vous toucher ?

Curran Reilly sortit une poignée de billets de sa poche et les lui tendit. Instinctivement, Sandor les prit.

– Allez déjeuner, louez le même salon-lit qu'hier. Ne vous approchez ni du bureau de change ni d'un autre. Et ne signez plus rien.

– Ils ont relevé mes empreintes.

– Bravo ! il ne manquait plus que ça.

Sandor lui tendit les crédits.

– Reprenez votre aumône. J'ai de l'argent.

– Ça suffit ! Fermez-la. Allez jusqu'à ce salon-lit et ne vous en éloignez pas. Il y a un bar juste à côté. Nous n'avons pas envie de vous chercher partout, et évitez de vous livrer à de nouvelles stupidités. Gardez cet argent; ne tentez pas de toucher au vôtre. Nous sommes assez embêtés comme ça.

Sandor fit un effort pour se contenir. Où serait-il allé, de toute façon ?

– Comment vais-je retrouver ce coin ? Je ne sais même pas où je suis.

– Je vais vous accompagner, dit Curran en appelant l'ascenseur.

– Où est Allison ?

– Ne tirez pas trop sur la ficelle, monsieur.

– Appelez-moi capitaine. Je vous demande où est Allison. A-t-elle des problèmes ?

– Capitaine, siffla le Dublinois – et son air sombre se fit carrément sinistre. Je vais vous dire une chose : ses affaires sont ses affaires et vous n'avez pas à vous en occuper. Elle s'emploie à sauver votre peau, et si je suis ici, ce n'est pas parce que j'ai besoin de compagnie.

– J'espère qu'elle n'est pas en train de dépenser de l'argent...

– Décidément, vous ne pensez qu'à une seule chose, mon vieux : l'argent. Vous êtes une fameuse pute.

– Je vais...

– Fermez-la. Prenez notre aumône et faites ce qu'on vous demande.

L'ascenseur arriva; la porte glissa sur elle-même et le Dublinois la maintint ouverte. Sandor entra, aveuglé tant par la rage que par les fortes lampes qui éclairaient l'intérieur de la cabine. Ils n'étaient pas seuls. Curran monta à sa suite et ils plongèrent vers les niveaux inférieurs. Deux jeunes filles étaient agrippées à la rampe en face d'eux et un homme assez âgé se tenait dans un angle. Sandor enfouit ses mains dans ses poches. Dans l'une, il sentit les billets de Curran, et dans l'autre, le papier froissé de son sandwich. Les jeunes filles lui jetaient des regards en coulisse, chuchotaient et poussaient de petits rires mal assurés d'adolescentes. « C'est lui », entendit-il. Il fixa le vide, droit devant lui. La terreur revint oblitérer sa colère; tout le monde connaissait son visage. Il ne lui restait plus qu'à ravaler sa fureur et à accepter ce que les Dublinois lui demandaient de faire; c'était sa seule chance de salut... à moins que les Reilly n'aient été en train de préparer leur revanche.

« Un long et lent voyage à bord du *Dublin* », l'avait averti Allison, s'il croisait la route de ses cousins. Dans le milieu des marchands, la vengeance lavait l'affront fait à un Nom.

Mais trop conscient de ce que la justice des docks lui réservait, il suivit docilement Curran.

7

Le conseil exécutif du *Dublin* était en réunion dans le plus grand salon, réservé habituellement aux postés, et il était des plus inconfortable d'être l'objet des débats. Soixante-seize postés et l'équipage retraité... plus l'Ancien en personne : Michael Reilly, aux cheveux argent, sous réjouve, dont le vieillissement biologique avait été bloqué aux alentours de la quarantaine. Il occupait la place d'honneur de la table des capitaines qui faisait face au reste de la pièce. Derrière les sièges occupés par les timons se tenait Ma'ame au premier rang des membres du Com. L'autre aile était occupée par les servants du can. Il y avait là Megan et Geoff. Le visage impassible, mains croisées sur les genoux, Allison s'efforçait de rester calme en présence de l'impressionnante assemblée. Elle était par trop consciente de la vacuité du siège de Curran – vingt-deuxième timon – à côté d'elle. Le siège 23, celui de Deirdre, était vide également. Quant à Neill, assis au siège 24, il tentait de se composer un air aussi innocent qu'elle. Des piles de documents étaient disposées, sur le long bureau, devant l'Ancien et chaque capitaine. La plupart de ces textes lui étaient connus. Mais pas tous, et c'était bien ce qui la préoccupait. L'Ancien fit un signe de la main, et Will, le doyen des avocats de la famille, s'approcha de la table. Buste penché, il s'entretint avec tous les capitaines. Ce fut une conversation longue, lente, infiniment sérieuse. Dans la salle, nul bruit, pas le moindre froissement de papier. Les autres membres du conseil tendaient l'oreille pour ne pas perdre une miette de l'entretien qui tourna autour de mots clés tels que législation, responsabilité, piraterie, forces de l'Union.

Enfin Will retourna à sa place et les capitaines rangèrent leurs dossiers. L'estomac noué, Allison luttait pour ne pas serrer les poings. Derrière elle, sa mère devait maudire sa folie. On ne quitte pas son vaisseau. Parents et enfants sont tenus de rester ensemble jusqu'à la fin. L'idée de la trahison qu'elle était persuadée de commettre lui engourdissait les sens – et pourtant il lui était aussi impossible de renoncer que d'arrêter de respirer. Qu'elle dût perdre ou gagner, elle irait jusqu'au bout.

– 21, fit l'Ancien. Je constate des absents parmi ton unité.

– Monsieur, répondit-elle tranquillement, ils sont en train de régler une affaire concernant la *Lucy*. Avant qu'elle ne nous file entre les doigts.

– J'aurais la bienveillance de t'épargner tout commentaire, fit l'Ancien.

– Merci, monsieur.

– Je vais approuver la demande de financement. Sous réserve que les autres membres de ton unité soient d'accord, naturellement.

– Oui, monsieur. (Un frisson de soulagement la parcourut.) Merci, monsieur.

– D'après ta requête, tu n'envisages qu'un départ temporaire, n'est-ce pas ?

– Oui, monsieur.

– Vous garderez donc vos statuts et ne serez pas remplacés à vos postes.

– Bien, monsieur.

C'était le risque qu'ils avaient encouru. Le conseil les soutenait donc.

– Merci pour les autres, monsieur.

– Je veux te parler, ajouta l'Ancien. En privé. Tout de suite. La séance est levée. Viens sur le pont.

– A vos ordres, monsieur, souffla-t-elle.

L'assistance commençait à quitter le salon; elle croisa le regard de Neill, dont les sourcils étaient emperlés de sueur : il lui adressa un signe d'encouragement. Elle se leva à son tour, chercha Megan et Geoff derrière les rangées de fauteuils : sa mère la fixait. Tout à coup, il n'y eut plus qu'elle dans la salle. Sa mère opina lentement de la tête, et ce petit geste lui fut un déchirement. Tout allait bien, c'était, sinon compris, du moins accepté. *Merci,* lut sa mère sur ses lèvres. Elle se dirigea alors vers la porte latérale derrière laquelle l'Ancien avait disparu, et emprunta la coursive qui menait au pont.

Le Saint des Saints du *Dublin* fonctionnait au ralenti. La plupart des consoles étaient obscures et verrouillées. Seules, les lignes de liaison avec la station, les installations d'embarquement et les systèmes de contrôle, bien sûr, étaient branchés à cette heure. L'Ancien s'était installé dans son fauteuil qui surplombait les innombrables rangées d'instruments endormis. A l'avant de l'immense pont, au loin, quelques membres de l'équipage s'affairaient. Elle s'avança vers lui comme un requérant s'approchant d'un trône. De ce grand siège noir suspendu, le capitaine dominait tout, pouvait intervenir n'importe où. Instantanément.

– Monsieur, fit-elle.

L'Ancien l'observa. Il avait des cheveux argent, était vigoureux, à la fois jeune et vieux grâce au réjouve qui donnait si peu d'espoir... aux jeunes ambitieux.

– Allison. (Pas d'Allie, mais Allison.)

Il l'appelait toujours ainsi. Il s'accouda aux bras du fauteuil et croisa les mains sur son estomac.

– Il t'intéressera de savoir que toute l'affaire est arrêtée. Le navire qui a déposé plainte est le *Dancer.* J'ai eu un entretien avec leur Ancienne. Elle ne se considère pas comme personnellement concernée, et jusque-là on n'a pas entendu parler d'autres témoins. Je suppose que tu es toujours décidée.

– Oui, monsieur. (Un oui prudent.) Avec votre permission, monsieur.

Il la contempla avec cet air inébranlable et grave que lui conférait son rang.

– Assieds-toi. Parlons un peu de tout ça.

C'était bien la première fois qu'elle était invitée à

s'asseoir en présence de l'Ancien. Elle tourna nerveusement la tête vers le petit siège noir placé près de la console vidéo principale, s'installa, mains sur les genoux, et planta ses yeux dans ceux de Michael Reilly.

– Ainsi, tu voudrais voyager hors du *Dublin* et que nous financions l'affaire. Voyons si je me rappelle bien les termes de ta requête : « Un pied sur le seuil de Pell, une tractation légitime avec l'Alliance... qui l'emporte sur les inconvénients. » 21, tu sais ce que va devenir l'ordre de succession dans le commandement si nous achetons un autre vaisseau. Tu y as sans doute songé ?

– Je sais que le conseil aurait pu voter contre, et que le Timon 2 aurait ratifié ce vote.

– Si je pensais que tu étais une idiote, comme on se plaît à te décrire dans les docks, je te servirais le laïus habituel; je te rappellerais combien un transfert est une étape importante, à quel point tout est différent lorsqu'on se retrouve sur un autre navire, loin de ce qui vous est familier, et que l'on reçoit des ordres d'un inconnu qui – si sympathique soit-il – est un étranger. Je ne le ferai pas. Je sais ce que tu aimes, et je sais dans quoi tu te lances. Mais je ne suis pas certain que toi, tu le saches.

– Etre rattaché au *Dublin* n'est pas le pire qui puisse lui arriver.

– Ah oui ? Tu ne penses qu'à toi, Allison Reilly; tu ne parles que de toi et de tes propres projets. Tu sollicites une liaison entre notre Nom et un marginal inefficace, et l'annulation d'une plainte déposée par un honnête vaisseau – rien que ça ! Je tiens également à te rappeler ce que tu as entendu depuis ta naissance. Tout Dublinois n'a droit qu'à un seul appel en justice... pour toute sa vie. Tu peux hurler au secours sur les docks et obliger l'Ancien à déclencher la sirène pour rameuter chacun de ses enfants, ce n'est que si tu as agi avec raison que tu as droit à un nouvel appel. J'ai beau fouiller ma mémoire, je ne me souviens pas qu'un Dublinois ait jamais pris autant de risques que toi. Sais-tu cela ?

– Je le sais, monsieur.

– Et tu réclames le maintien de ton statut.

– Sauf votre respect, pour garantir le prêt, monsieur.

– Pas si désintéressée que ça, 21.

– Pas tout à fait, non, monsieur.

– Tu passes outre à l'ordre de succession. Tu ignores les prérogatives que tes aînés pourraient faire valoir si nous achetons ce navire comptant. Tu ne désires qu'une chose : commander durant le jour mineur au plus tôt et ne pas attendre un poste le restant de tes jours. C'est une machination et nul d'entre nous ne l'ignore. Une manœuvre malhonnête que tu as réduite à un simple problème technique. Comment devrais-je réagir, à ton avis ?

Son cœur s'affolait, et la chaleur montait à ses joues.

– Je dirais qu'ils ont voté et accepté, monsieur. Je dirais que leurs chances sont égales aux miennes et qu'il existe des douzaines de marginaux comme la *Lucy*. Peut-être ne désirent-ils pas saisir ce genre d'aubaine avec la même force que moi. Et que ceux qui sont avec moi. Cela fait longtemps que l'on blâme le Timon Trois en bloc et cependant, sauf votre respect, monsieur, il fonctionne.

– Il fonctionne, fit Michael Reilly en la toisant avec un air pénétrant, parce qu'ils ont une chienne de numéro 1 qui occupe ce rang depuis trop longtemps, qui est l'orgueil en personne et qui se trouve trop à l'étroit.

– Monsieur...

– Je vais te parler de l'exiguïté, 21. Le vaisseau sur lequel tu vas t'embarquer est petit, sans espaces privés, sans agréments. Aucun luxe. Pas de sécurité, pas de poste de secours ni de personnel auxiliaire.

– Mieux vaut régner en enfer...

– C'est bien mon avis. Et ce Stevens ?

– Il préfère partir avec nous...

– Vraiment ?

– ... que de rester en rade sur Pell avec un vaisseau saisi par les autorités, oui, monsieur.

L'Ancien opina lentement.

– Il te remerciera... au moins pour ça. Et quel titre

lui attribueras-tu... lorsque tu seras propriétaire de son vaisseau ?

– Cette question relève du conseil, monsieur, je crois.

– Jeune ma'ame, je vais vous dire quelque chose. (Michael Reilly pencha le buste en brandissant un index vers elle.) Ceci ne concerne que ton unité. Alors, ne demande pas au conseil de s'en mêler. C'est clair ?

– C'est clair, monsieur.

– Bien !

Il se tourna vers la console qui se trouvait à côté de lui, fouilla parmi les dossiers, puis ramena son fauteuil face à elle et lui tendit une poignée de feuillets.

– Voici un message du *Dancer*. Ils retirent leur plainte sans restriction. Un énervement compréhensible de leur part... découvrir un navire qu'ils savent ne pas être en règle. Ils ne divulgueront rien si nous leur garantissons que nous prenons tout en main. L'ordre sera transmis par courrier : dorénavant, nul ne sera en droit de déposer une plainte contre la *Lucy* sans passer préalablement par le *Dublin*. Ils délibèrent depuis une heure. S'ils avaient une objection, nous serions déjà prévenus. Je tends donc à croire, tout comme toi, que cet homme a de simples ennuis financiers. Sur le plan commercial, il est par conséquent en règle. Quant aux militaires, leur enquête ne peut être annulée. Et ce sera un problème de plus que ton unité aura à résoudre.

– Bien, monsieur.

– Voici un bon pour payer les frais de docks et les pièces justificatives établies par Will qui feront cesser l'enquête des autorités des docks de Pell. Elles devront soit présenter une plainte officielle avec témoins à l'appui, soit clore le dossier et libérer le navire. Etant donné que le *Dancer* retire sa plainte, l'affaire sera étouffée. La *Lucy* sera en règle, du moins sur le plan civil. Les frais de cargaison seront couverts par notre prêt, ainsi que tout le matériel que tu jugeras bon d'acquérir. Et souviens-toi de ce que je t'ai dit. Tu t'interposes entre un navire et son propriétaire. Tu le lui retires, et tu sais, au tréfonds de toi-même, ce que cela signifie.

Nous le savons aussi. Et il le saura. N'oublie pas cela. N'oublie ni ton Nom ni qui tu es.

– Oui, monsieur, murmura-t-elle.

– Terminé. Rompez.

Elle ramassa les précieux papiers, se leva, salua respectueusement et se dirigea vers la porte. Sur le seuil, elle s'arrêta un instant pour jeter un ultime regard au pont, à l'immense pont ultra-moderne du *Dublin*, la seule chose qu'elle ait désirée depuis toujours. Un dernier sursaut de colère lui noua la gorge. Il n'était pas pour elle. Elle devrait se contenter d'un vieux rafiot comme la *Lucy*. C'était la seule échappatoire pour les enfants ambitieux du *Dublin*.

Elle s'en alla faire ses adieux. Du moins les commencer. Elle devrait prendre congé de Megan, Connie et Geoff, sans oublier Ma'ame, ce qui lui était moins pénible que de quitter le vaisseau lui-même.

8

Apparemment, la situation sur les docks demeurait inchangée. A l'abri du porche du salon-lit, Sandor surveillait le poste de mouillage de la *Lucy*. Ouvriers et piétons allaient et venaient, indifférents. C'était le jour majeur à présent, et il maintenait son visage dans l'ombre. Assignés aux mêmes tâches que tout docker humain, les Inférieurs s'interpellaient avec des piaillements aigus; ils roulaient des fûts sur les rampes dans un bruit assourdissant qui couvrait le grondement régulier des machines.

Des pensées folles l'agitaient... Pourquoi ne pas profiter de la demi-heure du crépuscule qui séparait le jour majeur du jour mineur, durant laquelle les lumières de la station s'affaiblissaient, pour franchir la barrière de sécurité? Attaquer quelque infortuné ouvrier, lui dérober sa lame et faire sauter les scellés apposés sur le sas de la *Lucy*? Trop risqué. Il songea même à s'engager sur quelque autre marginal, tant il était paniqué. Chaque fois que cette idée lui effleurait l'esprit, il la repoussait. Jamais il n'abandonnerait sa *Lucy*. Non, il essaierait d'abord la lame. Il serait arrêté, pour sûr, accusé de vol, voire d'attaque à main armée. Ce qui rallongerait la liste des plaintes déjà portées contre lui.

Conduite anti-sociale. Violation volontaire des droits d'autrui. Avec ça, il serait bon pour les verrous. Et même pour un lavage de cerveau. Réhabilitation après restructuration mentale.

De toute façon, il n'était pas fait pour tuer. L'idée lui donnait froid dans le dos.

Restait le *Dublin*. Il s'accrocha à cette source d'espoir.

Un groupe de miliciens, des mâles et des femelles en uniforme bleu, passa devant lui : il recula dans le hall et attendit qu'ils se fussent éloignés. La milice. Les Forces de l'Alliance, avait dit Talley. Les Forces de l'Alliance. Le bruit courait que la milice de Pell avait recueilli en son sein le transporteur d'un Mazianni renégat. L'un des capitaines de Conrad Mazianni... Signy Mallory du *Norway*, une femme qui avait combattu aux côtés de la vieille Compagnie Terre... nom que les Mazianni utilisaient pour leurs opérations régulières. Mais un capitaine Mazianni tout de même. Talley... là-haut : le genre d'officiers que Pell appelait ses « protecteurs », peut-être un homme à la solde de Mallory. Et c'était lui qui ne le lâchait pas d'une semelle ! Un pirate sur le dos d'autres pirates, qui s'appuyait sur les règles civilisées du port.

Mais hors du port... si par quelque miracle il obtenait l'autorisation de quitter Pell...

Une brutale vision jaillit dans son esprit : troupes armées sur le pont de la *Lucy*, coups de feu. L'Ancien qui se meurt, puis sa mère. Des blessés, Ross qui s'écroule sur lui...

Et Jal qui appelle à l'aide tandis que des soldats l'embarquent sur leur vaisseau. Jal et les autres faits prisonniers... dans quel but ?

Ainsi, l'Alliance politicaillait avec l'Union ! Peut-être voulait-elle monter de toute pièce une prétendue menace des pirates contre Pell afin de justifier la présence de leurs navires de guerre. Si jamais ils l'arrêtaient... il était certain que le lavage de cerveau lui ferait raconter tous les boniments qui leur conviendraient. Fantasmes paranoïdes ? Pas certain. N'était-il pas un étranger ? Trop de choses étaient possibles... lorsque des pirates en poursuivaient d'autres.

Un pas s'approchait sur sa gauche. Au moment où il s'avançait pour voir qui venait, une main se posa sur son bras et son regard plongea dans celui d'Allison Reilly.

– On t'avait dit de rester à l'intérieur.

– Eh bien, je suis là, non ? (La surprise lui faisait encore battre le pouls.) Vous avez pu faire quelque chose ?

– Tout est arrangé. Je t'ai couvert, tu n'as plus rien à craindre, annonça-t-elle en agitant sous son nez les papiers qu'elle avait sortis de sa poche.

Il secoua la tête sans comprendre.

– Le *Dublin* a obtenu que le *Dancer* retire sa plainte. Nous avons un justificatif pour la station, et ils ne pourront fournir aucun autre fait confirmant les allégations du *Dancer*. Il nous suffit de remplir ces documents. (Elle lui tendit l'un des feuillets.) Voici la demande d'inscription à l'Alliance et de licence de commerce. Le *Dublin* nous servira de témoin. Ainsi, tu auras des papiers en règle pour circuler de ce côté de la Ligne. Il suffit de les remplir et de les signer. Tout est en ordre. Notre avocat s'en est occupé. Ceci – deuxième papier – est un justificatif pour les douanes afin qu'elles enlèvent les scellés. Dès lors que le *Dancer* retire sa plainte, elles ne peuvent les maintenir. Et voilà – troisième papier – un prêt destiné à couvrir tes frais de docks, de cargaison et l'achat du matériel. Je t'ai trouvé un équipage. Il ne manque que l'autorisation de sortie. Ce qui nous laisse le temps d'aller faire quelques courses. Tu viens ?

Il fit un pas, puis stoppa. C'est trop beau, se disait-il, cherche où le bât blesse.

– Qu'est-ce que ça va me coûter ? demanda-t-il. Allez, annonce la suite, car il y a une suite.

D'un mouvement de tête, elle lui indiqua la porte du bar voisin.

– Viens. Allons nous asseoir pour examiner tout ça.

Elle le prit par la main et l'entraîna dans la petite salle bruyante. Ils s'installèrent près de la porte à une table où il y avait assez de lumière pour lire. « Bière », ordonna-t-elle au serveur qui s'était approché. Sandor piocha le document qui définissait les modalités du prêt et en éplucha soigneusement chaque clause. Allocation de cinq cent mille crédits pour la cargaison, plus cent mille crédits sur un compte provisionnel. Interdit, il contemplait ces chiffres, qui lui semblaient aussi énormes que des distances interstellaires, en branlant du chef.

– Cela m'étonnerait que tu trouves une offre plus avantageuse. Je vais t'expliquer comment tu l'as obtenue. Je pars avec toi. Tout le Timon 3 du *Dublin* s'embarque dans ce voyage. Un équipage qui sait ce qu'il fait. Je m'en porte garante. Mon unité. C'est un excellent contrat. Tu prétends que ta *Lucy* réalise des bénéfices avec des cargaisons mineures. Qu'est-ce qu'elle peut donner avec un bon soutien, à ton avis ?

Ces paroles touchaient profondément son orgueil. Il releva la tête.

– Je ne sais pas. Je ne connais que le genre d'affaires que je traite... comment tirer profit de petits marchés. La *Lucy* a près de deux cents ans. Elle n'est pas rapide. Je l'ai poussée pour arriver ici... Chargée, elle est lente, et les sauts, tu les sens avec elle.

– Je n'ai vu que l'extérieur. A quoi ressemble l'équipement intérieur ?

– Certainement pas à ce dont tu as l'habitude, fit-il en haussant les épaules. La température de la cale numéro 1 ne dépasse pas les douze degrés Kelvin, le reste est glacial; quinze, pas plus. Ça ne marchera pas. Je ne peux pas effectuer le genre de transaction dont tu parles.

– Ça marchera !

– Je ne comprends pas pourquoi tu fais ça.

– Business. Le *Dublin* va se lancer dans de nouveaux marchés ici. Nous voulons garder un pied de part et d'autre de la Ligne. Cela nous arrange de t'ouvrir un compte provisionnel. Et si cela t'arrange par la même occasion...

La bière était servie. Sandor en but une gorgée pour s'humecter le gosier, parcourut de nouveau les articles relatifs au prêt afin de découvrir la clause traitant de confiscations, d'obligations auxquelles il serait tenu.

– Quelques transports rentables, et tu ouvres un compte ici, puis tu rembourses tes dettes. Veux-tu savoir à combien s'élèvent les bénéfices du *Dublin* pour une bonne cargaison ?

— Je ne suis pas certain de le vouloir.

— C'est un prêt modeste. C'est ainsi qu'il te faut le voir. Une broutille. Tu as dix ans pour le rembourser. Dix ans ! Quelle banque t'offrirait cela ? Quel cartel ? Tu rembourses et ensuite tu as toutes tes chances d'obtenir avec le *Dublin* des contrats qui te remettront à flot. Vraiment. Pas du travail de cochon. Mets ta vieille unité à la poubelle et installe un nouveau générateur. Le profil de la *Lucy* est bon, elle reste stable durant le saut. Certains des plus récents navires s'inspirent un peu de son type de construction.

— Non, fit-il avec un filet de voix. Non, tu ne m'entraîneras pas là-dedans. Tu ne mettras pas la main sur elle.

— Parce que tu penses ne pas être à la hauteur ! Parce que tu crois que tu échoueras !

Il réfléchit un instant.

— Quelle meilleure proposition peux-tu espérer ? demanda-t-elle. Si les plaintes sont maintenues, qui va te défendre ? Hein ? Alors, signe ces papiers, accepte. J'ai fait tout ce que j'ai pu pour toi... et pour moi aussi, je l'avoue. Je vais avoir un poste que je n'aurais jamais obtenu sur mon vaisseau. Nous prenons donc tous les deux des risques. Je ne connais pas tes ennemis, mais cela ne me surprendrait pas que tu en aies quelques-uns.

— Non, dit-il en secouant lentement la tête. Non, je n'en ai pas. Si incroyable que cela puisse paraître, je ne m'en connais aucun.

— Voilà du moins une preuve d'ingéniosité.

— Question de survie... Reilly, je te préviens que si je signe... la *Lucy* n'aura qu'un seul capitaine : *moi*.

— Rien dans ces papiers ne stipule le contraire.

Il but une longue goulée de bière.

— Aurons-nous un témoin ?

— C'est obligatoire. Les bureaux de la station.

— Alors, allons-y.

Bien qu'il eût tous les documents salvateurs en main, ce n'est pas sans inquiétude qu'il pénétra dans les bureaux. Les papiers passèrent du comptoir à la table qui se dressait au delà, puis dans une arrière-salle. On les appela finalement dans cette pièce où un employé les examinait.

– Combien de temps... s'entendit-il demander contre son gré, combien de temps cela prendra-t-il pour régler tout ceci et faire retirer les scellés ? J'aimerais commencer à chercher une cargaison.

– Impossible de savoir, grommela l'employé en fronçant les sourcils.

– Nous avons déjà demandé l'approbation de notre plan de vol, intervint Allison.

Les sourcils se redressèrent, puis se froncèrent de nouveau. Décidément, ce type était un grincheux.

– Bureau des douanes, fit-il en pressant une touche de la console des communications. J'ai ici Stevens de la *Lucy* avec des formulaires.

Après la réponse des douanes, ils furent aiguillés sur un autre bureau où ils durent satisfaire à de nouvelles formalités.

Nature de la cargaison ? Sandor répondit qu'il n'était pas encore en mesure de le savoir. Il compléta différentes pièces, non sans laisser quelques blancs pour brouiller les cartes. La *légalité* : une notion qui lui était étrangère.

En règle, se répétait-il. C'étaient de vrais papiers. D'honnêtes papiers. Sous un faux nom et avec une fausse carte d'identité, soit – le seul point noir –, mais de vrais papiers tout de même.

Après les douanes, ils se rendirent aux bureaux de change. Sandor s'apprêtait à faire la queue en quémandeur avec les spationautes, mais Allison le tira par le bras vers les bureaux intérieurs. A la vue de ce loqueteux en compagnie d'une tenue argent, la secrétaire tiqua.

– Monsieur ? s'enquit-elle.

Gêné, Sandor chercha les papiers requis.

– Je voudrais ouvrir un compte et transférer des fonds.

– De Wyatt ?

Tout le monde connaissait son business ! Cela le désarçonna. Il posa les justificatifs sur la table.

– Non. C'est un contrat indépendant.

– Le *Dublin* a un compte sur Wyatt, précisa Allison en se lançant dans la bagarre. Il s'agit d'un prêt entre la *Lucy* et le *Dublin*. Le navire est collatéral. Le capitaine Stevens espère régler cela avec son cartel, mais pour l'instant, le *Dublin* couvrira tout transfert de fonds qui sera estimé nécessaire : l'acte sous-seing restera à Pell.

– De quelle somme s'agit-il ?

– Cinq cent mille crédits pour commencer.

– Je vais en aviser M. Dee.

– Merci, fit Allison avec une pointe de fatuité, puis elle s'installa dans un fauteuil de la salle d'attente.

Sandor s'assit à côté d'elle, essuya une perle de sueur qui roulait sur ses tempes, croisa les chevilles, se cala contre le dossier et se détendit.

– Laisse-moi mener l'entretien, veux-tu ? lui demanda-t-il.

– Ne t'énerve pas. Je sais ce que je fais.

Il se sentait paralysé. *En règle,* songea-t-il de nouveau. Une telle avalanche de chance était suspecte. Ce navire crachant un demi-million comme si c'était du vulgaire argent de poche... cela lui portait sur les nerfs. Une vague de panique le submergea. Sa place n'était pas ici. Dans quoi s'était-il lancé ? C'était comme s'engager dans un saut sans aucun frein... au delà d'une certaine vitesse, le navire devient incontrôlable.

– Capitaine ! (La secrétaire était revenue.) Dee va vous recevoir.

Il se leva. Allison l'encouragea d'une tape dans le dos, mais ce geste lui sembla être le coup de grâce. Il s'avança, suivi d'Allison dans le bureau d'un homme grêle – un visage sagace, ridé, des yeux noirs en amande qui vous mettaient à nu.

– Le CEW fera valoir ses droits, l'avisa Dee.

– Un détail, fit Allison.

Les yeux sombres et inquisiteurs poursuivirent un

instant leur examen, puis un doigt sans âge lui indiqua la ligne appropriée, et il signa.

– Parfait, fit Allison.

Ils échangèrent une poignée de main avec le banquier, et Sandor se sentit soudain un citoyen, grevé de dettes certes, mais respectable. Puis Dee les raccompagna jusque dans le hall d'entrée. Ils n'étaient pas n'importe qui. Il n'était pas n'importe qui. Mais il éprouvait en même temps une peur différente de celle qui lui tenaillait les tripes quand il séjournait sur une station. Elle s'accompagnait de la certitude tardive d'avoir fait une bêtise ce jour lointain où il était entré dans un bar de Viking pour offrir un verre à une Dublinoise.

– Viens, lui dit Allison lorsqu'ils quittèrent les bureaux, munis de cartes de crédits flambant neuves et de l'autorisation de sortie. Occupons-nous du matériel. J'ignore ce que tu as comme réserves. Sapristi ! J'aimerais bien que les scellés soient enlevés pour jeter un œil dans cette *Lucy*.

– Quelques surgelés. Sur Viking, j'avais compté largement pour ma course en solo.

– Nous serons cinq. Quel est le poids imparti à chacun ?

– Je ne pense pas que ce soit un problème.

– Le logement ?

– Des cabines de deux mètres et demi sur quatre. Placard, douche, couchette.

– On dort debout, alors ?

– Les placards sont au-dessous et au-dessus des couchettes.

– Les cabines sont privées ?

– Autant que tu le veux.

– Pas mal ! Aussi bien que sur le *Dublin*, si tu veux savoir.

Cette remarque le rendit expansif.

– Si vous avez des affaires en sus... on trouvera toujours la place pour les mettre. Les resserres sont volumineuses.

– Fantastique. Hé !

Elle arrêta un glisseur en maraude – un plateau muni de perches – et sauta dessus. Sandor la suivit, glissa sa propre carte dans la fente, et le véhicule les transporta avec une facilité qu'il jugea délirante autour de la station en anneau. Jamais il n'avait emprunté de glisseur, luxe inutile pour lui dont les jambes fonctionnaient très bien. Sa vie durant, il s'était déplacé à pied dans les docks. Paralysé par une profusion de sensations nouvelles, il regardait défiler lumières et boutiques. « Arrêt », suffisait-il de crier pour que le chauffeur stoppât l'appareil le temps de vous laisser descendre. « Arrêt », cria Allison, et ils se retrouvèrent sur le dock blanc en face d'une large vitrine hermétique et d'un amusant logo annonçant WILSON et, en plus fins caractères, BAZAR. A l'intérieur, tout était blanc, argent et noir. Il jura à voix basse et se laissa entraîner dans l'établissement.

Des présentoirs à l'infini. Le rayon vestimentaire occupait toute une aile : lingerie, vêtements thermiques et de travail. Certains de couleur fantaisie, aussi brillants que ceux que l'on voyait dans les docks sur le dos des nantis. Rien que du neuf. Le prix d'une paire de bottes – cent cinquante crédits – le fit sursauter, et il agrippa le bras d'Allison.

– Ce sont des voleurs, là-dedans. Regarde-moi ça! Ecoute, ce n'est pas pour moi. La *Lucy* se fournit aux entrepôts. Ou sur les docks.

Elle fronça le nez.

– Je ne connais pas tes habitudes, mais nous n'avons pas l'intention de manger des produits de deuxième catégorie ni d'utiliser de la camelote en guise de matériel. Pour être traités en gens du monde sur les docks, il faut en jeter un peu. Et je n'ai pas envie de porter des oripeaux juste pour te faire plaisir. Alors, calme-toi, Stevens, et achète-toi quelque camouflage qui te permettra de passer inaperçu parmi ton équipage.

Il examina les vêtements. Il avait beau faire un effort d'imagination, il ne parvenait pas à se voir là-dedans. Il fourra les mains dans ses poches, dont les fonds avaient été maintes fois recousus, et se retourna vers Allison.

– Tu comptes porter ces fanfreluches en argent

dans les boyaux de la *Lucy*? Ce sont des vêtements de travail qu'il te faut, Reilly.

– Ne mélange pas les docks et le travail, et choisis une tenue qui te plaît, tu m'entends ?

Il fit le tour de l'allée : rien de rapiécé. Inutile de chercher des trucs mal cousus et couverts de trous de brûlures. On lui demanda ce qu'il voulait, et ils allèrent feuilleter le catalogue de l'ordinateur.

– Allez, je vais m'habiller comme vous, murmura-t-il tout en songeant qu'il aurait l'air emprunté dans ce genre de combinaison. T'es contente ?

– Assez. De quel système de divertissement dispose la Lucy ?

– D'un paquet de cartes, lâcha-t-il. Nous pouvons en acheter un neuf.

Elle jura.

– Mais tu dois bien avoir un passeur de bandes ?

– Système Mariner. Fabrication Delta.

– Seigneur, un convertisseur ! Nous amènerons nos bandes et en achèterons quelques nouvelles.

– Je ne peux pas me permettre...

– Un agrément indispensable. Ecoute, tu as pris un personnel de premier ordre, alors il te faut l'équiper. Et la literie ?

– Ça ne manque pas ! Mais je dois m'occuper d'abord des biens de première nécessité, trouver quelques épurateurs, des détergents, des torchons... avant d'acheter ces excentricités. J'aimerais aussi installer quelques éléments auxiliaires sur certains disjoncteurs et systèmes qui ne fonctionnent plus très bien.

Allison arrondit les yeux d'effarement.

– Deux sur le tableau de bord principal, avoua-t-il carrément.

– Fais une liste. On trouvera ça ici.

– Avec plaisir. C'est rassurant, n'est-ce pas, de savoir que l'on disposera d'un système de sécurité ?

Il traversa une allée et alla examiner les autres rayons. Autour de lui, les comptoirs regorgeaient de marchandises... articles personnels, literie, plats, bandes et jeux, objets utilitaires, cabinets, fournitures pour vaisseaux, hardware, aliments recyclables, instruments divers, casiers, médicaments, software. Une musique douce susurrait à ses oreilles. Au milieu de cette masse d'objets chatoyants, il se sentait perdu. Jamais il n'était *entré* dans un magasin de ce genre. Etant donné l'épaisseur de son portefeuille, on l'aurait pris pour un voleur.

Soudain, il fut emporté dans un tourbillon de folie, comme lorsqu'on se prépare à un saut difficile.

– Un conseil ? s'enquit un vendeur sous son nez.

– Je cherche quelques vêtements. (Et subitement téméraire :) Un costume assorti, la veste et le reste. Des bottes pour les docks. Et peut-être quelques tenues de travail.

Allison avait disparu : dans un certain sens, cela le paniquait encore plus. Elle était probablement partie faire quelques achats. Et cet employé qui lui jetait le même regard méfiant que les patrons de bar. Il produisit sa nouvelle carte. « Stevens », annonça-t-il. L'œil du vendeur s'éclaira.

– Vous êtes celui qui est arrivé hier ?

– Oui, monsieur.

Seigneur, hier seulement ? Les bras lui en tombèrent.

– Mettez tout sur mon compte; j'ai besoin de beaucoup de choses.

L'œil brilla encore plus.

– Heureux de vous aider, capitaine Stevens.

Des combinaisons étincelantes. Des bottes à soixante-quinze crédits. Une veste, une série de sous-vêtements. Il s'observa dans le salon d'essayage : son visage était hâve, barbu. Il retira ses trop beaux vêtements pour les faire empaqueter.

Allison l'attendait, juchée sur un tabouret devant le comptoir de l'alimentation. Elle feuilletait le catalogue.

– Tu as commandé quelque chose ? s'enquit-il sur le point de défaillir.

– Je dresse une liste.

Elle tapota l'écran où s'inscrivait un choix de menus de premier ordre avec de la vraie viande, des fruits congelés et des boîtes de gâteaux.

– Chocolat, ajouta-t-il, pris de fantaisie.

– Chocolat, dit-elle. Voilà !

– Annule ça. C'est trop cher.

– Chocolat et café. Du vrai. Laisse-moi faire.

– Allison... tu achètes ce genre de truc, d'habitude ?

Il y a une heure, il se serait tranché la gorge plutôt que de poser une telle question. Il la regarda dans les yeux et soupçonna qu'il s'agissait d'un caprice aussi puéril que ses chocolats.

– Pour les jours spéciaux, avoua-t-elle. J'ai commandé aussi des produits de base.

– J'ai soixante-quinze congelés standard. Tu peux annuler ça.

– Parfait. (Elle effaça cette partie de la commande avec le stylet.) Et ce hardware dont nous avons besoin ?

Elle avait dit « nous », bien sûr. Il s'installa sur le siège à côté d'elle et frappa l'indicatif du catalogue.

– Ailleurs, je pourrais les obtenir à un meilleur prix, murmura-t-il.

– Ils ont un système de discount. Achète tout ton équipement ici et tu auras une ristourne.

– Voilà qui est mieux.

Mais son euphorie était retombée et il se sentait au bord de la nausée. Il pointa le matériel indispensable. Dans son antique combinaison, il se trouvait trop voyant au milieu de ce bazar. La liste s'allongeait et le total grimpait rapidement, car les prix des systèmes destinés au comp étaient sans commune mesure avec ceux des fantaisies destinées à un équipage – même exigeant.

– Cela ira ? s'enquit finalement Allison.

Il demanda le total définitif. 5576, indiqua l'écran. Atterré, il secoua la tête.

– Impossible.

– Cinq, rappelle-toi. Plus le hardware. Ce n'est pas hors de nos moyens. Glisse la carte, là.

Il obtempéra. La liste fut enregistrée. MERCI, répondit l'écran. Il le fixa un moment comme s'il eût été une masse en train de lui foncer dessus. Puis il reprit sa carte.

– Le coiffeur pour nous deux, annonça Allison en lui caressant l'épaule. Et une toilette. Nous devons dîner avec des gens.

— Avec qui ?

— Les autres, voyons. Et pendant que nous y sommes, pourquoi tu ne te fais pas broder un nouveau sigle ? J'ai regardé dans l'annuaire. Il y a un endroit où ils les fabriquent sur-le-champ, par ordinateur. C'est étonnant.

— Seigneur, Reilly... cela a-t-il une quelconque importance ?

— Je pense que oui. (Elle toucha la nymphe à moitié décousue sur sa manche.) Tu pourrais le dessiner toi-même, tu sais. Sinon, ils ont des modèles courants, si tu y tiens vraiment.

C'était un coup bas et il se renfrogna. Jamais elle ne cédait.

— Occupe-toi de ce qui te regarde, fit-il. Si j'aime les vieilleries, c'est mon problème.

— Comme ça, tu vas au-devant des ennuis. Ils croiront que tu es un pirate.

— Alors, je vais en acheter une pleine poignée. Merci.

Elle pinça les lèvres. Elle savait qu'elle avait dépassé les limites.

— Tu ne t'appelles pas Stevens.

— C'est une question ?

— Peut-être.

— C'est mon affaire. (Puis, après un silence :) J'irai me faire fabriquer quelques foutus sigles. Peu importe lesquels. Mais pas un trèfle, ça je te le garantis.

— Je ne te le demandais pas.

Il hocha la tête et rassembla ses paquets — les matériaux commandés sur catalogue seraient livrés lorsqu'ils établiraient l'horaire d'embarquement.

L'embarquement...

9

Bon gré mal gré, il suivit Allison chez le fabricant de sigles, puis alla faire peau neuve chez le coiffeur. Ses cheveux blonds coupés pour la première fois par un professionnel lui donnaient l'air bien portant d'un homme aisé. Mais, tenaillé par le doute, trop obnubilé par son passé, il chercha en vain le sommeil dans le salon-lit où ils se rendirent ensuite. Il ne cessait de penser au comp et à ses singularités, aux cabines scellées de la *Lucy* que les Dublinois lui demanderaient d'ouvrir. Ils allaient pénétrer dans son intimité, ce qui pour lui serait pire que d'être dénudé en public. Son orgueil serait blessé, ses souvenirs violés.

Tu dois cependant accepter, se raisonnait-il. Jamais une telle chance ne s'était présentée à lui. Même pas en rêve. Il croisa le regard d'Allison dans le miroir. Un regard chaleureux qui le réconforta.

— Tu es bien, dit-elle à son reflet argent.

Cela lui mit du baume au cœur.

— Tu trouves ?

Soudain il était de nouveau confiant.

— Parfaitement.

Il respira plus librement. Si elle était sincère, il n'avait pas à redouter qu'elle se moquât de ses enfantillages pathétiques, des reliques parmi lesquelles il vivait. Quant à ces étrangers qu'il allait rencontrer, il n'aurait pas à les craindre tant qu'elle le soutiendrait, qu'elle ne se raillerait pas d'un homme qui, en guise de famille, ne possédait que des enregistrements, qui n'avait jamais eu la force de jeter les débris de son passé. Des choses atroces. Une vie peuplée de chimères.

Et puis, quelle autre échappatoire avait-il? Attendre les militaires? Il imagina le rire des enquêteurs des docks découvrant ses trésors, celui des techniciens qui, en lui triturant la cervelle, apprendraient quel môme tourmenté il avait été. La *Lucy*, lui, ils étriperaient tout. Et leurs questions... cette mise à nu...

Sa combinaison était ornée d'un sigle neuf : « *Lucy* » brodé en lettres blanches barrant un double cercle sur fond noir. Il eût aimé reprendre le cygne aux ailes déployées. Mais quelqu'un risquait de savoir qu'il était le symbole des Kreja. Avec Ross et Mitri, ils dissimulaient leur Nom, chaque fois qu'ils étaient sur un coup. Aujourd'hui, il lui était impossible de se rendre aux bureaux de la station et de leur annoncer froidement : « Je vous ai menti. Changez le Nom. » Cela serait la fin de tout.

Peut-être, songea-t-il, avec le temps m'habituerai-je à ce sigle?

– Tu viens? lui demanda Allison.

Ils entrèrent dans le restaurant bras dessus, bras dessous. C'était, comme il s'y attendait, un établissement luxueux dans lequel les parures brillantes étaient de mise. Des stationautes étaient attablés en compagnie d'officiers de grands vaisseaux. Beaucoup de cheveux argent, beaucoup de crédits. Un serveur vint à leur rencontre. « Reilly », fit Allison. Il salua respectueusement et les conduisit, entre des colonnes serpentines, jusqu'aux alcôves sombres et profondes aménagées le long des murs.

Dans l'une d'elles se tenaient trois personnes argentées qui se levèrent à leur arrivée. Le cœur battant, Sandor dévisagea leurs faces faiblement éclairées. Il se retrouva nez à nez avec Curran Reilly qui resta de glace.

– Curran, annonça Allison, vingt-deuxième timon du *Dublin*, mon second. Capitaine Stevens de la *Lucy*. Mais vous vous êtes déjà rencontrés.

– Oui, dit Sandor à qui l'adrénaline brouillait l'esprit.

Après un certain temps, Curran se décida à accepter la main qu'il lui tendait. Paume moite contre paume sèche. Sa poignée de main fut sans surprise : aussi dure et inamicale que son regard. Les autres furent plus chaudes, plus avenantes.

– Deirdre, poursuivit Allison, numéro 3.

Une solide femme au visage couvert de taches de rousseur avec les cheveux noirs des Reilly, mais dont le sourire lui alla droit au cœur. Il en oublia sa colère et Curran. Il n'avait pas l'habitude de rendre autrui heureux.

– Neill, dit Allison.

C'était un barbu efflanqué dont l'expression chaleureuse le persuada que Curran était le seul du lot dans son genre.

– Neill, murmura-t-il à son tour, puis il les détailla un à un.

Le serveur leur offrit des chaises, et il se retrouva entre Allison et Deirdre, en face de Curran et Neill.

– Prendrez-vous des cocktails ? demanda le serveur.

– Les boissons avec le repas, répondit Allison. Cela vous convient-il ?

Tous opinèrent. Le serveur leur présenta la carte, et durant un temps béni, ce fut l'amabilité qui régna.

Bien sûr, c'était lui qui invitait. Des prix à glacer le sang. Mais il garda son calme et, aussi souriant que ses invités, il commanda les meilleurs plats. Ce n'était, après tout, qu'une exception... une occasion. Il pouvait se le permettre, se persuada-t-il. Pour leur être agréable. Pour leur offrir ce à quoi ils étaient accoutumés. Avec leur argent.

Après le départ du serveur, le silence retomba.

– Tout est prêt ? finit par demander Curran à Allison.

– Tout.

– Megan t'envoie ses amitiés.

Le silence de nouveau. Sandor ignorait qui était cette Megan. Nul ne se proposa pour le lui expliquer.

– J'irai lui parler, dit Allison. Ce n'est qu'un au

revoir, en fin de compte. Nous nous rencontrerons sur les boucles.

– Je crois qu'elle comprend, intervint Deirdre. Les miens... ils savent. Ils savent pourquoi.

– Tout le monde sait *pourquoi*, trancha Allison. C'est pardonnable. (Elle effleura le bras de Sandor.) Politique des vaisseaux. (Et aux autres :) Nous avons tout l'équipement. Premier choix.

– Comment serons-nous logés ? s'enquit Neill.

Des clients vinrent s'installer à la table voisine; ce remue-ménage détourna un temps leur attention. Puis Sandor écouta les Reilly discuter entre eux de leurs préparatifs de départ.

– Des cabines privées et pas de limite de poids ? s'exclama Deirdre, les yeux brillants. Je pensais que nous devrions nous restreindre.

– Pas de limite sans raison majeure, expliqua Sandor en se mêlant à leur conversation.

Leur étonnement le rendit démonstratif.

– C'est l'un des avantages dont jouit un équipage réduit. Emportez tout ce que vous voulez. Prenez la cabine qui vous plaira.

– Vous et Allison avez l'intention de faire chambre commune ? s'enquit Curran.

– Curran ! protesta Allison.

– Une simple question.

On les servit, le vin d'abord. Les amuse-gueule arrivèrent avant que ce point ne soit réglé. Mais Sandor avait l'appétit coupé par la colère.

– Dites-moi, monsieur Reilly, fit-il en brandissant un couteau en direction de Curran, je crois qu'il y a un petit problème entre nous. Je n'en connais pas vraiment la raison. Mais cela a commencé dans la section bleue ce matin, et je n'ai pas l'intention de continuer ainsi.

– Stevens ! intervint Allison.

– Je crois que nous ferions mieux de régler cela tout de suite.

– Parfait, dit Curran avec douceur. Notre numéro 1 affirme que vous êtes correct. Je lui fais confiance. Recommençons à zéro.

– C'est moi qui fais la loi, monsieur.

— Evidemment, fit Curran. L'ordre hiérarchique. Dès que ces scellés seront retirés.

— Cela ne devrait pas tarder, dit Allison. Et notre itinéraire ?

— Je l'ai reçu, dit Curran. (Son visage sombre s'anima un instant.) Nous sommes envoyés sur Venture et Byran avec des marchandises de la compagnie Konstantin, sous la garantie du *Dublin*.

— Vous parlez de « notre » itinéraire et de « notre » cargaison ? fit Sandor qui releva soudain la tête.

— Exact.

— Vous avez seuls...

— Cela fait partie du contrat.

— Erreur. Vous n'avez à choisir ni les itinéraires ni les cargaisons.

— Allons, allons ! Cette affaire est bien plus avantageuse que celles que vous auriez obtenues. Les bénéfices sont assurés.

— Je me fiche de votre cargaison. C'est moi qui décide où la *Lucy* va et si elle y va.

— Tout doux, fit Allison en lui caressant le bras. Ecoute : cela *fait* partie du contrat. Je voulais te prévenir. C'est une bonne affaire. La meilleure. Les Arrière-Etoiles sont de nouveau ouvertes, des stations vont s'y créer. C'est une chance inespérée que d'être présent lors de la remise en route d'une station. Le *Dublin* prend une cargaison et repart pour Mariner. Nous, des Arrière-Etoiles, nous irons sur Sol. Tu comprends ? Le commerce de Sol : des produits de luxe, exotiques; des parcours modestes. Dès que la ligne de Sol est praticable, nous ramenons des cargaisons de là-bas. De petites cargaisons d'abord, puis nous effectuerons cette conversion qui nous permettra d'atteindre des vitesses qui...

— Oh ! vous avez prévu cela aussi !

— Parce que moi, je m'y connais en affaires, si toi, non. Il ne s'agit pas de commercer avec les docks. Mais de voyager les cales pleines, et de se trouver là où le négoce prend son essor.

— Nous reviendrons par la même route, intervint

Deirdre. Nous prévoyons de rencontrer le *Dublin* sur la boucle de Pell et de lui confier les produits de Sol qu'il revendra dans le territoire de l'Union. Ça rapportera gros. Le *Dublin* n'agit pas par pure charité.

– Les commerçants de l'Alliance nous trancheront la gorge. Les locaux ne comprendront pas.

– Cesse de penser en marginal, rétorqua Allison. Tu es dorénavant associé avec les Dublinois. Ils n'oseront pas plus toucher à la *Lucy* qu'au *Dublin*. Et après le premier transport, nous ferons partie des leurs. Nous aurons les papiers de l'Alliance.

– Je suis donc obligé d'accepter les marchés que m'*offre* le *Dublin*.

– D'honnêtes marchés.

Evitant le regard de Curran Reilly, il but une gorgée de vin.

– Les Arrière-Etoiles... murmura-t-il en songeant que s'il y avait un endroit où il ne risquait pas d'être arrêté, c'était bien dans ces stations perdues du côté de la Terre. Les produits de Sol. Précieux, et légers. Des biens rares et luxueux. Ainsi, nous servirions de trait d'union au *Dublin*.

– Crois-moi, expliqua Allison, des deux côtés de la Ligne, on est intéressé... Pell, totalement. L'Union, pour garder un contact. Si tu t'imagines qu'elle souhaite que Pell et Sol se partagent le gâteau à eux seuls, tu te trompes. Elle soutient les marchands qui lui sont favorables et qui veulent commercer avec l'autre côté. Rien ne s'oppose à notre réussite.

– Notre ?

– Comme tu veux. Toi, tu avais besoin d'un garant, et nous, nous considérons les avantages. Toi. Nous. Toi et des Dublinois sur la *Lucy*; nous pouvons créer une nouvelle boucle qui rapportera.

Il réfléchit encore à ce contrat, excité malgré lui.

– Vous prévoyez de rester... combien de temps ?

– Nous n'avons pas forcément l'intention de repartir. Je t'ai déjà expliqué... que pour obtenir un poste, on doit attendre très longtemps, nous venons pour rester.

Il approuva lentement de la tête.

– Parfait, fit-il en s'adressant aussi à Curran. Parfait. Je vous accepte, vous tous et votre marché. Les diagrammes ?

– C'est arrangé, fit Curran. Pas de problème.

– D'après ce que je sais, dit Allison, nous aurons un double saut pour atteindre Venture et deux autres pour Byran.

– C'est peu fréquenté, par là.

– Pell surveille plus ou moins ces espaces.

– Des patrouilles ?

– Ils n'ont rien précisé. Ils ont simplement parlé de surveillance.

– C'est rassurant.

En fait, il restait sceptique. Du bluff, probablement. Sinon, c'était que Pell était vraiment décidée à garder le contact avec Sol.

Il observa de nouveau ces étrangers avec qui il allait désormais partager sa vie. Ils ne correspondaient pas tous exactement à l'équipage qu'il se serait choisi. Mais l'ouverture d'esprit et la gaieté de Deirdre compensaient la froideur de Curran. Et puis, il y avait ce Neill qui avait à peine parlé et qui semblait être relégué à l'arrière-plan par les autres. Ils formaient une Famille, et comme toujours, il y avait les durs et les tendres. Depuis Ross, il n'avait jamais vécu dans l'intimité de quiconque. Ce changement lui plaisait. Et il désirait Allison. La violence de son désir lui ébranla le corps. Tout arrivait en même temps : la richesse, une chance inouïe à laquelle il ne parvenait pas encore à croire. Mais ce n'était pas un songe. Il se relaxa muscle après muscle, de la tête aux pieds, contempla son nouvel équipage, et sentit quelque chose se dénouer en lui. Le dîner s'acheva par un entremets fantaisie aux fruits. Une fois qu'ils eurent bu autant que peuvent boire des marchands en permission, ils trouvèrent matière à plaisanter – des anecdotes, des histoires sur les uns et les autres. Il rit même aux larmes, ce dont il avait perdu jusqu'au souvenir.

La note était pour lui : il la prit sans frémir, laissa un pourboire qui fit un heureux et sortit dans l'air glacé des docks avec sa bande de Dublinois.

— Allons dans les bureaux pour voir si nous pouvons faire retirer ces scellés, proposa-t-il.

— D'accord, l'approuva Allison. C'est bien le jour majeur, maintenant ? On devrait pouvoir faire avancer les choses.

— Prenons un glisseur, dit Deirdre.

— A pied, intima Neill. Mieux vaut arriver dégrisés.

Ils marchèrent donc, le long des docks animés. Lorsqu'ils arrivèrent aux bureaux des douanes, ils ne titubaient pratiquement plus.

Cette fois, Sandor allait se présenter avec de nouveaux atouts : un équipage, l'appui de l'avocat du *Dublin* et des documents en règle. Il s'avança vers le bureau et s'adressa à l'employé, papiers à bout de bras.

— Il faut que l'on retire les scellés. Tout est arrangé, sauf ce point apparemment.

— Ah ! fit l'employé. Capitaine Stevens.

— Pouvez-vous régler cette question ?

L'employé produisit une enveloppe cachetée.

— Qu'est-ce que c'est ?

— Aucune idée, monsieur. On m'a simplement dit que cela avait trait à l'ordre de chargement.

Il se retint de regarder les Dublinois dont il sentait la présence derrière lui et dut lire le message deux fois avant d'en saisir le sens. « Rendez-vous au dock bleu numéro 3. AS *Norway*, Commandant Signy Mallory », lut-il ensuite à voix haute.

— Mallory, s'exclama Allison comme si elle prononçait une grossièreté. Sur Pell ?

Curran poussa carrément un juron.

— Il est arrivé il y a deux heures, expliqua l'employé en regardant l'horloge. Le message date d'une demi-heure.

— Qu'est-ce que viennent faire les militaires là-dedans ? demanda Curran. Nos papiers sont en règle.

— Je l'ignore, monsieur, répondit l'employé. Vous le saurez sur place, je suppose.

La peur était revenue au galop, aussi familière qu'un vêtement usagé.

— Je ferais mieux d'aller voir ce qui se passe, dit

Sandor. Il n'y a aucune raison pour que vous veniez avec moi.

Ils l'accompagnèrent jusqu'au dock où étaient amarrés les vaisseaux militaires. Le *Norway*, brillamment éclairé, occupait le troisième poste de mouillage. Il observa les visages préoccupés des Dublinois, la mine sinistre de Curran.

– J'ignore combien de temps cela durera, dit-il. Allison, je t'appellerai à mon retour. Il serait sans doute plus prudent que vous remontiez à bord du *Dublin*.

– Non, répondit Allison. Si tu ne ressors pas rapidement, nous ferons appel aux autorités. Ils ne nous auront pas avec des menaces.

Cela le réconforta un peu. Les autres semblaient peu enclins à émettre un avis contraire. Il les salua, enfouit les mains dans ses poches et crispa les doigts sur le message, préparant déjà ses arguments, ses contre-attaques, s'exhortant à déployer l'outrecuidance dont il faisait montre habituellement envers les autorités. C'était la seule façon d'agir qu'il connaissait.

Plus il approchait du *Norway*, plus il lui devenait difficile de garder sa superbe. Aux abords du navire stationnaient des troupes qui ne ressemblaient en rien à la milice des stations. Des soldats le fouillèrent. La plupart, hommes et femmes, étaient sous réjouve et assez âgés pour avoir combattu durant la guerre. Certains portaient des cicatrices qu'aucun stationaute n'aurait voulu arborer. Ils ne se montrèrent point brutaux, mais furent beaucoup plus minutieux que ne l'avait été la police. Ils le conduisirent ensuite jusqu'à la rampe d'accès violemment illuminée où l'attendait... l'implacable Talley.

Il continua d'avancer. Ainsi, cet officier de l'Alliance s'occupait aussi de l'affaire. Cela ne le surprit pas outre mesure. Les Dublinois auraient mieux fait de remonter sur leur navire, songeait-il. Les militaires y réfléchiraient à deux fois avant d'exiger que l'un des membres d'une famille aussi puissante que celle des Reilly subisse un interrogatoire. Mais seuls, loin de leur cocon, ils étaient vulnérables, peu habitués à traiter avec des autorités qui arrangeaient les choses selon leur fantaisie.

Sandor affronta le regard froid et morne de Talley qui lui indiqua d'un signe de tête la direction à prendre. Il fallait qu'il ait acquis une certaine importance pour qu'on lui déléguât un commandant en guise d'escorte. Après une enfilade de longs couloirs obscurs, ils débouchèrent sur une zone plus spacieuse d'où un ascenseur les enleva jusqu'aux niveaux supérieurs. Dans la cabine, il évita toute discussion, sachant que l'on finit toujours par regretter d'avoir parlé inconsidérément.

Ils longèrent ensuite une coursive étroite aux parois métalliques – nues, tristes. Rien qui rappelât la blancheur vive et joyeuse de la *Lucy*. Des chiffres d'identification codés s'étalaient sur les lignes et les compartiments. Le tout, très spartiate, très fonctionnel. Ils atteignirent la porte d'un bureau. Un voyant leur indiqua qu'ils pouvaient entrer, et Talley le fit pénétrer dans la pièce.

– Capitaine Stevens, annonça-t-il, du navire marchand la *Lucy*.

De derrière son bureau, une femme aux cheveux argent le toisa.

– Mallory, se présenta-t-elle. Asseyez-vous, capitaine.

Il avança une chaise et s'assit en face d'elle tandis que Talley s'adossait, bras croisés, contre une armoire. Mallory recula son fauteuil, se cala contre le dossier. Ses prunelles noires le fixaient sans rien exprimer.

– Vous avez obtenu l'autorisation de partir, fit-elle. Direction Venture. J'ai cru comprendre que votre carte d'identité posait un problème, capitaine.

Il perdit la tête. Cette femme... n'était-elle pas l'un des neuf capitaines des Mazianni qui, durant la guerre, se fournissaient en vivres et personnel en abordant des navires marchands ? Une criminelle. Cela pouvait être elle qui avait attaqué la *Lucy*. Il était peut-être à deux pas de l'assassin qui avait massacré toute sa famille. Il avait toujours été convaincu que s'il rencontrait l'un d'eux, il le tuerait de ses propres mains. Et voilà qu'il restait assis, paralysé.

– Pas de commentaires ? s'enquit Mallory.

– Je pensais que tout était en ordre.

– Y a-t-il une irrégularité, capitaine ?

Un ton calme, des yeux toujours inquisiteurs.

– Ecoutez, je veux simplement que les scellés soient retirés. J'ai une cargaison, tout le reste est en règle. Et sous prétexte qu'un marchand à l'esprit brouillon a confondu mon navire...

– Montrez-moi vos papiers, capitaine.

L'ordre lui coupa son effet. Désarçonné, il hésita, puis il les sortit de sa poche, se pencha en même temps qu'elle et les lui donna par-dessus le bureau. Un instant, il fut si près d'elle qu'il aurait pu la toucher. Elle se recala avec désinvolture dans son fauteuil, puis consulta tranquillement les papiers.

– Mais ils sont récents... excepté le titre de propriété, bien entendu, remarqua-t-elle en tapotant le seul document qui était faux. Vous savez que l'on peut s'en procurer de semblables au marché noir. Je sais même où les acheter. Pas vous, capitaine ?

– Ils sont en règle.

– Bien.

Elle lui rendit les papiers qu'il fourra précipitamment dans sa poche, les doigts soudain glacés.

– Ainsi, vous vous êtes associé avec le *Dublin Again* ? Une opération qui est tout à votre honneur. Cela doit compter, pour vous qui êtes unioniste.

– J'ai l'intention d'opérer ici. Du côté de l'Alliance.

– Oh ! en ce moment, nos relations avec l'Union sont excellentes. Ils envoient des navires et des troupes tout le long de la Ligne, mais il y a fort longtemps que nous ne nous querellons plus avec eux. Vous avez donc l'intention d'opérer ici ? De devenir le pipeline du *Dublin* pour Sol, en quelque sorte ?

– Je ne sais pas exactement comment nous allons nous organiser.

Il avançait prudemment ; on le manipulait, c'était certain, mais à quel niveau ? Cette Mallory ne prenait pas ses paroles pour argent comptant. Elle lui lançait des piques, le provoquait.

— Votre accréditation dépend de notre accord, lui apprit-elle. Or, nous avons un problème, capitaine. Figurez-vous que les Mazianni s'interposent entre l'Alliance et Sol dans les Arrière-Etoiles. Cette nouvelle vous préoccupe-t-elle ?

— Elle me préoccupe.

— Ils aimeraient nous barrer le chemin, comprenez-vous ? Mais il est difficile de surveiller ce vaste territoire. C'est pourquoi ils sont gagnants. Ils font fuir les marchands par la menace. Deux stations viennent de rouvrir et nous faisons tout notre possible pour que ces zones demeurent libres. Nous nous posterons aux points nuls afin de vous éviter de tomber dans une embuscade. Nous avons signé un traité exceptionnel avec l'autre côté de la Ligne — l'Union surveille attentivement Tripoint, Brady... tous les points nuls sans exception. (Elle planta abruptement ses yeux dans les siens.) Vous jouez petit avec la loi, n'est-ce pas ? Un marginal. Je jurerais que vous n'êtes pas un étranger dans ces régions frontières, que vous savez comment opérer à partir des points nuls, comment commercer là où les douanes ne peuvent mettre leur nez. Je parierais que vous avez un sixième sens qui vous prévient de ce qui est dangereux et de ce qui ne l'est pas.

Il se tint coi, chercha un prétexte pour tourner la tête, n'en trouva aucun.

— Nous espérons vous être utiles. Nous serons là-bas, capitaine. Je voudrais que vous en soyez bien persuadé.

Cela fut dit très doucement, avec le même regard. Cela promettait... il ne savait trop quoi.

— Vous pouvez partir. Plus rien ne s'oppose à votre départ. Auparavant, je dois vous annoncer une chose : votre cargaison de la compagnie Konstantin est annulée. Vous transporterez du matériel militaire. Vous aurez droit à la prime de risque, évidemment. Un avantage. Le chargement est imminent. Vous quitterez les docks à 09 : 00 jour majeur.

— Tel quel ?

– Tel quel.

– Je croyais que l'armée menait une enquête sur mon compte.

– Elle la mène. Bonsoir, capitaine.

– Je ne suis peut-être pas d'accord. Je peux changer d'avis.

– Ah oui ? Je ne vous le conseille pas.

Jamais Stevens. Elle ne l'appela pas une fois par son nom. Il se leva, salua courtoisement. Elle ne broncha pas, se contentant de le fixer de ses yeux inexpressifs. Il sortit avec Talley qui, dans le couloir, appela d'un geste un homme de troupe. Ce dernier l'accompagna jusqu'à la sortie. Après l'air raréfié de ce vaisseau tout en métal, le froid de l'extérieur lui fit un choc. Il repassa devant les troupes, croisa des regards durs et désœuvrés... et plus il s'éloignait du *Norway*, mieux il respirait. Il était anéanti. La chute était trop brutale.

Il avisa les Dublinois qui l'attendaient devant la façade éclairée des bureaux. Allison et les autres. Il s'approcha d'eux en sachant pertinemment que les militaires pouvaient l'observer et noter qui étaient ses associés.

– Alors ? s'enquit Allison. Des ennuis ?

Il secoua la tête et, d'un geste, les invita à le suivre.

– Venez. Nous avons notre autorisation. Ils vont charger.

– Vraiment ?

– Vraiment. (Tout en se mettant en marche, il regarda Curran.) La cargaison de la Konstantin vient d'être annulée. Nous devons prendre du matériel militaire. Prime de risque. Chargement immédiat, décollage à 09 : 00 jour majeur.

– Militaire ! (Pour une fois, Curran semblait éberlué.) Quel genre, plus précisément ?

– Pas un mot là-dessus. J'ai rencontré Mallory. C'est elle qui avait fait poser les scellés, et c'est sa cargaison. Je pense qu'elle souhaite faire circuler des rumeurs, sinon elle n'aurait pas dévoilé ce qu'elle m'a dévoilé.

– Mais encore ?

– Que l'Union occupe les points nuls situés le long

de la Ligne, qu'elle et l'Alliance font la chasse aux Mazianni.

– Seigneur, il faut que vous préveniez l'Ancien.

Ils marchèrent un moment en silence. Sandor s'aperçut que les Reilly avaient peur. Sous ses taches de rousseur, Deirdre avait blêmi. Allison avait le même regard soucieux et dur que Curran. Neill semblait simplement un peu ennuyé.

– J'appellerai depuis la *Lucy*, dit Sandor. Une fois le chargement terminé.

– Ils sont en chasse ? s'enquit Neill.

– J'imagine qu'elle veut que nous divulguions les informations qu'elle m'a données. Mais j'ignore dans quelle mesure elles sont exactes.

– A-t-elle dit autre chose ? demanda Curran.

– Elle connaît nos projets. Elle a mentionné les profits éventuels d'une route entre Sol et l'Union. Elle m'a promis qu'ils seront aux points nuls des Arrière-Etoiles et qu'ils garderont l'œil ouvert.

– C'est sûr ? demanda Allison.

– Je ne crois pas grand-chose de ce qu'elle m'a raconté. Ce qui est sûr, c'est que je veux être là quand on retirera les scellés. Je veux voir s'ils n'ont rien tripoté à bord.

– Nous allons nous assurer qu'ils les ôtent, puis retourner immédiatement sur le *Dublin*, annonça Allison. Quelques adieux à faire. S'ils chargent en vue d'un départ à 09 : 00, tu pourrais bien avoir besoin de ton équipage pour te donner un coup de main.

– C'est possible.

Je ne suis plus seul, songeait-il. C'était un réconfort inhabituel. Ses Dublinois ne le lâcheraient pas à la première escarmouche. Cela lui réchauffait étrangement le cœur. En règle, se rappelait-il. Et associé. Mallory ne pouvait rien contre lui. Peut-être ne voulait-elle rien faire, d'ailleurs, sinon garder de bons rapports avec un puissant marchand unioniste.

Il s'efforça d'y croire.

Mais il avait vu les yeux de Mallory et doutait de tout.

Les barrières avaient été retirées; des Inférieurs attendaient près de la *Lucy* en compagnie d'un docker qui se pencha par-dessus la rampe d'accès pour les regarder arriver.

– Qu'est-ce que vous voulez ? s'enquit ce dernier.

– Stevens. Propriétaire du navire.

L'ouvrier lui tendit une main.

– Je me ferai un plaisir de vous le rendre. Vous avez votre carte d'identité ? Sinon, je devrai faire un rapport.

Cet écheveau de mesures de sécurité bizarres et de menaces brandies par les militaires de l'Alliance était insensé. Mais c'était Pell, et ils agissaient d'étrange manière. Il présenta ses papiers.

– En règle ? s'enquit un Inférieur d'une voix qui chuintait dans son masque. Les autres firent cercle autour de lui, le fixant de leurs yeux ronds et bruns.

– En règle, confirma le docker. Merci, monsieur. Bonne journée, ou bonne nuit, peu importe.

L'ouvrier rassembla son détachement d'Inférieurs qui s'inclinèrent et balbutièrent des paroles de courtoisie, puis s'éloignèrent en poussant des cris aigus.

– Seigneur ! soupira Allison.

– Pell, fit Sandor.

Il tourna les talons, franchit d'un pas posé la rampe d'accès éclairée, absorbé dans des pensées qui ne concernaient plus que son navire. Il traversa le tube et pénétra dans le sas familier. Il était de nouveau chez lui. Ils s'entassèrent dans l'ascenseur, et la cabine déposa cette foule inhabituelle au niveau principal; ils foulèrent le sol de l'étroite zone courbe des quartiers qui restaient ouverts durant l'amarrage. Sandor se posta près de la porte de l'ascenseur et les regarda déambuler sur le pont... C'étaient des gens vêtus d'argent qui allaient visiter sa *Lucy*, toucher les claviers de commande, les vieux fauteuils, se promener partout, y compris dans les parties inaccessibles à quai, le secteur des cabines et des entrepôts, en s'étonnant à haute voix de tel ou tel détail de sa structure. Il redoutait cet examen minutieux, observait leurs visages, guettait la moindre de leur réaction, sa sensibilité plus à vif que si c'était lui-même qui subissait cette inspection.

– Pas très confortable à l'arrêt, remarqua Allison, mais beaucoup d'espace libre.

Elle passa un doigt sur les consoles. A cause des douanes, il avait nettoyé les marques des bandes adhésives, mais elle découvrit une tache poisseuse et la frotta. Elle se retourna vers lui.

– Elle est très bien, déclara-t-elle. Très bien.

Il opina, le nœud dans sa poitrine se desserra.

– Facile à manœuvrer ? s'enquit Curran.

– L'accostage est un peu délicat.

– C'est parfait, fit Curran, étonnamment décontracté.

– Tu appelles l'Ancien ? demanda Allison.

– ... il est probable que ce ne sont que des rumeurs que l'on veut faire circuler, dit-il dans le com. Mais si vous partez dans l'espace de l'Union... il m'a semblé préférable de vous mettre au courant.

– Avez-vous des problèmes avec eux ? demanda la voix.

– C'est encore possible, oui, monsieur. (Et, sachant que leur communication risquait d'être enregistrée, il ajouta :) J'espère qu'ils les régleront.

Un silence, puis :

– Parfait, fit Michael Reilly. Faites attention, capitaine.

– Oui, monsieur.

– Merci de m'avoir informé.

– Merci à vous, monsieur.

– En effet, vous pouvez me remercier.

– Monsieur.

– Information appréciée, *Lucy*.

– Terminé, *Dublin*.

Il referma le com, de nouveau seul au calme. Les Dublinois s'en étaient retournés sur leur vaisseau pour faire leurs adieux et prendre leurs bagages. Il s'installa dans son fauteuil familier et contempla son reflet sur les écrans obscurs. Sa tenue était si impeccable qu'il eut du mal à se reconnaître.

Il repensa à son entrevue avec Mallory, au visage de Talley et à la réunion sur Pell. Les vieilles craintes se réveillaient peu à peu, et il s'efforça de les chasser de son esprit.

Il posa les mains sur une place libre de la console, enfouit sa tête dans ses bras, tenta de se reposer un instant et de se rappeler l'heure... un chapelet d'heures. Il songea qu'il avait évolué principalement dans le cycle mineur, à moins qu'il n'eût oublié de dormir.

Sur quoi, il sombra dans le sommeil.

C'est le com qui le réveilla; les docks l'informaient que sa cargaison arrivait et qu'il devait se tenir prêt à l'embarquer.

10

Le départ du *Dublin* se fit dans un grand tumulte d'au revoir, d'embrassades entre cousins amis et de larmes plus ou moins rentrées sous le regard patient de Ma'ame. Si Connie n'arrêtait pas de renifler, ce n'était pas le cas de Megan. Même en cet instant où elle perdait une fille, Megan, plus occupée par l'input que par l'output, disséquait l'événement avec cet œil « collecteur de données » que la plupart des Dublinois acquéraient dès l'enfance. Point sur lequel Allison était d'accord avec elle – elles avaient toujours été d'avis d'éviter les simagrées. Allison étreignit sa sœur enceinte qui hoqueta dans son cou, puis plus longuement, sa mère.

– A bientôt, lui dit-elle en lui tapotant le dos. Dans quelques mois peut-être.

– Bien sûr, répondit Megan.

Et lorsque Allison commença à ramasser les bagages entassés à ses pieds, elle ajouta :

– Ne prenez pas de risques.

– Mais non.

Ses sacs à la main ou passés en bandoulière, elle engloba d'un regard tous ceux qui étaient là, répondit à leurs saluts par un hochement de tête et s'engagea dans le tube d'accès, laissant ses trois compagnons à leurs propres adieux.

Elle se sentait un peu ridicule d'emporter tant d'affaires. Malgré ses intentions premières, elle déménageait tous ses effets. D'abord décidée à ne prendre que quelques bricoles, elle avait trouvé des excuses pour ne pas abandonner tel objet, puis tel autre, et ensuite des cousins lui avaient proposé de vieux sacs dont ils ne voulaient plus, si bien qu'elle transportait à présent une énorme quantité de bagages qu'elle eût mieux fait de confier à un docker. Mais la distance était assez courte et elle en avait judicieusement réparti le poids. Elle s'était munie de ses papiers, de sa carte d'identité, et Michael Reilly lui avait fourni une lettre-cassette qui avisait quiconque aurait eu besoin de le savoir que la *Lucy* était associée au *Dublin Again* – « au cas où, avait déclaré l'Ancien, vous auriez des problèmes de crédit quelque part. »

Que Dieu les garde de rencontrer l'un de ceux que Stevens aurait roulés lors de sa précédente carrière ! Ou bien d'avoir des ennuis avec les militaires de Pell.

Elle se sentait maintenant beaucoup moins confiante dans l'avenir que lorsqu'elle avait conçu l'idée de ce voyage. La situation semblait plus difficile à contrôler qu'elle ne l'avait cru de prime abord.

Mais elle partait quand même, et si jamais cela se passait mal, à eux tous, ils parviendraient bien à redresser la barre. De toute façon, aucune crainte, aucun remords ne l'empêcherait de s'asseoir dans le fauteuil avant de mourir à un âge avancé...

Elle était la première de son unité, elle le savait, à quitter le *Dublin.* La fatigue pesait sur elle et elle rêvait de lit confortable et de sommeil réparateur. Pas question toutefois de passer la dernière nuit sur le *Dublin.* Il n'y avait plus de place pour elle : les couchettes libérées étaient d'ores et déjà occupées par de plus jeunes. Qu'elle s'en allât ou pas, le problème à bord restait le même. On manquait de place; on manquait toujours de place. Et elle marchait sur les docks, la gorge nouée, en pestant contre le cours des événements. Alors, au revoir, un point c'est tout. Cela faisait mal, mais elle s'y attendait. Donner la vie aussi était douloureux, et tout acte nécessaire.

Le poste d'amarrage de la *Lucy* apparut enfin, comme chauffé à blanc par les ronflements des véhicules de chargement et les va-et-vient des Inférieurs et des dockers. Le chaos. Ce spectacle lui coupa les bras et elle s'arrêta pour reprendre souffle. Mais la seconde d'après, elle repartait résolument vers le tohu-bohu. Stevens était là, dans une combinaison innommable, criant des ordres aux dockers qui roulaient des fûts à toute vitesse le long de la rampe des soutes.

Un groupe d'Inférieurs fit cercle autour d'elle. Ils se pendirent aux sangles de ses sacs en gazouillant : « Porter, porter pour toi ». Elle tenta de tenir bon, mais Stevens intervint :

– Laisse-les faire ! lui cria-t-il, et elle leur abandonna ses bagages.

– Dans le sas, lança-t-elle aux Inférieurs par-dessus les grincements métalliques des tapis roulants, tandis qu'ils s'éloignaient de leur démarche joyeuse, dansante, légère.

Elle avait mal aux bras et aux genoux.

– Vous avez commencé depuis longtemps ? demanda-t-elle à Stevens – il avait l'air épuisé.

– Trop longtemps. Ecoute, on vient de m'avertir que les vivres seraient livrés d'une minute à l'autre. Tu veux me faire plaisir ? Occupe-t'en. Les cambuses sont au centre du vaisseau, accès par le pont pour les marchandises G-zéro. Celles destinées à la zone chauffée et les affaires personnelles peuvent rester devant l'ascenseur pour le moment. Nous ne pouvons pas encore accéder à la cuisine. Il va falloir que tu te changes.

– Compris.

Rassemblant ses dernières forces, elle escalada la rampe. Avec un peu de chance, les autres ne traîneraient pas trop. Du moins l'espérait-elle.

Quand Curran et Neill arrivèrent, ils comprirent rapidement qu'il était inutile de songer à dormir. Deirdre apparut la dernière : lorsque le plus gros de la besogne était achevée. Stevens n'était plus que l'ombre de lui-même; la voix enrouée, il surveilla la fin du chargement, puis signa les papiers avec le docker en chef. Tout ce travail lui revenait de droit – et de fait, car il était le seul à connaître la *Lucy*, la disposition des cales et la façon d'organiser la cargaison en vue du déchargement sur Venture.

Finalement, ils se traînèrent tous dans la zone d'habitation, Stevens fermant la marche. Allison s'écroula sur l'une des banquettes au milieu du tas de ses bagages. Stevens s'installa au poste de commande 4 d'où il appela le directeur des docks pour lui faire son rapport sur la situation. Ensuite, il donna à grignoter à l'ordinateur le manifeste de sortie et attendit que la mémoire de ce dernier l'ait digéré.

Ainsi, ils avaient embarqué. Chacun s'était affalé dans son coin, trop éreinté pour bouger le petit doigt. Neill s'était même allongé confortablement, un sac sous la tête.

— Le départ est toujours fixé à 09 : 00 ? demanda Allison. Tu as les diagrammes ?

— Oui, tâchons de dormir un peu avant de les entrer.

— Il faut nous répartir. Toi, Neill et Deirdre, vous n'avez qu'à prendre le jour majeur. Curran et moi, nous prendrons le mineur.

Sandor hocha la tête.

— Il est 04 : 00, dit-il, ça ne nous laisse pas beaucoup de temps pour nous reposer.

Se souvenant de la bouteille qu'elle avait emportée, Allison l'attrapa dans son sac et la tendit à Stevens.

— Merci, dit-il.

Il en but une gorgée et la lui rendit. Elle but à son tour, puis l'offrit à Curran qui la passa à Deirdre. Neill, quant à lui, était déjà loin.

Ils parlaient peu, se passant la bouteille à la ronde. Bien avant qu'elle soit descendue, Stevens s'endormit, la tête appuyée contre le plastique rapiécé de son accoudoir, un bras pendant dans le vide.

— On devrait le relever, proposa Allison.

— Je suis incapable de me relever moi-même, répondit Curran.

Tout compte fait, elle non plus d'ailleurs. Elle était même incapable de chercher des couvertures pour rendre les couchettes nues plus confortables. Curran se fit un nid au milieu de ses bagages et Deirdre tira des siens une veste dont elle se recouvrit vaguement. Allison inspecta le fond de la bouteille et la déposa sur le sol, puis elle glissa le plus moelleux de ses sacs sous sa tête. Les yeux rivés au plafond, elle épia la douleur sourde qui montait en elle : elle avait quitté le *Dublin*, toute sa vie était changée.

Les capitonnages déchirés, les panneaux minables... tout. Et lorsque l'intérieur d'un vaisseau était négligé de cette manière...

Seigneur ! Les systèmes auxiliaires dont Stevens avait parlé ! Le départ était fixé au jour majeur, jamais ils ne seraient mis en place d'ici là. Il avait certainement prévu de les installer pendant le voyage. Ou les avait purement et simplement oubliés.

Une cargaison militaire. Les fûts qu'ils avaient embarqués étaient scellés : des produits chimiques, probablement. Du matériel de soutien logistique et électronique. Le genre de fournitures dont les stations sur le point d'entreprendre des opérations ont un besoin vital.

Mais le rôle de Mallory dans ce transport ? Cet intérêt que les militaires portaient à la *Lucy* ? Elle était loin de se sentir rassurée.

Et si c'était Mallory, son ennemie ? Sous l'empire de la fatigue et de l'alcool, son esprit commençait à dériver. S'il s'était déjà querellé avec Mallory ? Comment le savoir ? Et elle qui avait entraîné ses cousins dans cette aventure !

Dans son sommeil, elle garda les poings serrés. Ainsi fut la nuit.

11

Le départ.

Sandor s'installa à son poste habituel pour exécuter les manœuvres de routine — s'empêchant constamment de répondre aux appels du com, d'effectuer les myriades de choses qu'il avait coutume de faire simultanément. Pas de bande aux contrôles pour ce vol : les Dublinois lui parlaient dans l'oreille gauche sur ce ton uniforme que vous fait acquérir une longue cohabitation sur un vaisseau, tandis que les messages de la station lui parvenaient dans l'oreille droite. C'était comme piloter le navire par télécommande, avec une machinerie différente. Allison occupait le siège 2; Curran, Deirdre et Neill lui donnaient d'une voix calme toutes les indications dont il avait besoin avec une parfaite efficacité, allant même au-devant de ses ordres comme s'ils avaient lu dans son esprit. Ils étaient vraiment *doués.*

— Il s'en va, annonça Allison en plaçant le *Dublin* sur vidéo. C'est un long au revoir.

Puis une autre voix, relayée par la station, lui parla dans l'oreille droite : le *Dublin* leur souhaitait bon voyage.

— Réponds, dit Allison à Neill qui était au com.

Il envoya un message sans couper les autres liaisons. Les données continuaient d'affluer et ils firent lentement pivoter le vaisseau.

— La cargaison ne bouge pas, annonça Deirdre. Pas de problème.

– Mise en rotation.

– Pigé.

Il pressa la touche qui enclenchait la synchro de rotation. Chacun se prépara à subir la mise en mouvement en se calant dans son fauteuil, bras collés aux flancs. Rapidement la force centrifuge rendit l'ensemble du navire accessible.

– Parfait, dit Sandor une fois que leur position fut transmise à la station et que celle-ci leur eut envoyé le signal indiquant que la voie était libre. Il y a ces systèmes à installer. Curran, transférez le scan au numéro 2 et occupons-nous de cette réparation.

– Dieu nous aide, murmura Curran en obtempérant.

Il s'extirpa prudemment de son fauteuil en même temps que Sandor.

– Vous faites toujours vos réparations ainsi ?

– C'est mieux que de payer les frais de docks. J'espère qu'ils nous ont donné une unité qui fonctionne.

Curran secoua la tête.

Comme ils s'éloignaient à une vitesse de croisière de Pell, ce n'était pas le temps qui leur manquait. Ils étaient bercés par le ronronnement du com de la station : bavardage du *Pixy II,* un cargo qui arrivait, un Nom connu dans tout l'Au-delà. Puis le *Mary Gold,* un remorqueur, le *Kelly Lee.* Et soudain, un nouveau nom : le *Norway.*

– Il s'en va, annonça Neill.

Un instant, le cœur de Sandor battit plus vite et il s'immobilisa – mais cette panique, chez lui, n'était qu'un réflexe.

– Ils vaquent à leurs affaires, je suppose, dit-il, et il se remit à l'ouvrage.

Le vaisseau de guerre les doubla, comme s'ils n'étaient qu'un objet fixe. Deirdre le plaça sur vidéo, mais il filait si vite que l'écran ne leur fournit qu'une perturbation.

– Regarde si tu peux déterminer leur direction, demanda Allison à Deirdre.

La station refusa de répondre.

– Négatif, fit Deirdre. Il n'est porté sur aucun diagramme et se trouve hors du champ de balayage du scan à longue portée.

– Rien d'étonnant, murmura Sandor. Je présume qu'il part en chasse dans la même direction que nous.

Nul n'ajouta mot. De temps à autre, il observait Allison, soupçonnant que les mains qui se trouvaient aux commandes de la *Lucy* n'avaient jamais guidé un navire. Toutefois, elle était compétente, connaissait toutes les manœuvres, ne commettait aucune erreur. On risquait d'ailleurs peu d'en faire dans ce genre d'opération que l'automatique pouvait tout aussi bien exécuter. Il ne lui posa pas la question, car bien sûr Allison et ses congénères avaient leur fierté. Mais le mélange de panique et de désir qu'il surprit dans son regard, cette tension qu'il ne lui connaissait pas confirmèrent ses soupçons.

En tout cas, elle avait déjà dû effectuer des manœuvres simulées et tenir les commandes d'un pont auxiliaire, car elle était parfaite.

Mais lorsqu'elle se pencha vers le comp pour tenter de le brancher sur navigation, il se leva et alla s'adosser contre le dossier de son fauteuil.

– Le clavier est bloqué. Je n'obtiens pas la totalité de la fonction navigation, observa-t-elle.

– Il vaut mieux que ce soit moi qui établisse les calculs du saut, dit-il. Pour cette fois. Je la connais.

– Bien. Mais veux-tu me montrer ?

Il ne broncha pas, songeant aux secrets enfouis dans le comp.

(Ross... Ross, et maintenant ?)

– Tu veux bien ? insista-t-elle.

– Laisse-moi m'en occuper cette fois-ci. Tu es censée être de jour mineur. Pourquoi ne vas-tu pas te reposer ? Il te faudra reprendre les commandes après le saut.

Elle resta un moment silencieuse, le dos tourné. Debout derrière elle, il attendait, inflexible. Finalement, elle passa en automatique et se leva, son orgueil piqué au vif. Chacun de ses mouvements le dénotait.

– Les cabines sont en haut de la courbe, fit-il en s'efforçant d'atténuer la tension par sa courtoisie.

Il lui était difficile de leur ouvrir ces cabines. A ce jour, il n'en avait déverrouillé qu'une seule pour l'homme d'équipage qu'il lui arrivait d'embaucher. « Moi, je dors sur le pont », et tous sans exception l'avaient regardé comme s'il avait été fou.

– Prenez celle que vous voulez. Je ne suis pas pointilleux. Curran... ajouta-t-il en évitant le regard glacial d'Allison.

Mais il s'aperçut que tous les autres l'observaient de la même façon.

– Ecoutez, fit-il. C'est moi qui dirige le saut. Je connais mon navire. Pour le retour, on en reparlera.

– Je n'avais pas l'intention de le faire, dit sèchement Allison. Et je ne discuterai pas là-dessus.

Elle s'éloigna vers la coursive. Il déverrouilla le comp et débloqua tous les verrous de sécurité du navire. Puis il se retourna vers Curran et les autres qui installaient les nouveaux systèmes de la console. Il avait blessé la dignité de leur numéro 1, il le savait. Mais ainsi il aurait le temps d'arranger le comp, de supprimer la voix de Ross de la fonction saut et du reste... C'était inévitable. Il devait s'habituer à des voix d'êtres vivants, oublier celle du fantôme.

Trier les programmes, effacer la voix de Ross (Bonjour, Sandy. C'est l'heure de se lever...), ouvrir les cabines dans lesquelles les Kreja avaient vécu... l'atelier où Ma'ame et les bébés avaient été...

– Curran, dit-il, tentant le tout pour le tout pour défendre son attitude, vous faites partie de l'équipe d'Allison. La cabine qui vous plaira.

Curran le toisa et s'arrêta de travailler.

– Terminé pour celui-ci, dit-il d'un ton poli mais sans douceur. Et l'autre ?

– Nous nous en occuperons. Prenez un peu de repos.

« Nous ». Neill et Deirdre. Même regard que Curran. Soudain Allison réapparut sur le seuil de la coursive.

– Il y a des affaires dedans, constata-t-elle d'une voix neutre. Elles sont à toi, Stevens ?

– Fais-en ce que tu veux. (C'était un cadeau, une

immolation.) Ou emballe-les. Ce sont des affaires laissées par ma famille.

– Seigneur ! Depuis combien d'années ?

– Enlève-les. Sers-t'en ou retire-les, comme il te plaira. Pourquoi n'iriez-vous pas tous ensemble dans les cabines voir s'il y a des choses qui peuvent vous servir ? Il n'y en a pas tant que ça.

Silence. Allison ne bougeait pas.

– Je verrai, dit-elle enfin.

Puis elle repartit avec une démarche moins raide que la première fois. Et les autres semblaient s'être rassérénés, comme s'ils venaient de réaliser que d'autres personnes avaient vraiment vécu dans ce vaisseau.

A moins qu'ils ne fussent en train de penser, comme ses précédents passagers, que la *Lucy* était bien étrange, et son capitaine, plus étrange encore.

– Journée terminée, dit Curran en lui emboîtant le pas.

Neill et Deirdre, l'air mal à l'aise, restèrent seuls avec lui.

– J'installe le suivant ? demanda Neill.

– Vas-y, dit Sandor; j'ai le saut à préparer.

Il regagna le fauteuil qui gardait encore la chaleur du corps d'Allison. Toujours sur pilotage automatique, le vaisseau traversait paresseusement le système de Pell.

Plus de signe du *Norway*, et la station n'émettait plus rien à cet égard.

Le chemin était long jusqu'à la zone de saut pour un cargo aussi chargé qu'eux. Ils n'avaient pas dû avoir de difficultés à établir leurs coordonnées. Il étudia les diagrammes, coupa le son du comp – bien obligé de continuer en manuel ensuite – et réfléchit à la façon de le rendre muet pour de bon. (Je l'enregistrerai sur bande, Ross. Pour moi. Je ne veux pas perdre un mot des programmes, de rien. Il me faut trouver un moyen d'y accéder à partir de mes quartiers seulement.)

Mais Ross connaissait le comp à fond : il avait effectué des transformations que Sandor ne comprenait pas, avait entortillé sa voix avec le reste d'une manière qui défiait l'imagination.

(Ross, pour chaque opération, tu as tout prévu –

pour m'aider – et je ne peux plus effacer quoi que ce soit à ce niveau : du moins pas sans entrer dans le système lui-même et retirer des unités... mais elles sont indispensables.)

– C'est fait.

La voix de Neill qui s'appuyait au dos de son fauteuil le fit sursauter.

– Et ici, pas de problème ?

– Je vérifie.

– Je vous aide.

– Pourquoi ne dormez-vous pas un peu ?

– Vous êtes plus fatigué que moi.

– C'est exact.

Un ton doux, désinvolte. Ses mains avaient tendance à trembler et il tenta de les calmer.

– Je finis juste ça.

– Ecoutez, nous connaissons notre boulot.

– Je ne dis pas le contraire.

Deirdre vint s'appuyer de l'autre côté de son fauteuil.

– Laissez-nous vous aider, insista-t-elle, c'est dans nos cordes.

– Je peux me débrouiller.

– Combien de temps avez-vous l'intention de tout faire par vous-même ? demanda Neill. Vous ne voyagez plus en solo.

– Puisque vous voulez vous rendre utiles, vérifiez donc les doses d'hypno pour le saut.

– Est-ce qu'il y a quelque chose qui cloche ?

– Non.

– Les doses sont toutes prêtes dans la cambuse. Pas de problème, affirma Neill.

– Alors, laissez tomber.

– Stevens, vous êtes tellement fatigué que vos mains tremblent.

Il fixa les écrans un instant, puis annula tout ce qu'il avait demandé à voir. La commande sans son se réenclencha automatiquement.

– Pourquoi ne vous allongez-vous pas quelques heures ? dit Deirdre.

Ne pouvant rien faire de mieux, il verrouilla de nouveau le système.

– Vous me relayez, d'accord ?

Il se leva en titubant et Neill le soutint par le coude. Il secoua son bras pour se libérer et rejoignit la zone des couchettes.

Ils vont se moquer de moi, se répétait-il en imaginant le moment où ils entendraient cette voix qui s'adressait au garçonnet qu'il avait été, et où sa vie intime ne serait plus un secret pour eux.

Il avait eu tort de réagir ainsi, il le savait. Mieux aurait valu ouvrir le système et leur laisser écouter Ross comme si cela allait de soi. Mais ils envisageaient de faire des changements qui détruiraient sa *Lucy* de l'intérieur. Il le sentait. Et l'idée qu'ils commencent avec Ross lui était insupportable.

Peut-être était-il réellement fou. La solitude rend fou, parfois. Qui sait s'il ne l'était pas depuis très longtemps ?

La voix de Ross lui manquait cruellement à présent qu'il tentait de s'endormir. Cette découverte l'effraya. Ce n'était pas tant qu'eux l'écoutent qui lui faisait peur, c'était de ne plus l'entendre.

Il ne s'endormit pas. Prostré, gelé mais trop exténué pour aller chercher une couverture, faisant de vains efforts pour se relaxer, il écoutait les deux Dublinois aux postes de commande qui échangeaient des plaisanteries banales. Deux êtres partageant tranquillement le plaisir du moment. Il y avait des choses qu'il eût confiées plus facilement à Mallory qu'à eux. Sur le *Dublin* que la guerre n'avait jamais touché, on ignorait ce qu'était la peur.

Mallory, elle, ignorait le rire.

Quand ils atteignirent leur vitesse de croisière, Allison sentit le système interne de propulsion s'arrêter. Elle se nicha douillettement contre la cloison et s'endormit.

Plus tard, elle se réveilla avec la même impression que lorsqu'on dort dans un salon-lit : les bruits, les odeurs, tout lui parut étrange.

La *Lucy*. Non plus le *Dublin*, mais la *Lucy*. Un choix irrévocable. Elle tâtonna sur la console du lit pour allumer, régla la lumière à la limite supportable pour ses yeux et examina les deux mètres sur quatre de la cabine qu'elle s'était attribuée... Dans l'armoire, il y avait des objets : un peigne et une brosse, quelques chandails, des sous-vêtements, une vieille paire de bottes. Abandonnés, et *froids* : le chauffage n'était allumé que depuis la veille. La cabine d'une femme. Moins abîmée, plus pimpante que le reste du vaisseau, comme si elle s'était détériorée moins vite.

Des pirates, avait dit Stevens. Qui avaient tué tout le monde. Etait-ce la vérité, pour une fois ?

Rien de ce qui restait dans la cabine ne permettait de cerner le personnage de la femme. Comment s'appelait-elle ? Quel âge avait-elle ? Elle n'était pas sous réjouve en tout cas, car les cheveux emprisonnés entre les dents du peigne étaient blonds, comme ceux de Stevens.

Ou de... ? peu importait son vrai nom.

Mais lui, comment avait-il réchappé à la tuerie ? Cette question la torturait. Pourquoi les pirates l'avaient-ils épargné ? Quand cela s'était-il passé, pour que le navire soit en si mauvais état, alors que les cabines étaient comme neuves ?

Des questions, encore et encore. Ce type était une énigme. Elle s'étira, repensa à leurs nuits dans les salons-lits, se demanda s'il avait en tête de continuer à bord.

Pas maintenant, se dit-elle. Pas ici, dans la cabine d'une morte, dans un vaisseau trompeur. Pas avant que tout soit clair et net. Il lui fallait bien réfléchir, ne pas perdre ses atouts.

D'autre part, il y avait à faire à bord – et ce n'était pas le moment de s'arrêter à des supputations ni de se quereller. Ils devaient avant tout veiller à la bonne marche du navire.

Le navire, pardieu ! Tous ses muscles étaient douloureux et ses doigts couverts d'ampoules, mais elle s'était assise dans ce fauteuil, elle avait tenu les commandes dans ses mains. Ça, c'était bien réel. Peu importait au fond ce qui s'était passé ici, qui était la femme qui avait vécu là. Et elle avait autour d'elle ses cousins qui auraient vendu leur âme pour piloter le *Dublin*, ne fût-ce qu'une heure, mais qui avaient tout abandonné pour saisir cette chance. Plus question de revenir en arrière, à présent.

Elle l'avait décidé pour eux autant que pour elle. Ce qu'elle leur offrait dépassait toutes leurs espérances. Et ce Stevens qui s'imaginait qu'elle avait le béguin pour lui. Non. Pas de coucheries à bord. Ses cousins risquaient de mal interpréter leurs rôles, d'aller trop loin avec lui. Pas question de leur embrouiller la cervelle. On n'était plus sur les docks où le cri d'un Dublinois faisait apparaître une centaine de parents prêts à se battre. Les règles étaient différentes. Elle ne l'avait vraiment compris que lorsqu'elle avait regardé dans les placards. Mais quelque part, pas loin, Curran qui se reposait dans sa cabine restait vigilant. Et les autres...

Elle se mit à plat ventre, farfouilla parmi les boutons de la console et brancha le comp.

Rien. L'écran de la pièce restait inerte.

Le com... celui du pont... voilà.

– Allison. Cabine 2, je n'obtiens pas le comp.

Un silence prolongé.

Subitement, tout devint clair – la sécurité de voguer dans le système civilisé de Pell : un leurre; sa certitude que chaque question trouverait une réponse en son temps : une illusion, puisque tout était déjà dit... Saisie d'épouvante, elle bondit hors du lit et empoigna ses vêtements.

Un fou ! Un maniaque dangereux. Elle ne savait rien de lui, finalement. Un menteur, un forban. Elle regarda autour d'elle à la recherche d'une arme quelconque.

– Allison (voix de Neill dans le com), le lunch est prêt.

– Neill ?

Son cœur se calmait déjà. Sa première réaction fut d'avoir honte d'elle-même.

La seconde, de regretter de n'avoir pas apporté toutes ses affaires dans sa cabine; il y avait un couteau dans l'un de ses sacs, un petit couteau certes, mais c'était mieux que rien. Il ne lui était pas venu à l'esprit de s'embarquer avec une arme, mais maintenant qu'elle avait vu ce qu'elle avait vu... Elle dormait dans une cabine qui, pour peu que quelqu'un appuyât sur le bouton approprié, deviendrait une prison.

– Tu viens ? demanda Neill.

– J'arrive.

Finalement c'était agréable, dut reconnaître Sandor, de prendre les repas ainsi, tous réunis dans la zone de repos, un plateau en équilibre sur les genoux et une bouteille de bon vin entre leurs pieds. C'était le genre de moment extraordinaire qu'il n'avait jamais imaginé vivre un jour à bord de la *Lucy* : avec une sorte de famille, des mets hors de prix. Neill avait sorti quelques produits spéciaux et le vin ne manquait pas de lui faire de l'effet. Il riait des plaisanteries des Dublinois en observant Allison, et son rire à elle lui réchauffait le cœur.

– Ecoute, lui dit-il un peu plus tard alors qu'elle attrapait ses bagages pour les transporter dans ses quartiers, Allison... je veux que tu saches... tout à l'heure, à propos des commandes... Je ne pensais pas à ce que cela impliquait. Je suis désolé.

– Ne t'occupe pas de mes états d'âme.

– Est-ce que je peux t'aider à transporter tout ça ?

L'œil noir, elle le fixa.

– Tu as une idée derrière la tête ? Je ne joue pas au salon-lit pendant les traversées.

Il cligna des yeux, se demandant comment il devait le prendre : était-ce un simple mouvement d'humeur ou bien quelque chose de plus grave ?

– Alors, bon... rien de plus que ce que je t'ai proposé...

– C'est une question de diplomatie. Je pense que ce ne serait pas une bonne idée.

– C'est dur, tu sais.

– Je ne crois pas qu'il serait aisé de partager à la fois le commandement et le même lit. Pas sur le vaisseau. Aux docks, c'est différent.

– Quel commandement ? Je suis chez moi, je...

– Sur le *Dublin*, les choses sont peut-être autres ou bien est-ce sur ce vaisseau qu'elles le sont. Mais la différence n'est pas si grande, au fond. Tu sais, Stevens, je suis prête à partager le salon-lit d'un honnête spationaute sans me préoccuper particulièrement de son Nom, mais sur un vaisseau, d'une certaine façon... l'idée de vivre dans la même cabine qu'un homme dont j'ignore le nom...

— Tu m'as offert un demi-million de crédits sans savoir...

— Je considère que *je* suis hors de prix, mec. Si tu préfères, je ne rentre pas dans le marché.

— Je n'ai jamais dit ça.

— Il vaut mieux.

— Allison, bon sang, tu t'y entends pour tout mélanger !

— Parfaitement. Comme ça, tu sais que ce n'est pas la peine de me tourner autour.

Elle passa brusquement devant lui avec ses bagages, mais il attrapa la sangle d'un sac, l'arrachant à moitié de son épaule. Elle se retourna et le regarda froidement à travers une mèche de cheveux.

— N'en prenez pas trop à votre aise, monsieur.

— Juste ton sac.

— Je n'ai pas besoin de tes services.

Elle tira brutalement sur la sangle, mais il ne lâcha pas prise.

— Pose-le dans la coursive, dit-elle alors, je reviendrai le chercher.

— Tu ne veux vraiment pas que je t'aide, n'est-ce pas ?

— Je ne veux rien d'un gars qui a accepté un demi-million de crédits sans même se fendre d'un remerciement, déclara-t-elle en s'éloignant.

Puis elle s'arrêta, se retourna, et comme il s'était élancé à sa suite avec son sac, ils se tamponnèrent.

— Tu coinces sur les mots, hein, Stevens ?

— Merci, dit-il. Ça va comme ça ?

— Apporte donc ce sac.

Lorsqu'elle ouvrit la porte de sa cabine, elle poussa ses bagages à l'intérieur sans y pénétrer. D'un geste, elle indiqua à Sandor de l'imiter et il glissa le sac par l'entrebâillement de la porte.

– Et les remerciements, alors ?
– Merci.
Elle referma la porte.
– Ecoute, si tu fais tout ce cinéma pour me dire non, ce n'est pas la peine. Je peux encaisser ton refus. Je te comprends.
– Quel est ton vrai nom ?
Son ton était calme, aimable.
– Je ne pense pas que cela te fera changer d'avis.
– Non, pas nécessairement, mais cela peut me donner confiance en toi.
– Mon prénom est Sandor.
– Donc, ce n'est pas Ed.
Ses sourcils noirs se froncèrent.
– Non.
– Non sans plus, hein ?
– Tu as raison, nous ne sommes pas sur les docks, lâcha-t-il avec un haussement d'épaules.
Les prunelles noires d'Allison prirent cette expression qu'il leur avait vue un jour dans un bar de Viking, eh il se sentit complètement dérouté.
– Je n'arrive pas à démêler ce qui est trop embrouillé.
– Non, tu n'y arrives pas. Mais tu dois me comprendre : je prendrai peut-être un salon-lit avec toi sur Venture, je le prendrai peut-être avec un autre, OK ? Et si tu t'imaginais que c'était pour ça que j'étais ici, eh bien continue à te faire des idées.
– Jamais, lança-t-il, jamais je ne l'ai cru.
– Alors, allons-y doucement.
– Suppose que je te dise juste que je voudrais bien recommencer sur Venture.
Elle le regarda longuement dans les yeux et se détendit peu à peu.
– D'accord, dit-elle enfin. Ce ne serait pas pour me déplaire.
– Te déplaire ?
– Dans un sens, ça m'embête.
– Je peux espérer te faire changer d'avis un jour ou l'autre ?
– N'exagère pas.

– Je n'exagère pas. Je te demande simplement si je peux te faire voir les choses sous un angle différent.

– La manière dont tu me regardes, Stevens...

– Sandor.

– ... m'étonne.

– Je comprends ce que tu ressens. Etre sur ce vaisseau. Ma façon de te parler devant les autres, tout à l'heure... Seulement, j'avais la tête pleine de... j'ai simplement des problèmes avec la *Lucy* que je n'ai pas réglés. Des problèmes sans... intérêt. Il me faut perdre mes anciennes habitudes.

Allison poussa un soupir.

– D'accord. Je comprends ça également. Tant qu'on y est, tu voudras bien penser à rebrancher le comp dans ma cabine.

Le cœur de Sandor fit un bond. L'attaque arrivait d'une direction inattendue.

– J'arrangerai ça tout de suite après le saut. Je te le promets.

– Des fermetures de sécurité ?

– Oui, avec les équipages illicites que j'ai eus parfois, ce n'était pas un luxe.

– Bon, ce n'est qu'une question de clé de l'ordinateur, n'est-ce pas ?

La conversation prenait un tour qui lui déplaisait fort.

– Ecoute, moi je n'ai pas encore eu le temps de m'en occuper, ni vous, de mémoriser les codes. Et le saut se rapproche.

– Y a-t-il quelque chose què je devrais savoir ?

– Il est normal que je m'inquiète un peu quand je sais des étrangers à bord...

Le dos d'Allison se raidit.

– Tu voudrais bien être plus explicite ?

– C'est très sérieux. Ces clés, entre des gens que je ne connais pas vraiment et moi, c'est tout ce que j'ai trouvé. Et sans doute est-ce ce qui me rend nerveux.

Si ces paroles atténuaient l'affront, elles ne supprimaient pas pour autant la circonspection.

– En clair, tu as peur que nous ne te tranchions la gorge ?

— En clair, je veux y réfléchir.

— Oh ! c'est un peu tard, tu sais. Nous sommes sur ce vaisseau. Et nous parlons de la sécurité. De *notre* sécurité. Si ma montre tombe en panne, je veux pouvoir consulter le comp. Alors, arrête de débiter des sornettes.

— Ecoute, faisons d'abord le saut. Ensuite je vous fournirai une liste.

— Le saut auquel nous participons. Je ne considère pas que le comp soit négociable. (Elle indiqua sa cabine du pouce.) Je veux que mon comp soit opérationnel. Je veux que tu déverrouilles tous les systèmes de sécurité de ce navire. Je veux que tu nous donnes le code par écrit.

— Nous n'avons pas le temps. Sois sérieuse. Je vais m'occuper de ce saut et je ne veux plus rien entendre là-dessus. Je verrai comment vous vous en sortez et alors, peut-être, me sentirai-je en confiance. Vous semblez compétents. Mais je sais que vous n'avez jamais travaillé que sur des simulateurs. Aussi dormirai-je sur le pont pour m'assurer qu'aucun de vous ne commet la moindre faute. Si cela doit vous vexer, j'en suis désolé, mais même moi je ne sais pas exactement comment la *Lucy* se comporte quand elle est chargée ainsi.

— Vraiment ? (Suspicion. Attention en éveil.)

— Je débloquerai les sécurités quand je saurai qui sont les gens avec lesquels je travaille.

Il enfonça brusquement les mains dans ses poches et commença à s'éloigner. Puis, instinctivement, il fit demi-tour : une façon de lui offrir la paix.

— Voilà, je suis un salaud, mais pour tout un tas de raisons vous n'avez pas l'habitude de la *Lucy*. Je ne l'ai pas pouponnée des années durant pour mourir avec elle. Tout ce que je vous demande... c'est d'être présents sur le pont au moment du saut.

— D'accord, dit Allison.

Un « d'accord » très calme qui contredisait les réserves exprimées par son regard.

— Tu nous surveilles et tu vois comment ça marche. Mais tu te trompes à mon sujet, vraiment.

— Je ne pense pas, dit-il doucement.

– Seulement tu es prudent, n'est-ce pas ?
– Je suis prudent.

Une période de repos plus tard, ils abordaient la zone cruciale : le lent clignotement des schémas sur les écrans traduisait une approche tranquille, aisée. Sandor refit deux fois chaque vérification, demanda de nouveaux renseignements aux stations de support, car sauter chargé n'était pas une chose courante pour lui. De plus, il ne connaissait pas cette zone... Les raisons de se féliciter de la présence de plusieurs personnes aux consoles ne lui manquaient pas.

– Tout est prêt, dit-il à Allison, installée au poste 2. Vérifie ces schémas, veux-tu ?

– J'ai déjà commencé. Une seconde.

Les schémas jaillirent sur son écran.

– Tu es douée, lança Sandor.

– Evidemment. (C'était bien une Dublinoise. Aucun sens de la modestie.) Nous sommes tous doués. On y va ?

– On y va. Le compte à rebours est commencé. Pas de problème ?... Cible à cinq minutes. Je prends notre référent.

Il saisit son hypno et planta l'aiguille. Plus question de provisions, cette fois (une simple bouteille d'eau dans le vide-poches par mesure de confort). Ce n'était pas nécessaire. Ils ressortiraient à un point appelé James et le traverseraient à vitesse réduite, comme d'honnêtes marchands. Ensuite ce serait le point Simon, puis Venture.

Les chiffres défilaient.

– Un message de la balise de Pell, annonça Neill. Ils accusent réception de notre sortie.

Inutile de répondre. Le comp s'en chargeait automatiquement. La *Lucy* chantonnait sans relâche son identification.

– Cible, lança Sandor, et il enfonça la touche...

12

Une fois de plus, anesthésié par l'hypno, soumis à l'avalanche de données qui crépitaient sur les écrans, Sandor commença à s'occuper des manœuvres. Les autres étaient à ses côtés... il ne s'y était pas encore habitué. La masse qui les avait tirés hors du Noir était là... ils se trouvaient au point James, frontière de Voyager. Ross demeurait silencieux.

— Je l'ai, fit Allison d'une voix froide et compétente. Exactement à l'endroit indiqué par les cartes...

Cette voix étrangère le troubla, le chagrina un instant... mais c'était sa voix à elle; il était secondé.

— Manœuvre de bascule, annonça-t-il.

— Nous ne sommes pas seuls, ici.

Voix de Curran.

La nouvelle lui fit un choc. Son cœur se mit à battre. Ses mains tremblantes se posèrent sur les contrôles vitaux. Chargés comme ils l'étaient, il fallait réduire rapidement la vitesse, car ils fonçaient vers la masse. Tout se passe vite en pré-bascule, trop vite...

— Prêt pour la bascule, lança Allison.

— Le *Norway*, annonça Neill.

Il pressa la touche de bascule, les turbines entrèrent brutalement en action et des turbulences qui soulevaient le cœur secouèrent le navire.

— Il est toujours là ? s'enquit-il à propos du *Norway*.

Des fantômes parfois s'attardaient, traces lumineuses d'un vaisseau parti depuis des heures. Pas moyen de le savoir, peut-être que... mais il voulait que son équipage fasse des recherches à ce sujet. Difficile.

– Mieux vaut préparer le prochain saut au cas où. Je me méfie, fit Allison.

– Le dépasser ?

Malgré le voile de l'hypno, Sandor se concentra sur cette question.

– Tu rêves, Reilly.

Nouvelle décélération qui brouilla un instant leurs esprits. Puis il tendit une main vacillante vers le comp et recommença à suivre la trace.

– Nous l'avons. Ça se rapproche, fit Allison.

– Je ne reçois que leur identité, précisa Neill.

– J'ai une image solide, annonça Curran. Ils sont tout près. Confirmation. Deux minutes de distance.

L'image apparut spontanément sur son écran.

– Dois-je les contacter ? demanda Neill. Aucun message du com.

– Non.

Il cilla, son visage dégoulinait de sueur. Ce navire de guerre se dirigeait droit sur eux. Sa vitesse, son silence, son aspect lugubre laissaient supposer qu'il s'agissait des Mazianni. Mais il y avait l'identification. Il repéra l'étoile de référence, les données numériques s'avérèrent congruentes, et il les transmit sur la console d'Allison.

– Reçu ! annonça celle-ci. Veux-tu que je continue ou souhaites-tu le faire ?

Il retint son souffle, jeta un regard désespéré aux pupitres qui s'étalaient devant lui. Sur l'écran vidéo n'apparaissaient que des étoiles. Les autres récepteurs indiquaient la gravité, la masse, la température de cette quasi-étoile qu'était le point nul. Plus la traînée véreuse du *Norway*. Et c'est dans cette conjoncture qu'une recrue inexperte lui demandait de piloter le navire ! Mais peut-être était-elle moins inquiète que lui...

– A toi, annonça-t-il d'une voix rauque en feignant la désinvolture.

Il lâchait les rênes. Il shunta tous les circuits vers le poste 2, puis attrapa la bouteille d'eau et but au goulot.

– Tiens, dit-il ensuite.

Allison lui jeta un regard distrait, saisit la bouteille,

avala une gorgée et la lui redonna. Il la remit dans les sangles et se glissa hors de son fauteuil. La gorge nouée, il lança un dernier regard aux écrans.

Le *Norway*. Et Mallory qui demeurait silencieuse. Sa présence ne le surprenait guère.

– Equipe du jour majeur, repos, ordonna-t-il.

– Monsieur, murmura Neill – la première marque de courtoisie qu'il obtenait d'eux.

Pour un Dublinois sur un pont, c'était aussi naturel que de respirer. Neill s'extirpa de son fauteuil.

– J'en ai capté un autre, s'exclama Deirdre. Vaisseau en vue.

En deux enjambées, Sandor regagna son fauteuil.

– Identification : le *Thor* de l'Alliance, annonça Deirdre.

Pour l'instant, la masse l'éclipsait.

– L'un des croiseurs de Mallory, murmura Allison.

– Si c'est un déploiement... fit Neill de retour à son poste.

Tous se gardèrent d'émettre d'autres hypothèses.

– Un nouveau signal, lança Deirdre. Le croiseur *Odin*.

– Ils s'étaient déployés avant notre arrivée, remarqua Sandor.

– Qu'en savez-vous ? demanda Curran.

– Monsieur ! lui rappela Sandor.

Curran tourna la tête vers lui.

– Vous vous y attendiez, monsieur. Que vous avait dit cette Mallory, déjà ?

– Qu'elle surveillerait les points nuls. Cela ne m'étonne pas du tout qu'elle soit là ni qu'elle reste silencieuse. Qu'espériez-vous ? Qu'elle nous souhaite le bonjour ?

– Que Dieu nous aide ! souffla Allison. Que peuvent bien contenir ces fûts pour qu'ils jouent les nourrices ?

– Je ne lui ai pas posé la question.

– Vous auriez peut-être dû, remarqua Curran. Et si nous en ouvrions un ?

– Je suppose que nous découvririons des produits chimiques et du matériel pour station, fit Sandor. Je parierais qu'il s'agit de la même cargaison que celle de la compagnie Konstantin. Je ne pense pas que c'est cela qui préoccupe Mallory. En fait, je crois qu'ils sont en train de nous mettre en avant.

– Parce qu'ils vous tiennent en laisse... Nous avons hérité de vos différends avec eux. Nous avons mis les pieds dans une sorte de piège...

– Monsieur Reilly, c'est vous qui avez voulu partir pour Venture. Le *Dublin* a versé un demi-million de crédits à un marginal, fait suspendre une enquête et nous a dirigés – nous Unionistes – vers le point sous-jacent le plus sensible de Pell. Assemblez ces éléments. L'Union et l'Alliance sont peut-être en paix en ce moment, mais Mallory a gardé ses vieilles habitudes. Après tout, vous feriez peut-être mieux de penser comme un marginal. Vous feriez également peut-être mieux de commencer à étudier tous les aspects de la question. Croyez-vous qu'ils s'en soient privés dans les bureaux et sur les docks ? Et les forces de l'Union ? lorsqu'elles deviennent coopérantes et envoient le *Dublin* de ce côté de la Ligne ? Mais sans doute savez-vous cela. Sinon, prenez le temps d'y réfléchir.

– Si vous avez tout compris, pourquoi ne pas nous en faire profiter ?

– Pas moi. *Je ne sais pas.* Mais ce n'est pas la peine de nous énerver inutilement. Nous traversons ce point et amenons la cargaison à...

– Mouvement, annonça Deirdre. Le *Thor* va nous intercepter.

Sandor bondit sur sa console, les flancs en sueur, le visage blême. Il s'agrippa aux commandes tout en sachant qu'il n'y avait rien à faire... Ils n'étaient pas à armes égales. Chargée comme elle l'était, la *Lucy* était incapable de fuir.

(Ross ?... Ross... que faire ?)

– On les contacte ? demanda Allison.

– Non.

– Stevens... Sandor... Qu'y a-t-il de mieux à faire ?

– Nous continuons notre route. Nous les laissons nous escorter durant la traversée du point nul si telle est leur intention. Mais pas d'ouverture. Laissons-leur l'initiative du contact.

Allison se tint coite. C'était toujours elle qui tenait la barre et elle maintint la trajectoire du navire.

— Un message, annonça Neill. Escorte jusqu'à la zone de départ; indiquez heure et direction exactes au départ de Pell, disent-ils.

— Ils nous traquent, murmura Curran.

— Répétition du message. Ils veulent qu'on accuse réception.

— Vas-y, ordonna Sandor. Dis-leur que l'on est en train d'effectuer les calculs.

Il s'assit au comp, le déverrouilla, coupa le son et commença à demander les renseignements requis.

— Monsieur, intervint Neill, monsieur, je crois que vous devriez leur parler. Ils insistent.

Il empoigna la fiche audio, se la mit dans l'oreille, régla le micro.

— Passez-les-moi.

« ... exact », saisit-il. « Les vies voguent... avec une parfaite précision, *Lucy.* Avez-vous enregistré ?

— Répétez ! — Neill, de quoi parlent-ils, de vies ?

— A qui je m'adresse ? demanda le com du croiseur. A Stevens ?

— Ici, Stevens. Si vous m'en laissez le temps, je pourrais faire vos calculs, sacredieu !

— Votre navire doit arriver sur Venture à l'heure prévue. Vous accosterez et déchargerez la cargaison. Vous resterez trois jours et retournerez à ce point nul à l'heure précise indiquée.

— Information demandée.

— Refus. Nous attendons vos coordonnées de départ.

— Heure locale précise : 2/02, 06 : 00 jour majeur. Repère : 8868 : 0057 : 0076.35. Direction référents recommandés. Diagramme Pell 05700.

— 2/02, 06 : 00 pile ?

— Vous voulez notre estimation de masse ?

Il avait peur. Pas de doute, c'était un piège. Il leur balança cette question pour qu'ils comprennent qu'il n'avait pas froid aux yeux.

— Vous ne transportez que votre cargaison, *Lucy* ?

— Oui.

L'air du ventilateur collait la sueur à sa peau.

– Ecoutez, je vais faire l'estimation sur mon comp et je vous transmettrai notre RET.

– 06 : 00 pile ?

– 06 : 00 : 34.

– Nous enregistrons 06 : 00 : 34. Nous n'avons pas besoin de cette estimation, *Lucy.*

– Ecoutez, si vous voulez des renseignements...

– Inutile, *Lucy.* Nous les trouverons tout seuls. Félicitations. Terminé.

– Nous sommes dans le pétrin, constata Allison.

– Ils gardent l'œil sur nos déplacements, dit-il. (Il reverrouilla le comp.) Désormais, ils ont toutes les coordonnées. Dès qu'ils en auront déduit notre masse, chaque mouvement que nous ferons...

– Je n'aime pas ça.

– Chaque point nul est bloqué. Tout est programmé. Un seul faux mouvement... et nous aurons des ennuis, compris ? (Il s'écarta de la console.) En tout cas, nous ne risquons rien tant qu'*ils* seront là. Jour majeur au repos.

– Ecoutez, intervint Curran en se tortillant sur son fauteuil. Nous ne sommes plus dans la zone de Pell. Nous ne nous sommes pas embarqués avec vous pour naviguer en automatique, surtout avec des militaires trop curieux collés à nos fesses.

– Je reste ici, lui rappela-t-il en le regardant par-dessus son épaule. Je ne quitterai pas le pont; je vais me laver, c'est tout. Manger, puis dormir un peu dans le salon arrière, tout à côté.

– Quelles instructions en cas d'imprévu ? l'interpella brutalement Allison en l'arrêtant pour la deuxième fois.

– Il n'y aura pas d'imprévu, tu m'entends ? Nous avons trois jours minimum pour traverser ce point, alors laisse...

Il vit le visage suppliant d'Allison se refermer. Desserrant son poing en sueur, il fit un geste évasif.

– Ils sont eux-mêmes à un saut des Mazianni, le sais-tu ? Ne leur fournissons aucune excuse. Nous sommes un petit vaisseau, Reilly, nous ne pesons pas lourd dans tous les sens du terme. Aux points nuls, il y a parfois des accidents. A présent, établis une trajectoire de traversée et n'en sors plus.

Elle lui lança un long regard pensif.

– Bien, fit-elle, et elle retourna à sa besogne.

Le cerveau vide, il se dirigea vers la douche de la zone des cambuses et non pas vers les cabines. Car il n'en *avait* pas. Les autres, oui. Il lui fallait dormir. Cette situation le rendait nerveux. Il se dévêtit, demeura longuement sous le jet d'eau brûlante, l'estomac toujours noué. Des vaisseaux Mazianni... et ils étaient morts dans la coursive, sur le pont. Partout des corps qui tombaient. Malgré la présence des Reilly qui, assis à leurs postes, se lançaient des boutades, le silence était pire qu'avant.

(Ces envahisseurs, un nom... il y avait un nom sur leurs armures. Mais il avait eu beau fouiller sa mémoire, jamais il ne s'en était souvenu. Il n'en avait pas parlé avec Ross; il s'y était toujours refusé... et puis un jour, il n'était pas revenu à bord et ça avait été trop tard.)

Une journée durant sur Pell, il s'était cru libre et en règle. Mais le cauchemar qui avait poursuivi la *Lucy* pendant soixante-dix ans était toujours là.

Allison et Curran s'étaient divisé leur quart en tranches de trois heures. Pendant ses temps de repos, elle restait assise sur le fauteuil 2 ou déambulait tranquillement sur le pont, examinant tel ou tel détail tandis que leur discrète escorte militaire maintenait sa position.

De Sandor/Stevens qui s'était installé à l'arrière du pont, pas le moindre signe, bien qu'elle le soupçonnât d'ouvrir furtivement un œil de temps à autre. Quant à Neill et Deirdre, ils avaient disparu dans les cabines 4 et 5. Epuisés. Aucun d'eux n'avait l'habitude de voyager ainsi. La conduite de Stevens continuait à la tracasser. Elle ressentit un pincement au cœur... au souvenir d'une certaine attirance. Cet élan inexplicable qui, à Viking, lui avait fait perdre la tête, l'avait poussée à entraîner ce zéro sans Nom dans le premier endroit venu. Propriétaire de son navire, avait-il prétendu dans ce bar. Cela avait peut-être suffi à tout déclencher, la boisson aidant... et le goût du risque.

Pas tout à fait morte, cette attirance. Mais sous ses yeux, ce type s'était dégonflé comme une baudruche; sous l'empire d'une folie croissante, ses traits s'étaient décomposés.

Il ne dormait pas, elle en était certaine. Il en était incapable. A cause de ce navire qui les suivait, ou de l'accumulation des événements.

Et il ne se réfugierait pas dans l'hypno non plus, avec le comp bloqué et deux Reilly aux commandes.

Assis devant la console principale, Allison et Curran s'entretenaient à voix assez basses pour être couvertes par le bruit des machines. Ils causaient manœuvres, équipement, vols en solo et se demandaient comment on se débrouille quand on est un hors-la-loi.

Elle se tenait aux aguets. « Doucement », fit-elle de la main à Curran qui s'oubliait. Ce dernier jeta un œil aux écrans réflecteurs, pris du même soupçon. « Ne dort pas », mima-t-il. Au fil des ans, les Dublinois avaient mis au point un langage gestuel, difficilement compréhensible par un étranger, que les jeunes, inventifs, continuaient d'enrichir, et qu'ils utilisaient pour communiquer quand ils travaillaient dans le vacarme.

« Nous surveille. »

« Oui. »

« Cinglé. »

Elle haussa les épaules. Un peut-être.

« Inquiète? » (Une tape sur le cœur, un doigt qui frôle la tête, sarcastique.)

Elle répondit par un serrement de mâchoires, un geste du menton vers le navire qui les suivait.

« Eux. Ce sont eux qui m'inquiètent. »

« Il garde les clefs du comp. »

« Il a peur. »

« Il est fou. »

« Probable. » (Froncement de sourcils.)

« *Fais* quelque chose. »

Ils ne possédaient pas de signe pour le silence qui équivalait à un refus. Elle regarda Curran dans les yeux.

Bien que son cousin, il était son rival. Ils étaient le yin et le yang à eux deux; depuis toujours, il la talonnait. Et c'était cette compétition permanente qui avait rendu le Timon 3 si entreprenant. Elle lui en était reconnaissante, savait l'apprécier à sa juste valeur, savait aussi à quel point il ambitionnait d'être le numéro 1. Mais être les vingtièmes sur une liste d'attente et partager les commandes s'avéraient deux choses totalement différentes.

« Surveille-le », lui dit-elle du regard.

Elle sut qu'il avait compris, car elle lisait en lui comme dans un livre.

Il était aussi doué qu'elle; du moins, il se jugeait tel. Pourtant, jamais il ne serait parvenu à leur faire obtenir ce qu'elle-même avait...

« En tout cas, pas de cette façon », lui aurait-il certainement répliqué sur un ton sarcastique.

Mais il portait des œillères. Ce n'était pas lui qui les aurait secoués de leur inertie ni qui aurait sauté sur cette occasion. Un entêté, ce Curran. C'était là son défaut. Peut-être le savait-il. Mais il était d'une loyauté inébranlable. Celle de Deirdre était différente, et elle éprouvait une grande répugnance à prendre des responsabilités. Neill, quant à lui, était muet comme une tombe : il avait un esprit plus riche que les autres, c'est pourquoi il était long à assembler ses idées... un bon officier de pont, Neill, mais rien de plus. Elle connaissait leurs qualités, leurs défauts, savait qu'ensemble ils formaient un bloc solide.

Ils la considéraient comme leur numéro 1. Mais il fallait qu'elle s'imposât à Curran. Qu'il lui obéît. Les autres... sans leurs concessions perpétuelles à elle et à Curran, tout s'effondrerait. Curran est jaloux de Stevens, réalisa-t-elle tout à trac, une jalousie qui n'avait rien à voir avec le sexe. Avec l'appariement, oui. Une association à laquelle un presque frère ne pouvait se joindre, qui l'excluait totalement.

Qu'était donc la position de Curran, au fond ?... trop fier pour se mêler à Neill et Deidre, et écarté d'elle du fait de sa rencontre avec un étranger dans un salon-lit, il se retrouvait seul. Il continuait pourtant à respecter ses jugements : cela faisait partie de sa logique. Calée au fond de son fauteuil, bras croisés, elle coula pour la deuxième fois un long regard vers son cousin.

– Je vais y réfléchir, fit-elle.

– On va manger ? demanda-t-il après un moment.

Elle regarda l'heure – 11 : 01 – puis fit oui de la tête, se leva et se dirigea vers la cuisine.

Un sandwich, une boisson froide tirés des réserves... c'était l'heure du déjeuner, selon leur façon de calculer à bord depuis l'arrivée au point nul. Inutile de tenter d'imposer un horaire en temps réel à des organismes fatigués pour autre chose que les communications. Or, ils n'en recevaient plus. Ils vivaient à présent en introvertis, déconnectés des autres échelles de temps. Lorsqu'on ne percevait nul bruit ou mouvement humain, il régnait un silence pesant. Pour l'oublier, elle dégusta son sandwich en faisant les cent pas dans la minuscule cuisine; elle détailla les tables et les bancs en plastique blanc – combien de personnes s'y étaient-elles attablées... ? Trente. Environ. Le double si l'on additionnait les équipes du jour majeur et mineur; donc, un équipage d'une soixantaine d'adultes. Et ces cabines vides, ces silences...

Elle s'était attendue à trouver de nombreuses resserres en gravité 1 sur le navire, à ce qu'une grande partie de l'anneau fût réservée aux cargaisons. Ce serait aussi le cas des douanes de Venture, sans doute. Mais allaient-elles faire fi de la politesse et inspecter les cabines ? Elles se contenteraient probablement des cales et effectueraient un contrôle rapide de l'entrée et de la sortie des marchandises. Un dispositif parfait pour un contrebandier qui se terre dans son vaisseau avec une bonne histoire de pirates et de famille massacrée pour alibi.

Pourtant une femme avait bel et bien vécu avant elle dans sa cabine. Une des maîtresses de Stevens, peut-être... mais il y avait ces autres cabines, aussi insolites que les premières, supposait-elle. Elle avait fureté dans tous les recoins du centre du navire, pénétré dans toutes les cales ouvertes durant l'arrêt... mais n'était pas encore allée dans la partie de l'anneau qui se trouvait au delà de la zone inférieure, après les cabines et la cuisine. Ni dans les autres. Ils demeuraient encore des visiteurs sur un navire dont ils formaient pourtant l'équipage.

Elle finit son sandwich et jeta sa bouteille en carton dans le broyeur où il dégringola bruyamment. 11 : 36. Elle avait encore assez de temps pour inspecter ce secteur-là. Pour rejoindre Curran, elle emprunterait l'autre coursive qui menait au pont.

Elle sortit de la cuisine et s'engagea dans le couloir principal. Des portes inconnues : des cabines, d'après leur nombre. Elle tenta d'en ouvrir une. Elle n'était pas verrouillée. A l'intérieur, il régnait une obscurité glaciale. Une cabine, en effet. A la faveur de la clarté du couloir, elle entrevit le bord d'un lit défait. Des draps froissés. Elle enregistra ce détail bizarre dans un coin de son cerveau, referma la porte, puis emprunta une coursive transversale obscure qui desservait de nouvelles cabines. Cette atmosphère d'abandon l'affecta. Rebroussant chemin, elle poursuivit sa randonnée en direction du pont.

Une zone étanche : le mur blanc qui descendait du plafond faisait obstacle. Quatre portes étanches réparties autour de l'anneau. Quatre sections qui demeuraient pressurisées si quelque chose allait de travers dans le reste du vaisseau.

Arrêtée par cette barrière, le cœur battant à se rompre, elle observa le manomètre qui se trouvait à côté de la manette de fermeture; la pression était élevée.

L'atelier... le refuge des jeunes sur tous les vaisseaux qu'elle avait connus. Le plus à l'écart possible des ascenseurs menant aux soutes, du pont et des sabords. Hermétiquement clos. On devait pouvoir l'ouvrir. Certainement. Mais il fallait faire attention : le manomètre ne fonctionnait peut-être pas.

D'un autre côté, nul n'aurait le culot de maintenir du vide dans un secteur quelconque de l'anneau.

Elle pesa le pour et le contre. La prudence l'emporta.

Elle estima qu'il devait être près de 12 : 00 – ce n'était pas le moment d'être en retard. Elle fit demi-tour... se retrouva nez à nez avec Stevens.

— Fichtre, quelle surprise...
— Il fait froid, ici...
Les cheveux en bataille, il était pieds nus dans une robe de chambre.
— Qu'est-ce que c'est, ici ? s'enquit-elle.
Malgré elle, son cœur s'était remis à battre plus vite.
— Une zone de cargaison ?
— C'était l'atelier. Il y a longtemps qu'il est inutilisé. Je remettrai le chauffage lors de mon tour de quart. Je n'y avais pas pensé. Moi, je ne viens jamais par ici.
— Donne-moi le code et je m'en occuperai.
Il fronça les sourcils. Soudain, elle regretta d'avoir dit ça, ici, coincée entre lui et cette paroi sans issue, à un demi-anneau de distance de Curran.
— Je peux l'allumer tout de suite, si tu veux.
— Tu es de repos, il me semble. Et faut-il donc que tu me suives partout ?
Un lent clignement de paupières.
— J'avais faim. Je pensais que tu étais dans la cuisine.
— Je suis censée être de quart.
Elle s'avança vers lui, le dépassa, et ils retournèrent ensemble dans la cuisine. Une fois là, il s'arrêta et attendit.
— Je croyais que tu voulais manger.
Il acquiesça de la tête, alla à la réserve des déshydratés, en sortit un sachet, le déchira avec ses dents et, d'une main tremblante, le versa dans un verre. Puis il le remplit d'eau chaude.
— Seigneur, murmura Allison, ton estomac ! Tu ne devrais pas boire cette saleté alors que tu as le choix.
— J'aime ça.
Il avala une gorgée en grimaçant comme s'il luttait contre la nausée.
— Tu es sur les genoux, Stevens.
— Je vais très bien.
Il avait un regard battu, le teint brouillé.
— J'ai juste besoin de me remplir le ventre.
— Tu nous surveilles, hein, Stevens ? Tu ne nous lâches pas une seconde. Je suis sûre que tu n'as pas

fermé l'œil depuis le départ. Combien de temps encore vas-tu continuer ainsi ?

Il avala une autre gorgée.

– Je t'ai déjà expliqué comment je voyais les choses.

Il pivota, jeta le reste du liquide marron dans le broyeur, mit le verre dans le laveur.

– Bonne nuit, Reilly. Pour toi, c'est midi, mais pour moi, c'est minuit.

– Pourquoi ne vas-tu pas te coucher dans un vrai lit, Stevens ? Prends une cabine agréable. Eteins les lumières, et dors vraiment.

Il haussa les épaules et sortit.

11 : 58. C'était l'heure. Elle lui emboîta le pas, les yeux fixés sur ses pieds nus, et pénétra à sa suite sur le pont. Elle le regarda regagner sa banquette, s'y allonger sur le flanc et ramener les couvertures à hauteur du menton. Il avait un air crispé et misérable.

Son cœur se pinça de nouveau à la vue de cette désagrégation, de ce morcellement, effets de plusieurs mois biologiques comprimés en quelques jours... l'enfer d'un vol en solo alors que les Reilly sirotaient du cognac Cyteen.

Elle se retourna vers l'autre côté du pont; les yeux de Curran lui disaient... son impatience. Elle était en retard. Il avait dû remarquer le départ de Stevens; son inquiétude était légitime.

– A moi, fit-elle en s'approchant du siège 1. Du nouveau ?

– Non. Aucun changement.

Elle s'installa. Curran s'attarda un instant, lui donna une tape sur le bras et, à l'abri du dossier, lui fit le signe de l'interrogation.

« Problème négatif, mima-t-elle. Nous parlerons tous les deux. Durant notre nuit. »

« Compris. »

Il attendit encore un peu, sachant qu'elle avait une idée en tête. Mais elle lui indiqua du menton la coursive menant à la cuisine.

« Va-t'en. »

Et il partit.

Les quarts se succédèrent. 14 : 42. C'était la fin de son second lorsque Neill arriva de la coursive des cabines, rasé, peigné, l'air frais et dispos. Puis Deirdre fit son apparition, pâle et grave.

« Ça va ? » (Pouce levé. Une question.)

Allison fit oui de la tête, et ils s'en retournèrent vaquer à leurs affaires personnelles. Le vaisseau était toujours en automatique, et leur escorte avançait placidement dans leur sillage. Elle observa Curran : debout devant la console du comp, il prenait des notes et réfléchissait. Mais comment serait-il parvenu à le fracturer ? C'était impossible.

Soudain, une sonnerie assourdissante retentit dans la coursive qu'avaient empruntée Neill et Deirdre. Elle leva la tête. A la vue du clignotement rouge sur le pupitre de contrôle des systèmes de sécurité, elle s'affola. Puis la sonnerie et le voyant s'arrêtèrent en même temps. La section étanche avait été ouverte, et refermée.

– Deirdre, appela Curran dans le com, Neill! Rapport.

Quelqu'un s'appuya au fauteuil d'Allison. Stevens.

– La section étanche est ouverte, annonça-t-elle. Tout va bien ?

– Aucun danger.

Mais elle ne le crut vraiment que lorsqu'elle entendit la voix de Neill.

– Excusez-nous. Apparemment, nous avons fait une bêtise.

Ils exploraient le navire. Quoi de plus logique ?

– Ça va ? s'enquit Curran.

– Oui, oui, mais nous sommes gelés. C'est incroyable, le froid qui règne dans la section trois.

– Tu as refermé ?

– Oui, hermétiquement.

– Laisse-moi la place, dit Stevens d'une voix rauque en tapotant le bras d'Allison. Je vais régler ça. Je m'excuse.

– Y a de quoi, fit-elle en se levant.

– Je continue. Je vais faire un peu de ménage. Toi et Curran, reposez-vous. Inutile de respecter les horaires de façon rigide. Dieu sait que la *Lucy* peut s'en passer.

Elle lança un regard entendu à Curran et lui indiqua d'un battement de paupières la direction par laquelle Neill et Deirdre s'en étaient allés, craignant qu'il ne refuse de se lever.

– Parfait, dit-il, et il quitta le pont à sa suite.

Un peu avant la cuisine, elle l'arrêta par le bras.

« Il peut nous entendre », fit Curran avec la main, parlant du com.

Elle le savait, chercha du regard autour d'elle. Le combiné le plus proche se trouvait à plus de trois mètres.

– Ecoute, dit-elle, je veux que tu sympathises avec lui. Sois amical. J'ignore ce qui se passe vraiment ici.

– Qu'est-ce qu'il fabrique avec ce secteur gelé ? De la contrebande, tu crois ?

– Je ne sais pas. Curran, as-tu essayé de pénétrer dans les cabines... les autres cabines ? Quelque chose de terrible s'est produit sur ce navire. J'ignore quoi et quand. Une attaque des Mazianni, d'après lui, mais ça... L'atelier gelé, les cabines abandonnées... tu n'as pas vu dans quel état elles sont... il y a un lit défait, complètement gelé.

– Je t'avoue, souffla Curran d'une voix à peine audible, que je ne dors pas bien... dans cette cabine. Il a peut-être peur que nous lui réservions le sort que *lui* nous réserve. Je n'aime pas ça, Allie. Et surtout, je ne supporte pas ce comp verrouillé. C'est dangereux. Et tu devines pourquoi il nous a fait sortir ? pour que l'on ne regarde pas par-dessus son épaule pendant qu'il travaille. Voilà pourquoi. Je le crois capable de nous espionner ou d'en venir au meurtre.

– Non, dit-elle en secouant la tête. Je ne pense pas. Impossible.

– Tu ne te trompes jamais, Allie ?

– Pas dans ce domaine.

Il fronça les sourcils et la regarda par en dessous.

– Les militaires ont peut-être un compte à régler avec lui. Et si nous continuons ainsi, nous allons sûrement avoir des problèmes avec eux. Que va-t-il faire, Allie ? Dans quelle direction va-t-il sauter ? Je n'aime pas ça.

– Il est à bout. Je le sais. Moi non plus, je n'aime pas ça.

– Allie...

Il posa une main sur son épaule et lui parla en cousin et non plus en second.

– Un homme et une femme... il a une idée sur toi, il s'imagine peut-être qu'il peut te mener par le bout du nez, mais laisse-moi en discuter avec lui et mettre les choses au point. Et les clés du comp, il me les donnera. Aucun doute là-dessus.

– Je ne veux pas de ça.

– Tu ne le veux pas et moi non plus. Peut-être ne l'as-tu pas remarqué, mais nous sommes dans le pétrin. Cet homme est au bord de l'abîme et risque d'y plonger. Je propose que nous ayons une explication... nous. Moi. On ne se moque pas de moi. Il le sait. Toi, va dans ta cabine, ne t'en mêle pas. Nous allons lui faire peur.

– Non.

– Tu penses que tu l'auras par la raison ? J'aimerais voir ça.

Elle se mordit la lèvre, observa la coursive par où Neill et Deirdre arrivaient.

– Je regrette, s'excusa à nouveau Neill.

Et Deirdre :

– Qui s'occupe du navire ?

– Lui... Qu'avez-vous trouvé là-bas ?

– L'atelier, expliqua Deirdre.

Elle serra frileusement les bras contre son buste.

– Du fouillis... des affaires déchirées, des panneaux tordus... je n'ai pas tout vu. J'ai juste jeté un coup d'œil, il n'y a pas la moindre lumière. Allie...

– Je sais, dit-elle. Cela ne m'étonne pas.

Elle fourra les mains dans ses poches et tourna les talons.

– Où vas-tu ? demanda Curran.

– Dans ma cabine.

Elle s'arrêta et planta ses yeux dans les siens.

– Je suis de repos. C'est ton tour. Tu ferais peut-être mieux de rejoindre le pont. J'y viendrai... plus tard.

13

La *Lucy* poursuivait régulièrement sa route en pilotage automatique. Sandor éteignit le comp et fixa d'un œil léthargique l'écran du scan : le vaisseau de guerre ne l'inquiétait plus autant. Il ne ferait pas le saut avec eux. Mallory elle-même les surveillait sans intervenir... Vu ce que l'on racontait d'elle, une telle patience était incroyable de sa part. A son avis, elle attendait quelque chose, et quelque chose qui n'avait rien à voir avec lui. Il se prit à espérer qu'elle souhaitait simplement qu'ils fichent le camp.

Et si elle guettait un autre Mazianni... si elle suspectait un autre trafic...

Il se leva. La nuit majeure était déjà bien avancée. Mais il avait eu beau essayer de dormir vraiment, il s'était sans cesse réveillé. La nervosité. Et pas question de prendre de l'hypno; pas dans ces conditions.

Faisant confiance au pilote automatique, il partit prendre une douche : un scandale pour les Dublinois. Ils s'épuisaient à garder leurs postes de surveillance, et lui, il quittait le sien sans frémir. Il y aurait eu mieux à faire... récurer tout le vaisseau, travail qui les aurait moins intéressés, bien sûr. Mais il y songeait depuis longtemps : une vague idée qui refaisait surface de temps à autre dans son cerveau.

Il y avait l'atelier...

Ni lui, ni Mitri, ni Ross ne s'en étaient jamais occupés. Ils n'étaient pas à l'étroit; la *Lucy* regorgeait d'espaces vides et ils avaient simplement évité de s'y rendre. Ils l'avaient placé en économie d'énergie maximale. Le froid éloignait les équipages curieux. Quand il était seul à bord, il ne dépassait jamais la cuisine. Au delà tout était mort... jusqu'à l'arrivée des Reilly. Les portes qu'ils avaient ouvertes, les fermetures étanches qu'ils avaient violées lui étaient autant de blessures. D'abord, il avait cru pouvoir les mater et prendre le temps de s'habituer à eux.

Seulement, il y avait le comp...

(Ross, ils n'ont tout de même pas jeté cet argent par le sas sans raison. Aucune famille n'est riche au point de dépenser un demi-million de crédits juste pour satisfaire la lubie de quelques-uns de ses membres. Un demi-million en cadeau d'adieu... Personne n'agit ainsi. Ross... je sais ce qu'ils veulent. Je l'aimais, Ross, et je ne me suis pas rendu compte, la peur m'a rendu aveugle. Pell aurait saisi le vaisseau... alors que pouvais-je faire d'autre ? Ils pensent que je la leur ai vendue, et peut-être est-ce vrai. Qu'est-ce que je fabrique, Ross ?)

Il se détendit un moment sous l'eau chaude, puis ouvrit l'eau froide à fond : le choc le réveilla. Mais quand il eut terminé, il grelottait... manque de nourriture, conclut-il, bouleversement des horaires. Il décida d'aller ingurgiter quelques concentrés : les hydrocarbures feraient cesser ces tremblements.

Le saut aurait lieu le lendemain pendant le jour majeur. Il devait se reprendre, Mallory n'était pas du genre à admettre des erreurs. Elle exigeait des horaires précis, et il fallait les respecter.

Il s'habilla, se rasa, se sécha les cheveux et reprit la direction du pont.

Curran était assis du bout des fesses sur une console entre Neill et Deirdre.

— Je vais déjeuner, dit Sandor, je pense que nous pouvons la laisser sans risque juste le...

— Nous désirons vous parler, capitaine, l'interrompit Curran.

Sandor poussa un long soupir et se pencha au-dessus du scan. Il ne se sentait pas du tout prêt à discuter, mais il acquiesça quand même.

— Qu'y a-t-il ?

– Nous voulons les clés. C'est une question de sécurité. Nous en avons débattu et cela nous préoccupe énormément.

– J'ai déjà réglé ce problème avec Allison. Nous sommes tombés d'accord.

– Non. Vous n'êtes pas tombés d'accord. Et nous vous redemandons ces clés.

– Je verrai ça avec elle.

– Vous pensez que nous n'avons aucun moyen de vous convaincre ?

– Qu'est-ce que je viens de vous dire ?

– Si j'étais vous, je reconsidérerais la question.

– Il y a des lois, monsieur Reilly. Et elles sont pour moi dans cette affaire.

Désireux d'en rester là, il s'écarta de la console. Mais les autres lui coupèrent la retraite. Il fixa Deirdre, la seule qu'il aurait pu bousculer... mais pour aller où ? Alors il se retourna vers Curran.

– Vous voulez régler ça par la manière forte ? Eh bien, écartons-nous de ces appareils délicats et voyons cela.

– Pourquoi pas ?

Curran tenta de diriger tout le monde vers le salon, mais Sandor partit vers la coursive, les entraînant dans son sillage.

Allison était dans sa cabine. Il en était certain. Il mesurait très bien sa force et celle de Curran, et devinait qui aurait le dessus, surtout si les autres s'en mêlaient. Il tendit une main vers la poignée de la porte, mais Curran lui saisit le bras.

Sandor lui planta dans le bas-ventre un coup de genou qui le fit se plier en deux. Une manchette sur la nuque, un nouveau coup de genou sur le nez... et Curran alla s'aplatir contre la cloison. Comme Sandor se retournait vers Neill, un croche-pied le déséquilibra. Neill et Deirdre s'élancèrent en cœur, Curran, lui, l'attaqua dans le dos pour le renverser en arrière.

Il se tortilla, frappa au hasard, parvint presque à se dégager, mais une poigne de fer lui emprisonna les cheveux, et il se retrouva cloué au sol.

— Ne t'occupe pas de ça, ordonna Neill à quelqu'un. Allez!

Sandor continuait à se débattre sauvagement, aveuglément.

— Attention!

Un poing s'écrasa sur sa mâchoire et un voile noir lui obscurcit l'esprit; il sentit sans réagir qu'ils lui emprisonnaient les poignets.

— Regarde-moi, ordonna une voix masculine.

On lui tirait les cheveux, on le giflait.

— Ne fais pas l'imbécile, Stevens. Donne-nous les clés.

Sandor avait la bouche pleine de sang. Il songea qu'ils allaient le frapper à nouveau et tenta de dégager sa main droite.

Un second coup.

— Arrête! (C'était la voix de Neill.) Curran, arrête!

Le noir de nouveau.

— As-tu changé d'avis, Stevens?

Il essaya de bouger. Son bras droit était complètement engourdi, mais il sentait encore le gauche. Il essaya de s'en servir; les forces lui manquèrent.

— Curran, arrête! (C'était Deirdre.) Stop, Curran, il est KO.

Un silence. Peu à peu, sa vision redevenait nette. Curran était planté devant lui, le visage ensanglanté. Du coin des yeux, il discernait vaguement les deux autres qui le maintenaient à terre.

— Tu n'aurais pas dû le frapper comme ça, lui reprocha Neill. Arrête, Curran, sinon je le lâche.

Curran se releva.

— Il ne nous donnera rien du tout, dit Deirdre. Nous sommes dans le pétrin, maintenant. Neill a raison.

— Il nous les donnera.

— Curran, non!

— Qu'est-ce que vous voulez faire? le laisser retourner aux commandes? Il peut trafiquer tout ce qu'il veut dans notre dos. Non, pas question. Vous avez raison, nous sommes dans le pétrin.

Deirdre relâcha légèrement sa pression, et Sandor

essaya d'en profiter, mais sans succès. La jeune femme tenait bon.

– Appelez Allison, bredouilla-t-il, se souvenant ensuite qu'ils se trouvaient juste en face de sa cabine.

Elle avait peut-être entendu. Si c'était le cas, elle refusait donc d'intervenir. Cette idée augmenta encore la confusion de ses pensées.

– Que faisons-nous ? demanda Neill. Bonté divine, que faisons-nous ?

– Je crois que le mieux serait d'appeler Allison, proposa Deirdre.

– Non, trancha Curran. *Non.* (Il attrapa Sandor par le menton.) Ecoute-moi. Ecoute-moi bien. Tu es en train de te demander comment tu vas te débarrasser de nous, n'est-ce pas ? Et pas de façon légale, bien sûr... ce n'est pas dans tes habitudes. Plutôt une sorte d'accident, comme tu t'es peut-être débarrassé des autres, hein ? Nous allons te trouver un petit coin tranquille. Nous avons tout notre temps. Et il faudra bien que d'une manière ou d'une autre, nous parvenions à un accord. Nous allons jeter un coup d'œil aux bandes. Au comp. Passer le vaisseau au crible. Et il se pourrait bien, si nous découvrons des détails déplaisants, que nous appelions Mallory, que nous te remettions aux mains des militaires. Tu pourras toujours essayer de te défendre; si nous jurons le contraire de ce que tu avanceras, qui est-ce que l'on croira, à ton avis ? Ils te mâchouilleront et t'avaleront, tu ne penses pas ?

Sandor commença à trembler, mais ce n'était pas de peur. Il était choqué, engourdi et se sentait légèrement honteux. Ils le relevèrent et durent le soutenir. Lorsque Curran l'empoigna par le biceps et le poussa contre la paroi, il ne broncha pas, puis soudain lui assena un coup de poing soigné.

Curran s'aplatit contre l'autre paroi. Il allait s'élancer de nouveau sur lui, quand Neill se précipita entre eux.

– Non, cria-t-il.

Tout à coup, Allison apparut. Ils se figèrent tous. Sandor lui lança un regard de reproche.

– Je suis désolé, dit Curran d'une voix basse, nous nous sommes laissé dépasser par les événements.

– Ça m'en a tout l'air, répliqua-t-elle.

– Je ne pense pas qu'il veuille en reparler.

– Vraiment ? fit Allison.

– Non, approuva Sandor.

Il avait la gorge douloureuse et n'ajouta rien. Allison hocha la tête et regarda ailleurs, rien en particulier.

– Comment va-t-on arranger ça ?

C'était à lui qu'elle s'adressait.

– Laissez tomber. C'était une mauvaise idée. On oublie tout et on continue. Je n'ai pas touché de prime spéciale pour garder de la rancune.

– Ce n'est pas si simple, dit Curran.

– En effet, ce serait trop facile, surenchérit Allison.

– Il y a les cabines.

– Seigneur...

– Parfaitement. Nous avons besoin d'un peu de temps pour réfléchir... Allie, nous ne pourrons pas dormir en paix tant qu'il sera en liberté.

– Impossible de les fermer sans les clés du comp, lui rappela Allison.

– Ça m'amuserait, intervint Sandor. Mais après, que ferez-vous ? Vous me trancherez la gorge ? Moi mort, sans les codes, vous sortirez tout droit du système.

– Personne n'a parlé de ça.

– Ça m'étonnerait que vous n'y ayez pas songé... Non. Je vais aller dans la section supérieure. Je fermerai la porte étanche. Si j'en sors, le signal d'alarme se déclenchera. Il faut vraiment que je vous souffle toutes vos idées. Vous êtes ineptes, vous les Dublinois. Vous n'avez rien dans la cervelle.

Il prit la direction de la deuxième section des cabines, s'attendant à ce qu'ils l'arrêtent et lui réservent un sort moins agréable. Mais le silence le plus total régnait dans son dos.

Il franchit la porte étanche et appuya sur le bouton. Elle se referma sèchement.

Assise sur le bras du fauteuil 2, Allison dévisagea ses cousins : Curran tamponnait sa lèvre fendue; Deirdre et Neill, adossés à la console principale, avaient l'air complètement abattu.

– Comment est-ce arrivé? s'enquit-elle.

– Nous avons perdu le contrôle de la situation, dit Curran en haussant les épaules.

– Quand?

– Il m'a balancé un coup de poing.

Curran avait le visage souillé de sang et de sueur, et son œil droit commençait à virer au bleu.

– Il ne m'a pas raté.

Il ne se souvenait pas d'avoir vécu un moment aussi désagréable : il s'était trompé!

Suivit un long silence pendant lequel tous les regards restèrent braqués sur Allison. Ils attendaient sa décision, mais elle avait une boule dans la gorge. Ses bras ballants trahissaient son abdication. Cette empoignade la rendait malade. Toutes les justifications, tous les raisonnements s'écroulaient. Ce n'était plus un jeu, à présent.

– C'est par trop stupide, dit-elle en cognant son poing dans sa main. Vous avez une idée?

Elle les toisa tour à tour.

Silence.

– Nous pourrions le foutre à la porte du vaisseau, proposa enfin Curran à mi-voix. Nous pourrions demander à l'armée d'intervenir, leur expliquer que nous avons eu une querelle.

– Tu envisages vraiment cette possibilité?

– C'est de nos vies qu'il s'agit. Ne refais pas la même erreur que moi, Allie. Sur les docks, il filait doux, mais n'oublie pas qu'il a déjà eu des équipages et qu'il s'en est toujours tiré. Il y a ces cabines. Et l'atelier.

– Et alors, que faisons-nous? Nous avons vingt-quatre heures soit pour obtenir ces clés soit pour le laisser se réinstaller aux commandes, sinon nous dépasserons notre point de saut et nous irons nous perdre hors du système. Et il le sait.

Nouveau silence.

– Allie, dit Curran, c'est un marginal. Au mieux, un menteur et un voleur qui a manipulé des centaines de policiers et de douaniers. Au pire... au pire...

– Tu penses qu'il m'a manipulée ?

– Je pense qu'il était sur la corde raide et que nous l'avons tiré d'affaire. Mais il garde les clés pour lui et peut-être a-t-il déjà eu des équipages qui ont disparu. Nous n'en savons rien. Le laisser en liberté est trop risqué.

– As-tu une meilleure idée ? Tu veux appeler l'armée ? Ce n'est pas ça qui nous donnera les clés. Il faudra qu'ils nous remorquent, que nous quittions la *Lucy* ou que nous la lui rendions. Que nous retournions échouer sur Pell et dans un an ou deux, il ne nous restera plus qu'à tout expliquer à l'Ancien et à réintégrer le *Dublin*. Tu t'y vois, toi ?

– Mais alors quoi ?

– Il n'a rien à manger dans cette section, observa Deirdre, et il faudra bien qu'il mange.

Allison poussa un long soupir. Voilà où ils en étaient arrivés ! C'était logique, au fond.

– Il sait dans quel pétrin nous sommes, dit-elle. Nous ne pouvons pas lui faire confiance si c'est lui qui pilote, mais croyez-vous que nous pourrions faire confiance aux clés qu'il nous fournirait si nous continuons à le bousculer ? Il nous a devinés et il ne bluffe pas.

Silence.

Elle appuya ses mains sur ses genoux et se leva.

– Bien. A mon tour. Je monte lui parler.

– Allie...

– Al-li-son, articula-t-elle en lançant un regard courroucé à Curran. Restez près du com et surveillez ce qui se passe. C'est la seule solution pour recoller un peu les morceaux. Faites un geste, qu'il pense que l'affaire est réglée. Et que Dieu nous aide.

Elle se dirigea vers la coursive. Sur le seuil, elle se retourna : leurs visages étaient solennels.

– Si j'ai besoin d'aide, ne traînez pas trop.

— S'il lève une main sur toi, l'avertit Curran entre ses dents, je lui brise les os.

— N'essaye pas. Si on en arrive là, coincez-le et appelez les militaires.

Elle reprit sa marche, l'estomac crispé par la peur, les jambes flageolantes.

Cette fois, il n'était plus question de lui faire confiance, ce serait déjà bien si elle parvenait à le persuader qu'ils ne se méfiaient plus de lui. Elle savait qu'il ne la tuerait pas, même si cela lui venait à l'esprit. Il saisirait la chance qu'ils lui offraient et attendrait son heure.

Il ne lui restait plus qu'à espérer qu'ils arriveraient vivants à Venture et qu'il y aurait là-bas une autorité militaire puissante.

Il s'était assis dans la coursive — le seul endroit de la section 2 à être chauffé. Il venait d'allumer le chauffage dans la cabine 15, mais ne s'était jamais fié à la plomberie de la *Lucy*. Et ce n'était pas le moment de s'en préoccuper. Il était assez pragmatique pour reconnaître que les priorités changent quand on est menacé de mourir de soif.

En vertu de quoi, il s'était installé, en attendant, sur le sol; ce qui n'était guère confortable, car ses côtes, sa nuque et ses bras lui faisaient un mal de chien. Sans parler de ses dents et de sa mâchoire. Toutefois, sous le choc, la douleur demeurait encore diffuse, et il savait qu'il devrait essayer de dormir avant qu'elle ne devînt lancinante. Lorsque l'alarme retentit, il sursauta. La porte, à l'extrémité de la courbe de la coursive, glissa sur elle-même, et son cœur se mit à battre. Il se releva péniblement et s'adossa à la paroi, raide comme un piquet.

Allison. Seule. La porte se referma, l'alarme se tut. Il la fixa et brusquement une douleur éclata en lui. Ce n'était pas celle qu'il redoutait, mais une autre, née du sentiment qu'elle l'avait trahi.

— Alors, tu viens faire un tour pour voir comment ça va?

– Ecoute, je suis là. Acceptes-tu, oui ou non, de me parler ?

– Je ne vous les donnerai pas.

Elle s'arrêta à moins d'un mètre de lui.

– Je ne le pardonnerai jamais à Curran. Je suis désolée... mais écoute-moi. Peut-être sommes-nous trop proches lui et moi pour qu'il fasse abstraction de nos rapports de salons-lits. Zut ! Stevens, nous manquons tous de sommeil, nous avons les nerfs en pelote, et toi, tu risques nos vies. Pas seulement la mienne, les leurs également. Or, c'est moi qui les ai entraînés dans cette histoire. Tu ne leur fais pas confiance. A moi non plus, d'ailleurs. Mais j'avais cru que si Curran et toi, vous vous expliquiez une bonne fois, cela supprimerait les tensions.

– Tu t'es mis le doigt dans l'œil, hein ?

– Evite ce ton avec moi. Dis-moi plutôt le fond de ta pensée.

– Tout ce que je veux...

Sa gorge se noua, et il enfouit les mains dans ses poches pour masquer son malaise.

– Je ne discuterai pas avec vous. Laissez les clés du comp tranquilles. A part ça, nous pouvons continuer comme avant. Peut-être trouverez-vous un moyen plus intelligent pour les obtenir, mais rappelez-vous que si vous m'avez avancé de l'argent, vous ne m'avez pas acheté. Qu'est-ce que vous vous imaginez ? Que vous allez pouvoir brouiller les cartes au point que la police me tombe dessus à Venture ? Et m'offrir ensuite un nouveau marché ? Désolé, mais vous feriez mieux d'abandonner cette idée, car j'ai tout prévu. Si jamais ils m'arrêtent, Reilly, vous resterez coincés dans un vaisseau que vous n'êtes pas capables de mettre en route. Embarrassant, n'est-ce pas ? On se demandera peut-être quel droit vous avez sur lui. Cela ne s'arrangera pas rapidement. Où que soit le *Dublin,* il vous faudra un moment avant qu'il vous porte secours. Sans parler du fait que s'ils veulent me restructurer, je ne me gênerai pas pour leur narrer par le menu tout ce qui s'est passé à bord. On entendra parler du Nom des

Reilly, crois-moi. Alors, réfléchissez bien avant de faire des bêtises.

– Sais-tu que tu es complètement fou ?

– Ce que je sais, c'est que j'ai pris mes précautions. J'ai déjà signé avec des ivrognes, des dockers, des infras, et vois-tu, je suis encore vivant. Je m'imaginais bien qu'un gros vaisseau comme le *Dublin* allait essayer de me doubler, mais je ne pensais pas que vous étiez ni plus ni moins des pirates, vous les Reilly. Mallory est en train de traquer les Mazianni, et j'en ai un plein vaisseau !

Il eut la satisfaction de voir le visage d'Allison s'empourprer.

– Tu ne parles pas sérieusement, n'est-ce pas ?

– Je ne vois pas la différence entre eux et vous.

– Stevens...

– Sandor. Je m'appelle Sandor.

– Je suis navrée, je t'ai expliqué pourquoi. Curran croyait que tu bluffais. Il en était certain. Maintenant il a compris. Et les autres également. Acceptes-tu de classer l'affaire et de revenir sur le pont ?

– Vous vous inquiétez déjà ? Nous sommes encore loin du point de saut. Et quand nous l'aurons effectué, que ferez-vous ? Vous allez recommencer ? Je n'accepterai pas une seconde tentative, Reilly. Si vous levez de nouveau la main sur moi, ce sera la guerre. Je la perdrai, c'est sûr. Il me faudra bien dormir à un moment donné. Seulement, soyons clairs : vous ne parviendrez pas à me les arracher. Alors, que se passera-t-il ensuite ? Hein, Reilly, que se passera-t-il ?

– C'est idiot de parler ainsi.

– Tu as envie de ce vaisseau, hein ?

– Oui, mais pas pour moi toute seule. Je veux que nous travaillions ensemble, les mains propres, et pas que nous mourions tous parce que tu continues à piloter un vaisseau chargé à bloc comme un marginal... Tu es complètement idiot, Stevens. Sandor. Tu as trop d'ennemis dans ta propre tête.

– Peu importe. Vous devez accepter mes conditions. Un point c'est tout. Vous avez misé, vous avez perdu.

– D'accord, admit-elle après un temps.

Mais son regard indiquait qu'elle était incrédule. Elle désigna la porte du menton.

– Allons-y.

Sandor acquiesça et lui emboîta le pas.

– Ils écoutent, n'est-ce pas? lui demanda-t-il à voix basse.

Elle lui lança un regard dérouté, avança la main vers le bouton, mais il prévint son geste et planta ses yeux dans les siens. Elle était si proche que sa méfiance s'envola instantanément. Son parfum, sa chaleur, le souvenir des salons-lits de Viking et de Pell...

– Tu sais que tu aurais pu tout avoir?

– Jamais tu ne nous as fait confiance.

– Et j'ai eu raison, n'est-ce pas?

– Peut-être bien.

Cet aveu tranquille pénétra de flanc dans ses défenses. Il détourna la tête et appuya sur le bouton. La sirène se déclencha, la porte s'ouvrit. Il se retrouva nez à nez avec Curran et Neill, et n'en fut pas surpris.

– Il revient, déclara Allison.

Elle referma la porte, et la sirène mourut.

– L'affaire est classée.

L'expression incrédule des deux Dublinois réveilla les doutes de Sandor, mais se souvenant des milliers de dockers qu'il avait affrontés, il leur tendit la main.

Curran, après un frémissement d'hésitation, la saisit. Une poignée de main délicate – ses phalanges étaient aussi meurtries que les siennes. Neill ensuite. Neill qui avait l'air beaucoup plus convaincu et chagrin.

– Désolé, dit-il.

Sandor était persuadé qu'il était sincère. Cela en faisait au moins un. Un grand élan de sympathie le porta vers lui, mais c'était pure folie, car il se rangerait toujours dans l'autre camp.

– Deirdre est de quart?

– Oui.

– Je vais déjeuner et me lever. Ensuite je prendrai une cabine pour me reposer quelques heures. S'il se passe quoi que ce soit, réveillez-moi.

Il suivit le couloir jusqu'à la cuisine, ouvrit le congélateur et en sortit un copieux déjeuner. Lorsque les autres passèrent derrière lui, il ne détourna pas la tête.

Allison et Curran dînèrent seuls. Ce dernier ouvrait précautionneusement sa bouche meurtrie et ne se sentait pas d'humeur à mener une conversation futile. Allison non plus, d'ailleurs.

— Penses-tu que cela va continuer ainsi jusqu'à Venture ? lui demanda-t-il une fois.

— Peut-être. Je pense que cela fait des années qu'il a appris à se débrouiller sans aucune aide. C'est nous qui sommes venus fourrer notre nez dans ses affaires.

Plus tard, Curran déclara encore :

— Tu sais, cet accord est une pure supercherie, Allie. Regarde-moi et ne fais pas cette tête. C'est un menteur, un comédien... il sait comment manœuvrer les autres. Je m'en suis aperçu dès le début. Si tu ne t'étais pas interposée tout à l'heure...

— Qu'est-ce que tu aurais fait ? J'aimerais bien le savoir.

— Je lui aurais arraché une réponse nette. C'est un comédien, je te dis, mais je l'aurais eu, Allie, crois-moi. Je ne l'aurais pas tué, tout de même pas. Mais cela aurait réglé toute l'affaire...

— Ça n'a pas marché tout de suite, que je sache. Combien de temps t'aurait-il fallu ? Combien d'heures ?

Son estomac se révulsa, et elle repoussa son assiette.

— Tu as entendu ce qu'il a dit. On ne parle plus de ça. Une nouvelle attaque contre lui et...

— Tu continues à avaler ce qu'il raconte ?

— Et s'il dit la vérité ? hein ?

— Et s'il nous ment ? S'il nous ment, Allie ?

— Arrête de m'appeler comme ça.

— Ne détourne pas la conversation. L'enjeu est trop grave. Nous sommes dans un sacré pétrin, et c'est toi qui est numéro 2, tu as ton mot à dire; seulement, tu penses en dessous de la ceinture.

— Je te laisse libre de le supposer.

— Ne me dis pas qu'un numéro 2 mâle nous aurait entraînés dans un tel guêpier.

— Ah ! nous y voilà ! Et s'il était une femme et que ce

soit toi qui sois en première ligne ? Tu t'en serais mieux tiré, n'est-ce pas ? Mais est-ce que tu aurais dormi sur tes deux oreilles en telle compagnie ? Réfléchis bien. Moi, je ne couche pas avec lui. Et pourtant il me l'a proposé.

— Tu aurais peut-être mieux fait d'accepter.

Allison heurta sa tasse dont le contenu se renversa sur la table.

— Vous auriez besoin de revoir vos attitudes, monsieur Reilly. Sans doute devrions-nous essayer de déterminer où se situe la logique dans tout ça. Parlons un peu de vos rencontres de salons-lits, monsieur Reilly... Ou bien n'ont-elles aucun rapport avec vos aptitudes à commander ?

Curran rougit et resta un moment silencieux. Puis il ferma les paupières et se renversa contre son dossier.

— Oh la la ! quelle langue tu as, Allie ! Tu veux vraiment des détails ? Je peux t'en donner.

Elle sourit. Mais seules ses lèvres bougèrent.

— Tu en es bien capable. Tu as tenté ta chance, mais tu es tombé sur un os, n'est-ce pas ? Alors, tant qu'on y est, suppose que nous ajoutions cela à *mes* problèmes : est-il possible que tu aies un compte personnel à régler ?

— Cela n'a rien à voir. La question, c'est Stevens... Là où nous en sommes arrivés. Et ce que nous allons faire.

— Et moi, je t'ai déjà dit que nous n'obtiendrons rien comme ça.

— C'est toi qui m'as arrêté. C'est dégoûtant, je le sais. Ça ne me plaît pas, mais en attendant, à l'heure qu'il est, tout serait arrangé. Tandis que toi, tu nous as ramenés à notre point de départ. En deçà, même.

Elle réfléchit un instant à ses paroles et dut s'avouer qu'il avait raison.

— Seulement, dis-moi où et quand nous avons appris à être abjects ?

— Ce n'est pas notre faute, mais la sienne.

— Suppose qu'il dise la vérité. Juste une minute.

— Pas question. Tu reviens en arrière, tu te fais piéger. Est-ce que tu ne comprends pas que tous les douaniers et tous les banquiers qu'il a roulés à droite et à gauche lui trouvaient l'air sincère ?

Elle saisit une serviette et se mit à éponger le café renversé, puis elle essuya le dessous de la tasse avant de boire une gorgée.

– Alors, pas de changement, dit Curran, un nouveau saut avec lui aux commandes ?

– Que proposes-tu d'autre ?

– Terminer ce que j'avais commencé.

Allison secoua la tête, ramassa la vaisselle sale et l'introduisit dans le laveur.

– Allison, je n'ai pas envie de risquer ma vie sur tes suppositions.

– Tu es mon numéro 2. Donc, c'est ton boulot, dit-elle en plantant son regard dans le sien.

– S'il y a un motif...

– Mon motif est un simple appel à la raison. Je le prends sur moi.

– Avec quel pourcentage de réussite ? Ça nous conduit tout droit à une situation aussi délicate que celle-ci. Et si jamais ce devait être le cas – soyons bien d'accord –, c'est moi qui m'en occuperais. Entendu ?

Le dos voûté, elle lui tourna les talons et sortit de la cuisine.

14

– Cinq minutes avant l'entrée dans la zone, annonça Allison. Informez-en notre escorte.

– Pigé, murmura Sandor qui s'occupait des derniers réglages.

Les communiqués de routine des stations indiquaient que tout était stable. Sûr de lui, assis à son fauteuil habituel, il avait de nouveau les mains sur les commandes comme s'il ne s'était rien passé. Des pensées insensées lui traversaient l'esprit : franchir l'un à la suite de l'autre les deux sauts suivants pour voir si ses compagnons auraient l'estomac assez solide pour le supporter... mais il imagina leurs cris de rage, leurs hurlements de terreur. Peut-être n'arriveraient-ils pas à réduire la vitesse... et fonceraient-ils comme un missile dans les Profondeurs... Et s'il modifiait volontairement l'horaire strict qu'ils avaient donné aux militaires... les Dublinois auraient ainsi un motif de s'inquiéter... si tant est qu'il valait la peine de tomber entre les mains de l'armée. Il préférait encore ses Dublinois à l'une et l'autre éventualités. Allison et Curran et Deirdre et Neill... Allison. C'était la *Lucy* qu'elle désirait. Leurs ambitions étaient les mêmes... mais elle n'avait nul besoin de lui pour peupler sa solitude. Elle avait une *famille.* Ses idées étranges étaient le fruit de son isolement. A force d'écouter les bandes des stationautes, de vivre en ermite, il finissait par mélanger le vrai et le faux.

Oublier Ross, Mitri, et tous ces voyageurs de l'ombre ? Oublier ses souvenirs, âme de la *Lucy ?* Comme si les Dublinois allaient changer leurs habitudes, eux !

Durant les heures où il s'était enfermé dans sa cabine (celle de Papa Lou, au milieu des objets que lui, Ross et Mitri n'avaient pas dissimulés sous les plaques le jour où ils avaient retiré tout ce qui aurait pu permettre aux douanes d'identifier le nom de Kreja), il avait eu le temps d'analyser la situation. Il aurait dû les haïr. Mais pour le moment, il s'agissait de survivre.

Il pensait comprendre Allison; parfois généreuse, elle devenait aussi tranchante que le fil de l'épée dès que son Nom était en cause. Elle était arrivée avec son équipage, sa richesse, et pesait sur le cours des événements. Mais comment l'en blâmer ? Même Curran Reilly – ce qui était plus douloureux à admettre – avait une valeur certaine. C'était l'avis d'Allison et elle avait un jugement très sûr. Il la croyait sur parole. Tous présentaient des qualités.

Ce qui ne l'empêcherait pas de rompre le cou de Curran à la première occasion.

En attendant, il était ressorti de sa cabine, leur avait souhaité poliment le bonjour et s'était installé aux commandes comme si de rien n'était.

– Je me retire une fois le dispositif mis au point ? avait-il demandé à Allison avec cet air suavement innocent dont il usait avec les douaniers. Ou c'est moi qui me charge du saut ?

– C'est toi qui t'en charges, avait-elle été obligée de répondre.

Les choses étant ce qu'elles étaient avec le comp, c'était la seule solution fiable. Curran, qui lui avait jeté un bref coup d'œil, semblait avoir la glotte coincée.

Ils ne lui adressèrent plus la parole, si ce n'est pour lui transmettre les données. Sans doute jugeaient-ils les menaces superflues. Elles l'étaient, au demeurant. Sur les écrans, à ses oreilles, parvenaient les données en temps prévu. Des voix posées de gens qui travaillent.

– Cible à deux minutes.

– Bonne stabilité. Cible toutes.

– M/D à l'écran 3.

– Scan au 4. Le *Norway* s'éloigne.

Son cœur fit un bond. L'image apparut sur l'écran 4. Mallory se mettait en route... s'était mis en route.

— Un message, annonça Neill. J'accuse réception ?

— Passe-le-moi, fit-il...

Lui, pas Allison. L'idée que c'était à lui de prendre la communication et non à elle le choqua. Mais il le fallait : les militaires voudraient entendre sa voix.

— Nous vous recevons, *Odin.*

— Ici, le commandant de l'*Odin.* Le capitaine Mallory vous transmet ses félicitations et vous rappelle que les zones des Arrière-Etoiles sont dangereuses. Bonne chance, *Lucy.*

Cette courtoisie le surprit.

— Ici, Stevens de la *Lucy.* Serons-nous escortés jusqu'à notre prochain saut ?

Silence.

— Les vaisseaux de l'Alliance sont tenus de garder leurs positions secrètes. Observez la prudence requise pour les contacts.

— Compris, commandant de l'*Odin.*

Sur l'écran 4, le *Norway* prenait de la vitesse avec le scintillement dédoublé propre aux vaisseaux militaires.

— L'*Odin* ralentit, annonça Curran. Perdu de vue en vidéo.

— Je les ai sur l'écran du scan, dit Deirdre.

L'image confirma que la distance qui les séparait croissait.

— Cible dans vingt-quatre secondes, annonça Allison. Point de saut moins quinze minutes vingt secondes.

Sandor vérifia les ceintures et l'hypno sur le comptoir tout en gardant un œil sur le *Norway* qui se rapprochait.

— Moins dix minutes, murmura Allison. Bon sang, que fabrique Mallory ?

— Elle ne bloquera pas le passage, fit Sandor. Elle n'est tout de même pas cinglée.

Il s'injecta l'hypno. Ses yeux commencèrent à devenir vitreux... et peu à peu il tomba dans l'indifférence. Il fixa l'image du scan un instant, totalement fasciné, puis se souvenant qu'il avait d'autres choses à faire, il remit son cerveau sur la bonne voie.

— Prends les commandes, ordonna-t-il à Allison.

Il capta son regard... méfiant, interrogateur...

— Prends-les, répéta-t-il comme si cela eût été tout naturel et qu'il soumettait simplement son équipage novice à une nouvelle épreuve.

Le visage d'Allison exprima cette peur qu'il est normal de ressentir lorsqu'on dirige un saut pour la première fois. Il dériva les commandes sur son poste, et elle reporta son attention sur les écrans.

— Huit minutes, lui rappela-t-il.

Il était cinglé, il le savait. L'hypno avait estompé sa rancune, et il baignait dans un état de bien-être rassurant. N'avait-il pas opté pour la seule solution possible ? Reculer sur certains points lui permettrait de garder son autorité... et faisait échouer les prédictions d'Allison. Il sentit qu'elle était en colère, et Curran, en pleine crise de haine. Les autres étaient simplement perplexes. Il leur adressa à tous un sourire hébété par l'hypno.

— Cinq minutes, annonça-t-il.

Allison le regarda de nouveau du coin de l'œil comme pour juger de sa santé mentale, puis reporta son attention sur le pupitre.

Les secondes s'égrenaient. Mes Dublinois, songea-t-il. Ils allaient sans doute remettre ça une fois arrivés. Ils iraient peut-être même plus loin. Dans un recoin de son cerveau, il était transi de peur. Mais la peur était une vieille amie qu'il savait amadouer.

— Moins quarante-cinq secondes.

— Bonne stabilité, annonça Curran.

— On y va, lança Allison, et elle tourna les commutateurs.

(Ross... ce n'est pas moi, cette fois. Mais elle sait ce qu'elle fait. La plupart du temps. Allons-y, donc. La première fois... sans mon aide. Elle est douée, Ross... ils le sont tous. Et j'ignore ce que nous allons découvrir. Eux aussi, j'en suis sûr. De plus, ils redoutent sans doute les transformations que je vais leur faire subir...)

Turbines en marche, la *Lucy* fonçait vers l'étoile-repère, et ils ne furent plus là...

... ailleurs. Un écrasement qui lui ébranla les nerfs...

Inutile de bouger : Allison donnait les ordres, exécutait méthodiquement chaque manœuvre. « Bascule », ordonna-t-elle. Le voyant d'alarme du comp – toujours bloqué – clignotait silencieusement, et Sandor se chargea de l'opération. Pulsations qui les projetaient successivement dans et hors du ici et maintenant, et qui ralentissaient le vaisseau tandis que la masse noire leur prêtait sa gravitation – stigmate dans l'espace-temps suffisant pour les retenir... à la fois dangereux et amical...

Ils filaient à une vitesse plus grande qu'au dernier point... Décision d'Allison.

– Tiendra-t-elle le coup ? demanda-t-elle.

– Elle devrait, répondit Sandor. Tu es pressée, Reilly ?

Pas de réponse.

– C'est désert, par ici, remarqua Curran. Rien ne bouge.

– Complètement désert, renchérit Allison. N'avaient-ils pas dit qu'ils surveilleraient tous les points ?

Nul n'ajouta mot. Sandor se rafraîchit le gosier, puis déboucla sa ceinture.

– Je retourne dans ma cabine. Bonne chance, Reilly.

– Equipe du jour mineur aux commandes. Relève à 1 heure.

Peut-être allait-elle ajouter quelque chose. Peut-être, pensa-t-il dans un élan d'espoir, s'est-elle fait une raison. Mais lorsqu'elle quitta son poste, son visage ne reflétait que de la lassitude... et de l'exaltation aussi. Ce qu'il comprenait bien. Elle avait dirigé un saut : c'était important pour elle. Lui-même avait oublié cette terreur qui étreint tout novice. Sa première expérience était loin : il avait quatorze ans à l'époque. Il avait été effrayé alors. Et plus d'une fois depuis.

Il se dirigea vers ses quartiers sans jeter un regard

en arrière, solitaire... et s'enferma dans le musée silencieux qu'était sa cabine. Il ouvrit le comp en réglant le volume du son au plus bas.

– Hello, Sandy! (C'était tout ce qu'il voulait entendre.) Comment vas-tu?

– Bien. Encore en vie, Ross.

– De quoi as-tu besoin, Sandy?

Il remit le comp au point de départ. « Hello, Sandy! Comment vas-tu? »

Il coupa de nouveau, car s'il était impossible d'avoir accès aux canaux des cabines sans les clés, l'un d'eux risquait toutefois de se rendre compte que le comp était en activité. Il thésaurisa ces paroles, aussi vaines qu'elles fussent. Il aurait pu enclencher une séquence entière et écouter la voix de Ross pendant des heures; elle lui manquait cruellement depuis sa mise en quarantaine. Mais ils se seraient inquiétés.

Il se doucha puis, drapé dans sa robe de chambre, se rendit dans la cuisine où il tomba sur Allison et Curran qui attendaient devant le four qu'il avait justement l'intention d'utiliser. Il s'adossa au mur, l'air désinvolte, mains dans les poches, et s'absorba dans la contemplation du carrelage.

Bruits de portes et de plateaux. Supposant qu'ils avaient fini, il releva le nez. Allison servait le café.

– Tiens, lui dit-elle, t'en veux un?

Il balaya du regard les quatre plateaux : quatre.

– Je préparerai le mien, merci.

– La cuisine est à toi.

Il hocha la tête et tira un petit déjeuner ordinaire du freezer. Ses mains tremblaient comme toujours lorsqu'il tardait à se nourrir après un saut.

– Tu n'as pas eu de difficultés? lui demanda-t-il pour faire la paix, alors qu'elle ramassait les plateaux.

Cette marque de courtoisie méritait examen. Elle releva la tête, un plateau dans chaque main tandis que Curran sortait de la cuisine en emportant les autres. Puis, décidée à être aimable, elle fit non de la tête.

– Cela ira mieux quand je m'en chargerai totalement.

Elle n'avait pas pu s'empêcher de lui jeter ça à la

figure. Il opina, non sans songer aussitôt que la traversée du point nul durerait plusieurs jours et qu'ils risquaient d'en profiter pour tramer quelque chose. Malgré tout, il déclara :

– Tu seras parfaite.

Elle partit, il prépara son petit déjeuner (mains tremblantes, aliments répandus). Il avala une cuillerée de sucre qu'il fit passer avec une gorgée de café noir. Les tremblements diminuèrent, et le café – du vrai, car il y avait pris goût – lui réchauffa immédiatement l'estomac.

Le four s'ouvrit. Il retira son plateau, s'assit, unique occupant de la cuisine. C'était une trêve étrange. Ils *le* fuyaient, et s'il demeurait maître de son navire, c'était dans une solitude encore plus grande que lorsqu'il était seul à bord.

Quand ? se demandait-il sans cesse. Et ensuite ? Cette guerre pouvait se poursuivre indéfiniment. Dans son propre intérêt, il devait garder une attitude courtoise. Ils le savaient et jouaient le jeu tout en se méfiant de chacun de ses gestes.

Lorsqu'il eut terminé, il se rendit sur le pont. Les quatre Dublinois, installés sur les banquettes, finissaient leur café, un peu plus détendus que les jours précédents. Ils commençaient sûrement à comprendre la méthode Kreja : quand la *Lucy* est en auto, on ne craint pas grand-chose. Pour certains capitaines, ça ne brillait jamais assez, il n'y avait jamais trop de règlements bien qu'il n'y eût pas une chance sur un million d'être tué avant d'avoir pu réagir – en cas d'embuscade, par exemple. Mais si ce genre de risque était inacceptable pour un vaisseau de la taille du *Dublin Again* et ses milliers d'occupants, pour la *Lucy,* il était tout simplement raisonnable.

Quatre regards gênés se levèrent vers lui; il les prenait en flagrant délit de négligence. Un petit signe de tête et il s'approcha du scan. Un bruissement dans son dos lui apprit que l'un d'eux s'était levé.

Rien. L'écran était vide. Juste le point de la masse, une géante gazeuse solitaire de laquelle émanaient d'ultimes radiations ignées... une étoile morte et sa collection de planétoïdes-lunes qui n'étaient plus aux endroits indiqués sur les cartes, car elles se déplaçaient vers le nadir du système.

La vidéo ne donna quelques détails qu'après de minutieuses recherches : de gigantesques émissions de gaz qui traversaient le disque. Mais pas la moindre trace de vie, pas le moindre vaisseau. En soit, cela n'avait rien d'étonnant à un point nul. Seulement, Mallory avait insisté sur le fait qu'ils étaient tous surveillés.

Il se redressa et se retourna. Curran et Allison, debout, l'observaient. Les deux autres étaient restés assis et ne le regardaient même pas.

— Il faudrait relever notre parcours autour de l'anneau, dit-il tranquillement. Il manque une foule d'éléments sur les cartes. Elles sont vieilles. Vous pourriez les mettre en mémoire, on ne sait jamais.

— Et vous, vous pourriez nous donner les clés, on ne sait jamais, répliqua Curran.

Sandor haussa les épaules et passa entre eux sans daigner répondre.

— *Stevens* ! le rappela Curran.

Il se retourna et s'appliqua à lui envoyer un regard parfaitement innocent. Personne ne bougeait.

— Trente-six heures et vingt-deux minutes avant la cible, dit-il sur un ton naturel. Qu'est-ce que vous vous attendez à trouver là-bas ? Une station de la dimension de Pell ? Une civilisation ? Cela m'étonnerait. Est-ce que vous désirez remettre ça... ou bien me laisser agir à ma manière, cette fois ?

— Non, dit Allison après un temps de silence. Nous sommes partenaires. Un point c'est tout.

— Nous pourrions l'être. Nous *pourrions,* Reilly.

— A condition de te suivre en tout ?

— Vous n'êtes plus sur le *Dublin.* C'est moi qui décide des opérations. Il n'a jamais été question de suffrage universel dans notre contrat. Ni de coopération. C'est moi qui commande. Alors, rasseyez-vous et tâchez de déterminer qui a enfreint la loi.

De retour dans sa cabine, allongé sur sa couchette, il caressa un moment l'espoir idiot qu'ils viendraient pactiser avec lui. Mais personne ne vint, et il se mit à courtiser le sommeil.

Une personne vêtue d'une combinaison s'installa sur le fond de ses paupières : Mitri. Il rouvrit les yeux pour chasser cette vision. Chaque fois qu'il songeait à sa solitude, c'était lui qui se présentait à son esprit. Il frissonna en se souvenant de la peur et de la lâcheté du garçonnet qu'il avait été.

(Ross, avait-il appelé, malade, tremblotant. Ross, il est mort. Reviens. Je suis incapable de manœuvrer le vaisseau... Ross, pas tout seul. Je t'en supplie... Reviens, Ross...)

Le même sentiment l'assaillait. Ses tripes se tordaient de nouveau, aussi méchamment qu'à ce moment-là. La terreur... il s'injuria à voix basse. Le même cortège de cauchemars allait défiler jusqu'au dernier, celui où la coque de la *Lucy* lui paraîtrait trop fine pour le protéger de ses fantômes.

Dans le noir, il appuya son menton sur ses deux mains... puis finit par allumer et alla chercher du papier et un stylo.

Il l'inscrivit, noir sur blanc. Le code du comp. Le feuillet disparut sous sa glace dans un tiroir et il se sentait terrifié à l'idée de l'avoir fait... mais après, il put s'endormir.

Mitri le laissa en paix.

Il dormit paisiblement toute la nuit. Une grande partie de la journée, il resta assis dans un coin du pont, parce que c'était plus sûr pour le navire, pour eux tous. La nuit suivante il alla chercher un oreiller et une couverture et s'installa sur une banquette de façon à être plus près des commandes au cas où...

— Donne-le-nous, lui demanda Allison pendant son quart.

Il secoua simplement la tête, ne désirant même plus en discuter. Et Neill — huit heures avant la cible — s'approcha de lui.

— Nous avons commis une erreur. Nous le savons bien. Ecoutez, Curran n'avait pas prévu que cela tournerait ainsi. Il ne veut pas reconnaître que nous nous sommes fourvoyés, mais il en est conscient et il le regrette. Il ne s'attendait pas à ce que vous lui tombiez dessus. Et nous, nous avons juste fait notre possible pour que personne ne soit blessé...

— Pour que Curran ne soit pas blessé, le coupa Sandor qui n'avait pas complètement perdu son sens de l'humour.

Mais ce geste l'avait touché. Reprenant son sérieux, il lui donna une chiquenaude sur la manche.

— Vous portez toujours le sigle du *Dublin* ?

Neill en fut d'abord décontenancé, puis il dit :

— Je ne vois pas pourquoi je l'enlèverais.

Une réponse décente.

— Je reste ici, à portée de voix. Comme toujours. Vous ne craignez rien. Je prends soin de vous.

Par la suite, ils le laissèrent tranquille, se contentant d'émettre une réflexion de temps à autre. Il parvint à s'endormir et ils le réveillèrent deux heures avant la cible pour qu'il préparât le saut.

Tout son équipage était là, attentif.

— Ainsi, nous allons retrouver la civilisation, déclara-t-il. (Et, à l'adresse d'Allison et Curran, il ajouta :) Un peu de liberté nous fera du bien à tous. On y verra plus clair sur les docks.

Lui-même serait soulagé de quitter cet espace plus obscur et désolé que les points nuls de l'Union.

Il s'installa au poste du numéro 1 et commença à travailler sur le comp en silence. Ils auraient pu s'interposer, relancer la contestation, mais il n'en fut rien.

Peut-être parviendrait-il, après une période de liberté sur la station, à recoller les morceaux, à trouver un moyen de faire la paix. Un vaisseau dans lequel règne une mauvaise entente devient très exigu. La fréquentation d'autres humains ne leur ferait pas de mal.

Ils étaient presque arrivés. Si tout se passait bien jusqu'au bout, s'ils revenaient avec un succès à leur crédit, alors ils auraient fait leurs preuves, le dossier serait blanchi, tout serait net de nouveau.

Il restait donc un espoir.

15

Le système venturien : Venture, sa compagne – une géante gazeuse – et, flottant autour d'elles, un amas de débris. La station elle-même, minuscule, généralement invisible, avait été le dernier arrêt avant Sol. Le FTL l'avait fermée. Pell, le Monde Inférieur, plus proches, avaient raflé les marchés de produits bio. La course aux nouveaux mondes l'avait ruinée. Jusqu'à la compagnie des Guerres qui l'avait abandonnée depuis une cinquantaine d'années. Malgré tout, elle n'avait jamais cessé complètement de vivre.

Pas de balise pour leur assigner une route : on les en avait avertis. Aucun trafic. Sandor réduisit légèrement la vitesse de la *Lucy,* la laissant toutefois filer à une allure supérieure à celle généralement observée aux abords d'une station.

– Aussi désert qu'un point nul, murmura Allison dans son dos. Si nous n'avions pas leur signal...

– Je ne m'attendais pas à mieux, avoua Sandor. Elle est vieille, après tout. Vraiment vieille.

– Le com est muet, dit Neill. Il y a juste un bruit de fond.

– Ça me rend nerveux, marmonna Curran. Pas de trafic, pas de balise, pas de routes... On ne dirige pas une station sans routes. A laisser les gens naviguer à l'aveuglette, ils vont avoir une collision, un de ces jours.

– Je vais chercher un sandwich et je reviens, annonça Sandor.

— Reste là, dit Allison. Neill, occupe-t'en, pour tout le monde. Et fais vite.

Neill quitta son fauteuil. Les fonctions de son poste glissèrent instantanément sur les autres.

— Nous approchons de leur zone de réponse, observa Curran.

— Prête, lança Deirdre.

Neill revint, les bras chargés de sandwichs et de boîtes de jus de fruits. Sandor ouvrit la sienne, en but la moitié et la referma. La station demeurait toujours silencieuse. Plus personne ne faisait de commentaires à ce sujet... ni à d'autres.

— J'ai quelque chose, dit soudain Curran. Seigneur! ce sont des militaires.

L'image jaillit sur l'écran de Sandor.

— Mallory, avança-t-il.

— Négatif, fit Neill. Je n'obtiens pas l'identité du *Norway.* En fait, je ne reçois aucune identité.

— Extraordinaire, souffla Allison.

— Dimensions. Prends ses dimensions.

Sandor alignait déjà la *Lucy* pour le saut, évaluait à quelle distance du centre du système ils se trouvaient.

— Tenez-vous prêts. On retourne.

— Tu vas nous faire tuer. Nous ne pouvons pas lutter de vitesse avec eux.

— Calcule-moi ça.

Il les propulsa dans un axe de rotation et lança les turbines. Les boîtes de jus de fruits, les sandwichs avec leurs emballages plastifiés et une cassette indéterminée s'envolèrent à travers le pont.

— Cargaison stable, annonça Deirdre.

Luttant contre la force qui tirait son bras de côté, Sandor reprit ses calculs.

— Nous ne passerons pas, déclara Allison. S'ils tirent, nous ne passerons pas. Tiens, les calculs...

Sandor jeta un coup d'œil à l'écran du scan sur lequel Curran avait affiché l'estimation de leur position, et y superposa le diagramme d'Allison. Le point de rencontre se mit à clignoter sur l'écran 3... il était situé avant la zone de saut. Et pas un mot de contact. Rien.

– Tu m'écoutes? lui demandait Allison aigrement. Stevens, nous ne passerons pas. Ils vont nous intercepter.

– Toujours pas d'émission d'identification, dit Neill. Je n'ai absolument rien.

– *Ils vont nous intercepter.*

– Que voulez-vous que nous fassions?

Sandor arrêta ses calculs inutiles, mais sans réduire leur vitesse.

– Freine donc! lui cria Allison. Freine avant qu'ils ne nous pulvérisent. Mais qu'est-ce que tu fiches?

La panique lui brouillait l'esprit. Son instinct lui hurlait de fuir; les calculs et le sens commun lui prouvaient que c'était impossible. Et en faisant abstraction de...

– *Stevens!*

– *Arrêtez!* cria Curran. Stevens, vous allez tous nous tuer. Ils sont trop forts pour nous.

Sandor fit un grand effort pour tourner la tête et observa les Dublinois.

– Habillez-vous. Vous m'entendez? Je vais freiner. Allison, Deirdre, Neill, descendez et mettez les combinaisons. Dépêchez-vous. Curran, j'ai besoin de vous. Tous les deux nous... arrachez-moi ce badge du *Dublin.* Mais remuez-vous, bon sang!

Il diminua la poussée : une façon de leur faire gagner du temps. Maladroitement, gênés par l'accélération restante, les Dublinois se précipitèrent vers l'ascenseur sans un mot. Ce n'était pas le moment de poser des questions. Seul Curran resta; il s'acharnait sur son badge.

– Qu'est-ce que vous envisagez? de leur tendre un piège à l'intérieur du vaisseau?

– Non. Nous sommes tous les deux seuls à bord. Vous avez été balancé du *Dublin* et je vous ai engagé à Pell.

Il régla l'énergie des cabines 4 et 5 sur économie.

– Filez là-bas et videz leurs cabines. Mettez tout dans la vôtre. Vite, mon vieux.

Curran était blême. Il hocha la tête et, prenant appui sur les consoles, il partit vers la coursive.

Le vaisseau qui les pourchassait se rapprochait inexorablement. Pas le moindre salut de sa part. C'était inutile. Ils le savaient et Sandor aussi. Les commandes étaient toutes sur son poste à présent.

Hors d'haleine, la voix d'Allison lui parvint dans le com :

– Nous sommes habillés. Que faisons-nous maintenant ?

– Il y a toutes sortes de gaines de service là-bas en bas. Choisissez-en une; glissez-vous dedans et n'en bougez plus quoi qu'il arrive. S'ils pillent le vaisseau et nous laissent filer, tant mieux. S'ils nous emmènent... ne bougez pas.

– Pas question. Pas question.

– Ecoute-moi. Cachez-vous et attendez. Je sais ce que je dis.

– Je ne me cache jamais, en aucun...

– *Ferme-la, Reilly.* Nous n'allons pas risquer plus de deux vies à la fois. Deux gars dans notre genre passeront facilement pour des contrebandiers. Si tu souhaites la mort de Deirdre et de Neill, vous n'avez qu'à remonter. C'est vous qui avez le plus mauvais rôle, je le sais. Mais pour l'amour de Dieu, réfléchis, Reilly. Réfléchis. Ce vaisseau est un transporteur de troupes des Mazianni. Ils sont peut-être trois mille à bord de ce machin. Alors obéis, s'il te plaît, et fais obéir les autres. Nous avons une chance. Après leur coup, ils fileront en vitesse. Et vous pourrez agir à ce moment-là. Il y a peut-être encore quelqu'un à Venture. D'autres vaisseaux peuvent venir et... Reilly, tu m'écoutes ?

– Je t'écoute.

– Le code d'accès au comp est dans ma cabine. Tiroir du haut.

– Que le diable t'emporte, Stevens !

– Sandor. Je m'appelle Sandor Kreja.

Pas de commentaire. Seule lui parvenait sa respiration que la hâte rendait un peu haletante.

– Prenez de l'eau avec vous. N'utilisez l'oxygène qu'en cas de nécessité absolue. Il se peut que vous soyez obligés de rester cachés une journée ou même plus. Maintenant, planque ton petit troupeau et éteins le com. D'accord?

– D'accord.

Sandor arrêta complètement l'accélération. Le malaise qu'elle entraînait cessa brusquement. La liaison avec Allison fut aussi brusquement coupée. Il se rendit compte qu'il avait froid et massa ses doigts engourdis.

Tout était paré. Calmement, judicieusement, il avait tout réglé. Curran revint à bout de souffle, les cheveux en bataille.

– Je viens de parler avec Allison, dit Sandor. Je lui ai donné le code du comp. Vous, vous la fermez et vous évitez les mouvements d'humeur. Ils vont nous aborder : nous n'avons pas le choix. Vous êtes mon numéro 2, vous ne savez rien. Nous transportons une cargaison pour l'armée, nous naviguons ensemble depuis Viking. Nous avons également de l'or de contrebande et nous transporterions n'importe quoi pourvu que ça rapporte.

Curran hocha la tête, sans arrogance aucune. Son regard disait simplement qu'il envisageait sans frémir ce qu'ils étaient en train de risquer. Et c'était là son bon côté, se dit Sandor. Il y eut un moment étrangement calme; seul le voyant du com clignotait.

– Ceinture, dit-il. Ils arrivent.

Un choc, un bruit sourd. Allison sut qu'ils avaient abordé. Allongée immobile, dans une totale obscurité, elle sentit à travers sa combinaison Deirdre lui presser doucement la cheville. Neill se trouvait derrière Deirdre. Allison avait l'index crispé sur la gâchette de l'un des trois revolvers de bord – ils en avaient pris seulement deux, présumant que l'absence d'arme aurait paru bizarre à leurs assaillants. De même, ils avaient laissé deux combinaisons dans le placard. Et ils auraient dû vider les cabines, se répétait-elle, ils *auraient dû.*

Un craquement résonna tout près d'eux : le sas s'ouvrait. Allison frissonna, puis un flot d'adrénaline lui parcourut le corps, et elle ne put se retenir de remuer brusquement les jambes. A l'idée que Deirdre avait senti son mouvement, elle éprouva de la honte. Elle aurait voulu intervenir d'une manière ou d'une autre, mais en même temps elle était lâchement soulagée d'être cachée là.

Et Curran et Stevens en haut... Sandor *Kreja.* Elle avait beau torturer sa mémoire, ce Nom ne lui disait rien. Curran et Sandor. Sans doute allaient-ils mourir, tous les deux. Elle avait suivi les ordres de Sandor, faute d'une meilleure idée. Comme lorsqu'elle était restée enfermée dans sa cabine pendant que ses cousins tentaient de lui arracher le code. Elle commençait à se voir sous un nouveau jour. Elle laissait un Reilly et un homme avec lequel elle avait partagé des salons-lits affronter des Mazianni. Des hommes qui, eux, sauraient sûrement garder leur langue pour la protéger...

Pas pour le vaisseau, pas pour le demi-million de crédits engagés, mais pour sauver trois humains tapis dans le noir.

D'autres bruits, qui résonnaient dans les gaines de service pressurisées, amplifiés par les écouteurs de son casque : des gens circulaient dans les coursives. Ils pouvaient sortir à présent, leur couper la retraite par surprise avec ces deux pathétiques revolvers...

Mais ils étaient des milliers.

Ce sacré Stevens/Sandor avait donc toujours *raison.* Il mesurait exactement ce qu'il fallait faire dans chaque situation et savait pertinemment qu'elle en était incapable. L'air mordant qui traversait le filtre de son casque lui faisait mal aux poumons; elle se sentait minable, lâche, bête, et de plus, ce n'était pas le moment de tenter de prouver le contraire. Il était trop tard pour prouver quoi que ce fût. Elle n'avait qu'à obéir. Et à attendre. Profites-en pour réfléchir, se dit-elle, et tâche de sauver ce qui peut encore l'être.

Les envahisseurs étaient en haut, à présent. Sans doute avaient-ils posté des hommes près du sas et d'autres devant l'ascenseur. Qu'ils tentent la moindre sortie, et c'était la mort pour eux trois.

Il fallait trouver une autre solution pour sauver la *Lucy,* et espérer que le plus grand menteur qu'elle ait jamais rencontré parviendrait à rouler les Mazianni eux-mêmes.

Ce Stevens/Kreja s'y entendait pour survivre. En supposant que les Mazianni leur laissent la vie sauve... Cette supposition entraînait qu'ils avaient peut-être besoin d'aide. Et vite.

Ses pieds commençaient à s'ankyloser. L'engourdissement gagnait ses jambes, le bras sur lequel elle était allongée. Elle ne parvenait plus à soulever la tête; aussi se contenta-t-elle d'adopter la position la moins douloureuse : la tempe appuyée sur le rembourrage du casque. Et voilà qu'à présent, l'inconfort de sa situation absorbait toutes ses pensées. L'air glacé qui lui brûlait les narines, la bouche et les yeux lorsqu'elle tentait de les ouvrir, cette paralysie de tout son corps... Et si c'était le froid? Si c'était le chauffage qui était tombé en panne? Elle pourrait avoir les membres gelés...

Deirdre remua peut-être parce que Neill avait bougé, et elle en profita pour changer de position.

Pas de communication des deux autres. Attendez, leur avait-il dit. Et ils obéissaient, lampes éteintes pour économiser les batteries des combinaisons au maximum.

La machinerie de l'ascenseur se fit entendre de nouveau; son cœur se remit à cogner. Cette fois, les dés étaient jetés. Ils s'en allaient. Ou quelqu'un s'en allait. Elle entendit le bruit de lourdes bottes dans la coursive, puis le sas s'ouvrir et se refermer.

S'ils étaient seuls là-haut, Curran et Sandor allaient les contacter par les écouteurs de leurs...

Une brusque secousse transforma la gaine de service en toboggan vertigineux. Ils étaient repartis.

Ce fut la paroi du sas qui les arrêta brusquement : un méli-mélo de bras et de jambes, Deirdre prise en sandwich entre Neill et Allison. Et avec l'accélération qui ne cessait d'augmenter, impossible de faire le moindre geste. Allison tenait toujours son revolver, c'était déjà ça, mais son cou était tordu et coincé par quelque chose, et il lui était difficile de respirer.

La cargaison va se désarrimer, songea-t-elle, puis tout de suite après : quelle importance. Ils étaient remorqués, soulevés par l'arrière, tenus à bras-le-corps par un gigantesque navire de guerre, et la situation allait sûrement empirer. Jusqu'à quatre G, peut-être. Un monstre pareil pouvait atteindre les dix G, ou plus, avec des compensateurs internes appropriés. Tandis que son esprit continuait à distiller des inepties, ses mains tâtonnèrent à la recherche de celles de Deirdre et de Neill. Elle reconnut le toucher léger de sa cousine, mais de Neill, rien... Seigneur ! si jamais sa combinaison s'était déchirée, avec le froid ambiant, il risquait de mourir gelé. Elle s'était bien orientée au moment où ils s'étaient glissés dans la gaine, mais elle n'avait pas envisagé un départ aussi brutal. De sa vie, elle n'avait rien vécu de tel. Son cœur battait à se rompre, un énorme poids lui écrasait la poitrine, qui ne cessait d'augmenter. Et cela risquait de durer très longtemps. Aussi décida-t-elle de prendre son mal en patience.

Tout s'arrêta aussi brusquement que cela avait commencé, et la rotation de la *Lucy* remit le monde à l'endroit. Elle rampa pour délivrer les autres et alluma la lampe de sa combinaison. Deirdre se dégagea à son tour dans la lumière blafarde qui éclairait son visage décomposé... puis Neill qui n'avait pas l'air en meilleure condition qu'elles deux. Elle leur fit le signe du calme.

« Station », fit Deirdre avec une main.

« Affirmatif », répondit Allison.

C'était la seule possibilité.

« Ils ont pris la station. »

« Question, fit Neill. Question : sortons d'ici. »

« Ne bougez pas. »

Un geste sec, définitif. Elle éteignit sa lampe.

Lorsque, plus tard, elle enfonça la touche de sa montre digitale, la pâle lueur du cadran rouge lui apprit qu'ils attendaient depuis deux heures. Deux heures, dix minutes, quarante-cinq secondes et six dixièmes exactement.

Dans quelques heures au plus, ils accosteraient. Le vaisseau serait sûrement fouillé de fond en comble et on leur volerait la cargaison. Ou bien ils s'empareraient du navire. Elle s'imagina cachée là avec les autres jusqu'à ce qu'ils soient à moitié morts de faim, et la *Lucy* repartant avec un équipage Mazianni aux commandes. Ils seraient pris au piège.

Ou pire encore : s'ils découvraient les cabines pleines de leurs effets avec les sigles du *Dublin,* les Mazianni sauraient alors qu'ils détenaient des otages à même de leur faire réaliser la plus belle prise de leur carrière. Ils ne le sauraient que trop.

Les soldats en armure musardaient sur le pont, jetant un coup d'œil par-ci, par-là, tandis que le seul officier, sans armure, installé dans le fauteuil du numéro 1, farfouillait avec ardeur dans les instruments. De loin, Sandor le surveillait. Ils les avaient fait asseoir, Curran et lui, sur une banquette complètement à l'arrière du salon inférieur; deux soldats armés de fusils les gardaient, tandis que d'autres visitaient les cales. Il n'y avait plus qu'à attendre. Sandor ne cessait de penser que l'accélération qui les avait longuement écrasés contre la cloison avait dû transformer les gaines de service qui couraient de l'avant à l'arrière du vaisseau en véritables puits au fond desquels les autres s'étaient peut-être brisé bras et jambes. Mais non, Allison avait sans doute pensé à cette éventualité et choisi leur cachette en conséquence. La sueur qui perlait sur ses tempes démentait la sérénité de son visage. *Australie,* disaient les lettres peintes au pochoir sur l'armure de l'homme/la femme qui le tenait en joue, et un chiffre qui ne signifiait rien pour lui. Le soldat n'avait pas de visage : la visière plastifiée et arrondie de son casque renvoyait l'image réduite d'un homme blond et, au delà, d'un brun sur lequel un autre soldat pointait son arme. *Australie* rimait avec Tom Edger; Tom Edger, le second de Mazianni, un gars qui n'avait pas la réputation d'être tendre. Il revit le pont comme lors de la lointaine première fois, et la vieille cicatrice s'ouvrit de nouveau en son flanc. Il les avait laissé monter à bord, *lui,* quand il savait que c'était la dernière chose à faire. Il comprenait enfin ce qui s'était passé ce jour-là. Assis, paralysé, incapable de réfléchir, obnubilé par ses souvenirs, il fixait le canon du fusil dirigé droit sur son front.

Pas de coup de feu cependant, cette fois. Pas de pillage. La *Lucy* était abouchée aux entrailles du monstre qui la remorquait sans effort. Jamais jusqu'à ce jour, il n'avait réalisé la puissance de ces gigantesques transporteurs de troupes : ils n'auraient pas pu les semer. Il n'était parvenu qu'à gagner du temps dans les manœuvres de synchronisation des sas, et si les Mazianni avaient été aussi patients, c'était sûrement parce qu'il s'était montré coopératif.

Mais ce genre de raisonnement induisait un faux sentiment de sécurité que désavouait le fusil braqué sur lui. Il avait eu tout le temps voulu pour détailler l'équipement de ces soldats et ne savait cependant toujours pas si c'était ce vaisseau ou le *Norway* ou un autre qui avait jadis arraisonné la *Lucy*/le *Cygne*. Il se sentait outragé, trahi. La station de Venture ne faisait rien pour intervenir, il devenait évident qu'elle était tombée entre leurs mains; et cette conclusion en entraînait une autre plus effarante encore : l'Alliance ignorait peut-être des choses d'une immense gravité — n'avait-elle pas confié sa défense à un ex-Mazianni ?

Une cargaison militaire, avait dit Mallory. A livrer à Venture... où *Australie* les attendait. Des vivres pour des alliés ? Il se rendit soudain compte qu'une puissance de la taille de l'Alliance qui ne comptait qu'un monde et une station — abstraction faite des Arrière-Etoiles et des marchands eux-mêmes — pouvait fort bien être menacée par les forces des Mazianni... une poignée de transporteurs de troupes qui allaient et venaient comme des fantômes entre les points nuls, frappaient et s'évanouissaient. Les Mazianni pouvaient prendre Pell.

Surtout si Mallory avait revu ses options et décidé de passer dans l'autre camp.

Et l'on n'allait pas autoriser les quelques indépendants qui traînaient par là à poursuivre tranquillement leur route, évidemment. De plus, les Mazianni projetaient peut-être d'employer judicieusement un vaisseau dont le retour était attendu sur Pell.

Le regard de Sandor allait du fusil à l'officier qui s'affairait toujours sur les commandes, et quand ce dernier se leva et marcha sur lui, il ne douta pas une seconde de la question qu'il allait lui poser.

– Je veux que vous ouvriez le comp, déclara-t-il. Acceptez-vous sans faire de difficultés ?

– Non, répliqua calmement Sandor. (Une vieille habitude.)

Il prit une profonde inspiration et son esprit se remit à galoper.

– Je fais du commerce. Un peu de contrebande par-ci, par-là. Avant ce voyage, j'ai eu les pires ennuis avec la loi, et ce transport est la meilleure affaire que j'aie jamais réalisée. Alors, avant de tout perdre, je désire en discuter avec Edger en personne.

– Je ne vous le conseillerais pas.

– Ecoutez, je ne suis pas stupide. Je n'ai pas l'intention de mourir pour une cargaison. Je m'imagine bien que vous allez la décharger à Venture; je suis même persuadé que la station est entre vos mains. Parfait. Vous aurez la cargaison. Je n'ai nulle envie de jouer les héros; mon second non plus. Je suis donc prêt à marchander avec Edger; nous tomberons peut-être d'accord.

Le Mazianni l'étudia un long moment – pâle face hermétique et sans âge. Puis, le regard vide, il hocha lentement la tête. Sandor s'attendait tellement à tout sauf à ça qu'il lui fallut plusieurs secondes pour comprendre que l'intrus acceptait.

– D'accord, articula le Mazianni.

Puis il retourna au pupitre des commandes.

Sandor observa le visage de son gardien pour saisir le reflet de Curran : le Dublinois était figé, impassible. Le cœur encore battant, il était tenté de se féliciter de son succès, mais il savait en même temps que l'officier n'était pas un imbécile. Il se rendit soudain compte qu'au fond les Mazianni et les marginaux devaient avoir des sens, des réflexes similaires à force de vivre aux limites de la civilisation et de se nourrir de la graisse des autres. Comme si l'on avait enfin déroulé et étalé la carte bien à plat devant lui, les énigmatiques monstres de son enfance s'envolèrent pour céder la place à des hommes aussi calmes que lui qui ne s'occupaient que de négoce et de profits sans trop se soucier de la provenance des marchandises. Toujours à l'affût du meilleur bénéfice et du geste le plus approprié. Or, dans le cas présent, le geste le plus approprié n'était certainement pas de mettre en pièces celui qui détenait les clés du comp, un type dont les papiers attestaient qu'il appartenait à l'Alliance et qu'il devait retourner à Pell.

A présent, il savait quels atouts jouer, ce qu'il devait mettre dans le plateau de la balance. Seulement, il ne s'agissait plus aujourd'hui d'égratigner un immense cartel qui s'en souciait peu. Il était devenu quelqu'un d'important... et il le regrettait amèrement.

(Ross... j'ai un problème, Ross. As-tu un enregistrement qui en parle ? Je dois sauver mon équipage. Curran et Allison... Où est la vérité ? Devons-nous tout faire pour le vaisseau ou pour une station et des gens que nous ne connaissons même pas ? Et comment quelqu'un d'autre que toi pourrait-il prendre la décision quand tes commandes si précieuses et délicates sont entre les mains d'un Mazianni...) Du fond de sa mémoire surgissaient des images qu'il s'empressa de chasser. Il préférait affonter l'œil vide du canon braqué sur lui.

Il se força à réfléchir. Pas d'idée préconçues, attendre d'avoir tous les éléments... mesurer froidement la résistance qu'on lui opposerait.

Il était toujours plongé dans ses pensées lorsque le vaisseau perdit brusquement de sa vitesse. Une violente bascule lui engourdit soudain le cerveau. C'était bien dans le style des militaires ! Il entendit Curran jurer entre ses dents : le premier mot qu'il prononçait depuis l'abordage. Sandor tourna la tête vers lui et rencontra son regard : pour une fois, il avait l'air effrayé. Pas le moindre signe : Curran était trop intelligent pour ça. Cet homme était d'un bloc : qualité ? défaut ? qui transformait l'ennemi d'hier en appui inébranlable. Malgré sa peur, pas le moindre clignement de paupières.

Une secousse fit vibrer la coque, et Sandor regarda instinctivement dans cette direction. Ce n'était que la libération de la *Lucy*. L'*Australie* l'avait relâchée... mais c'était un étranger qui la pilotait.

Ils entraient aux docks. Et il se traita d'imbécile parce qu'il se préoccupait de savoir si ce Mazianni n'allait pas rayer la coque de son vaisseau; comme si cela avait de l'importance!

L'accostage fut brutal; un choc contre le dock qui lui fit frissonner l'âme. Il poussa un juron; assez haut pour que le garde l'entende, mais pas celui qui était l'auteur de la maladresse – encore qu'il eût aimé, ô combien, qu'il l'entendît.

16

Le silence avait duré longtemps; jusqu'à l'arrivée sur Venture. La rotation avait cessé, et ils avaient perçu les allées et venues du personnel de service, puis plus rien.

Puis plus rien pendant des heures. Allison rongeait son frein. Morte de fatigue, elle s'était forcée à manger et à boire.

Pas de suggestion de la part de Deirdre ou de Neill. A vrai dire, plus un mot depuis qu'ils avaient senti que la *Lucy* était libérée de l'emprise du transporteur de troupes.

Nul bruit de machinerie ou de déchargement. Pour ouvrir l'accès extérieur des soutes, il fallait posséder le code du comp... Les Mazianni ne l'avaient donc pas obtenu. Bravo, esssayait-elle de penser tout en redoutant le pire. Un silence de mort pesait sur le vaisseau.

Ce qui la désespérait, c'était l'idée que quoi qu'elle fît, sortir ou patienter encore, cela risquait d'être une monumentale erreur.

Attendre quoi? Sandor n'avait jamais envisagé une telle capture. Attendre que les Mazianni lui extorquent le code et qu'ils placent un équipage à eux sur la *Lucy*? C'était le tableau le plus sombre qu'elle se brossait : eux trois, mal armés, affaiblis par la faim, la soif, l'immobilité, essayant de surprendre une douzaine de soldats ou plus dès qu'ils repartiraient de Venture.

Elle alluma la lampe de sa combinaison.

« Montons », fit-elle avec la main.

Deirdre hocha la tête; en guise d'encouragement,

Neill lui tapota maladroitement la cheville de sa main gantée. Ils étaient d'accord.

Elle s'engagea la première dans la gaine. D'après ses calculs, il devait logiquement exister vers la proue une cheminée conduisant au niveau principal. À quai, la *Lucy* était en pente et, embarrassés par le poids de leurs combinaisons, ils progressaient avec mille précautions. Il ne s'agissait pas de glisser ni de heurter les parois avec du métal. Allison se retourna vers les autres et leur fit le signe « silence », mais c'était superflu.

Ils finirent par atteindre la cheminée espérée, et Allison stoppa. La tête penchée en arrière, elle observa l'orifice en maudissant sa faiblesse. Parviendrait-elle seulement à se hisser jusqu'en haut en G 1 ? Une brève pause pour reprendre son souffle, et elle entama l'escalade. Elle devait y arriver, un point c'est tout. Ce n'était pas parce que Neill était le plus fort qu'elle allait le laisser se faire tuer. Elle devait également se tenir prête à utiliser son arme judicieusement. Or, sur le *Dublin,* ses cousins et elle n'avaient jamais tiré que dans les jeux à lumières sensibles.

Le poids de son équipement lui déchirait les muscles, menaçait d'arracher ses mains des barreaux métalliques. Malgré les gants, il lui semblait que ses phalanges allaient se briser comme des allumettes, bien qu'elle prît au maximum appui sur ses jambes.

Une douzaine de barreaux... elle y était. Une écoutille juste à côté de l'échelle. Faisant un crochet de son bras, elle le passa derrière un barreau, puis sortit le pistolet de l'étui pendu à sa taille. L'épaule qui soutenait tout son poids résisterait-elle ? De la main qui tenait l'arme, elle poussa le levier qui fermait le panneau mobile. Il ne céda pas. Un nouvel effort, qui mit tous ses muscles au martyre, et brusquement l'écoutille s'ouvrit avec un craquement dont l'écho se répercutait dans les gaines vides.

Un officier en combinaison, la mine ahurie, se tenait debout à côté du fauteuil du numéro 1 d'où il s'était levé d'un bond. Allison tira. Un tir instinctif, et à son propre étonnement, elle vit l'homme se plier en deux, puis s'écrouler. Elle sauta par l'écoutille; tant par peur qu'à cause de la lourdeur de son équipement elle tomba à genoux et balaya le pont de son arme... Mais il était désert.

Pas de Curran. Pas de Sandor. Personne.

Il les ont emmenés, se dit-elle en se relevant. Neill et Deirdre firent leur apparition. Elle s'approcha du corps gisant à côté de la console du numéro 1 et, ravalant son dégoût, elle tira une seconde fois par mesure de précaution. Le corps ne réagit pas, et elle en fut soulagée. D'une démarche vacillante, elle quitta le poste de pilotage. L'air trop chaud lui séchait la gorge, et elle respirait avec difficulté. D'un doigt maladroit, elle brancha sa commande d'oxygène et, prenant appui contre la cloison, elle suivit la coursive jusqu'à la cabine de Sandor. Là, à la lueur de la lampe de sa combinaison, elle ouvrit le tiroir qu'il lui avait indiqué. Il était plein de produits de toilette pour homme oubliés, desséchés; elle les écarta, souleva le petit miroir... il y avait bien un feuillet, plié en quatre. Elle dut ôter ses gants pour le déplier.

Sandor y avait inscrit un chiffre et, en dessous :

« Bonne chance. Puisque tu as trouvé le papier, c'est qu'il s'est passé quelque chose de grave. Quoi que ce soit, prends soin d'elle. »

Elle cligna des paupières, envahie par un violent sentiment de culpabilité... mais le souvenir de leur situation lui ramena les pieds sur terre. Elle rejoignit le pont en titubant.

Deirdre avait quitté son casque et tiré le cadavre à l'écart. Allison jeta ses gants sur le fauteuil, se débattit un moment avec la fermeture de son casque et finit par l'arracher de son crâne. Son sac dorsal la tirait en arrière, et elle commença à lutter avec les sangles, mais brûlant d'entrer le code dans le comp, elle abandonna et s'assit devant la console. Elle entra le chiffre.

Bonjour Sandy, dit une voix, et elle crut que son cœur allait s'enrayer. Une kyrielle de fonctions et de codes jaillirent sur l'écran. *Comment ça va?* Elle repéra la fonction sécurité et la coda. La liste des ouvertures s'inscrivit sur l'écran.

Sandy, tu as des problèmes? Je peux te fournir les procédures d'urgence si tu le désires. Dans tous les cas, isole le pont. C'est ton ultime retraite. Reste calme. Tu dois toujours avoir de la nourriture et de l'eau pour le cas où. Garde une arme sur toi et si c'est nécessaire coupe l'énergie de tous les autres secteurs.

– Seigneur, murmura Neill, et qu'est-ce qu'on aura de plus ?

– C'est ce qu'il faut faire, décida soudain Allison en regardant autour d'elle. Nous verrouillons tout. Il est parti. Curran aussi. Ils les ont emmenés quelque part. Nous devons nous assurer qu'il n'y a personne dans les cales.

Le computeur continuait son monologue. Elle programma la fermeture des verrous, un à un, et réafficha les listes.

Que puis-je faire pour toi ? demanda la voix.

Puis elle attendit. Allison, haletant sous le poids de son attirail, observait les tableaux. L'idée folle lui traversa le cerveau qu'ils auraient dû tenter une sortie. Peut-être restait-il encore des résistants sur la station, auxquels ils pourraient se joindre... Non, rien n'était moins sûr. De plus, des gardes Mazianni devaient surveiller le vaisseau.

Et ils devaient relever celui qui demeurait à l'intérieur à intervalles réguliers.

Elle se mit à parcourir les rubriques : finances, plomberie, navigation, douane, justice, banques, change, et une autre : imprévu. Elle brancha cette dernière.

Sandy, si tu en es là, c'est que le pire est arrivé. (La voix était douce.) *Bien sûr, je ne puis savoir ni où ni comment... mais je t'aime... Sandy... Je tiens à te dire ça avant tout. Il y a plusieurs choses que tu peux faire. Je vais te les expliquer...*

Allison poussa un bouton et le silence retomba. Elle se laissa aller à la renverse dans le fauteuil, moins accablée par le poids de sa combinaison que par le choc de sa découverte. Sandy. Sandor. C'était la preuve incontestable que la *Lucy* était à lui.

– C'était quelqu'un de *vivant,* dit Deirdre. Seigneur, Allie, qu'est-ce que c'est que cette farce ?

Allison entreprit de se débarrasser de son accoutrement.

– Je n'en sais rien. Mais elle est bien à lui. A Sandor. Quant à celui-là, peu importe qui c'était, il avait un don de double vue.

– Ils ont été capturés, lui et Curran, dit Neill. Si seulement nous savions où...

– Ça n'y changerait rien, le coupa-t-elle en tirant sur les jambes de sa combinaison.

Enfin libérée, elle se laissa retomber dans le fauteuil, à bout de souffle, puis reprit :

– Je vais vous dire ce que nous allons faire : tenir le vaisseau, et s'ils tentent de nous le reprendre, nous en abattrons un maximum. Voilà.

Ils hochèrent la tête en chœur. Décidément, elle les adorait. Elle venait de tuer un homme, les avait entraînés dans une situation tragique sans autre issue que la mort; Curran et Sandor avaient disparu; tout partait à vau-l'eau, et au lieu de lui adresser des reproches, ils acceptaient calmement ses décisions. Tout comme Curran les avait acceptées. Et Sandor, les raisons complexes qui l'y avaient poussé important peu.

– Je parierais qu'ils sont toujours vivants, déclara-t-elle. Sinon les Mazianni auraient déjà commencé à démantibuler le vaisseau. Ils doivent donc espérer le récupérer intact.

Elle brancha le com et se mit à chercher dans les longueurs d'ondes pour piquer leurs transmissions, mais il n'y avait rien d'intelligible. Seule l'indication de la station battait sans relâche... signe fallacieux qu'elle vivait encore. Elle passa à la vidéo. L'image désolée de l'ancienne tore illumina l'écran : si l'on exceptait l'énorme coque du transporteur de troupes juste à côté d'eux et, beaucoup plus loin, la vague forme d'un autre vaisseau (la semi-obscurité et la courbe de la station empêchaient de le déterminer avec certitude), elle était déserte.

– Ils offrent une belle cible, remarqua Neill. Même les vaisseaux de cette taille ont un point faible, autour de la sonde d'abordage.

— Peut-être bien, approuva-t-elle. Je me demande ce que vaut l'armement de la *Lucy*.

Elle rebrancha le comp et en réclama un état. La voix se remit à parler. Avec des mots simples, elle mettait Sandy en garde contre toute action intempestive.

— Ferme-la, lui intima doucement Allison.

Mais la voix continua, imperturbable, puis lui donna la liste de l'armement : ça ne faisait pas lourd.

Toutefois, c'était mieux que rien, et elle se mit à étudier la disposition des soies sur la carapace du monstre... et à calculer ce qu'il resterait d'eux et d'une bonne partie de la station s'ils lâchaient une bordée.

N'essaie pas de tirer, implorait la voix du comp. *Fais marcher ta tête. Ne t'enferme pas dans une situation sans issue.*

Le conseil arrivait un peu tard.

17

– Je vous le répète, dit Sandor, je ne me sens nullement attiré par les rôles de héros. Vous acceptez de négocier, je négocierai donc.

La réunion se tenait dans un bureau de la station : vieux local douteux et glacé, mal chauffé par une unité portable dont certaines lampes étaient grillées. La table qui les séparait de Edger et de ses officiers était maculée de marques de doigts.

Les murs portaient des traces d'incendie révélatrices. Pas le moindre signe des anciens occupants. Debout en face de Edger en personne, Curran un peu en retrait, Sandor savait qu'il avait intérêt à se montrer éloquent.

– Qu'est-ce que vous nous offrez? lui demanda Edger.

– Tout ce que je vous demande, c'est de ne toucher ni à mon vaisseau ni à mon coéquipier.

– Nous pourrions manquer de personnel...

– Non, pas question. Je ne transigerai pas là-dessus. Vous avez besoin de cargos, n'est-ce pas? Je ne suis pas pointilleux. Vous me fournissez les marchandises et je les livre là où vous voulez. Vous désirez laisser un de vos hommes à bord? Parfait.

Il y avait une chaise sur laquelle un soldat avait croisé les jambes. Sandor la désigna d'un doigt :

– Vous permettez? De capitaine à capitaine.

D'un signe sec de la main, Edger l'invita à la prendre (ça n'avait pas l'air de l'amuser); Sandor attira la chaise, s'installa, se pencha vers le bureau et planta un doigt au milieu des papiers qui l'encombraient.

— Dites-moi si je me trompe : vous avez jeté votre dévolu sur Pell, hein ? Et Mallory joue votre jeu là-bas; vous réussirez peut-être.

— Mallory ?

Sandor se recula contre son dossier avec un léger battement de paupières... La haine qu'il lut dans le regard de Edger était implacable. Je peux donc laisser tomber les principes, se dit-il.

— J'ai une cargaison à elle à bord, avoua-t-il. Elle me l'a confiée en me précisant qu'elle me surveillerait. Et elle était bel et bien aux points nuls. A présent, elle doit rôder par ici. Voilà ce que je sais. Je ne suis pas pointilleux. Vous voulez prendre sa cargaison ? Ne vous gênez pas. Si vous désirez que je fasse quoi que ce soit pour vous de l'autre côté de la Ligne, je marche. Tout ce que je veux, c'est éviter Pell. Je n'ai pas envie qu'on me pose des questions, de retour là-bas.

Edger était le meurtre personnifié. Mallory aussi, mais il y avait dans la fixité du regard de cet homme quelque chose qui vous faisait dresser les cheveux sur la tête. Aucune justice de docks ne traitait à sa façon.

— Et si nous discutions avec votre coéquipier ?

— Discuter de quoi ?

— De Mallory.

— C'est moi qui en discute. Je n'ai touché aucune prime pour me taire.

— Où se trouve exactement le *Norway* ?

— La dernière fois que je l'ai vu, il était au point James.

— Qu'est-ce qu'il faisait là ?

— Il attendait quelque chose. Mallory travaille avec l'Union, d'après ce qu'on raconte. Il paraît qu'en collaboration avec l'Union, elle contrôle tous les points nuls.

Edger resta un moment silencieux, jeta un coup d'œil à son lieutenant, puis reprit :

— Qu'est-ce que vous transportez ?

— Je n'en sais rien. Je n'avais pas envie de me mettre Mallory à dos en brisant les scellés.

— Des ordures, capitaine Stevens. Des déchets ! Nous avons regardé. Des marchandises recyclées.

La voix d'Edger retomba soudain. Sandor était abasourdi par cette révélation.

– Elle m'a roulé! s'exclama-t-il. Cette salope m'a roulé. Elle *savait* ce qui m'attendait ici.

Pas la plus petite réaction de Edger. Rien. Il continuait à le fixer immuablement de ses prunelles fiévreuses, et ses protestations sombrèrent dans le silence glacial de la pièce.

– Ecoutez, je ne suis au courant de rien, je vous le jure, je suis un marginal, j'avais des ennuis avec la justice et Mallory m'a proposé cette cargaison, cette destination et un bon bénéfice à la clé. Elle m'a sacrément roulé.

– Vous allez m'émouvoir, Stevens.

– C'est la vérité.

– Un piège, oui. Hagler, prends un détachement, installez-vous sur ce vaisseau et remettez-le en marche. Vous êtes engagé, Stevens.

– Engagé pour quoi ?

– N'allez pas trop vite, mon vieux. Vous avez une chance de revenir de ce voyage à condition que vous... fassiez des progrès.

Une main se posa sur son épaule, et il se leva sans protester. Son esprit travaillait furieusement. Ainsi ils allaient retourner à bord sous surveillance, mais Allison et les autres seraient là aussi; ils allaient peut-être s'en tirer...

Tout le monde prit la direction de la sortie, non sans quelque hâte. Ils allaient filer, bien sûr. Ce n'était pas le moment pour eux de rester tranquillement assis sur leur derrière avec Mallory en bordée dans les parages. Un vaisseau de l'armée sortant du saut sans basculer – il se mit à calculer mentalement, la crainte embrouillant les chiffres dans sa tête –, un transporteur de troupes de la taille du *Norway* serait sur eux une poignée de minutes après son onde d'identification... et pulvériserait l'antique et fragile coquille de la station. L'armement n'a jamais dû être bien impressionnant, ici, se dit-il. C'était bel et bien un piège. Toutes leurs histoires de nouvelles routes, de nouveaux marchés... et il n'avait pas trahi Mallory. Elle lui avait appris exactement ce qu'elle voulait que ses ennemis sachent. Des fûts de déchets en guise de cargaison !

Ils étaient parvenus à l'air libre sur les docks; le froid mordant le transperça jusqu'aux os. Du canon de son fusil, un soldat le fit tourner à droite comme s'il eût été du bétail. Sandor jeta un coup d'œil derrière lui... ils emmenaient Curran dans une autre direction.

– Curran ! cria-t-il. Arrêtez, bon sang ! Mon homme d'équipage vient avec moi.

Curran stoppa, le regarda. Sandor fut déséquilibré par une soudaine torsion de son bras... Dans le mouvement, il continua à tourner sur lui-même et planta son doigt dans la gorge du soldat en armure, qui lâcha son arme et tomba à la renverse. Sandor empoigna le fusil et plongea à terre. Il y eut un crépitement de détonations, et il lui sembla soudain que son bras explosait. Abandonnant l'arme dans sa panique, il roula en direction d'un mur irrégulier pour se mettre à couvert.

Une seconde secousse, dans son flanc cette fois. Sa joue retomba sur le blindage glacé du dock et il réalisa avec stupéfaction qu'il venait d'être touché gravement. Il entendit des cris, quelqu'un ordonnait l'embarquement immédiat.

– Laissez-le tomber, lança un autre. Vous l'avez descendu, c'est pas malin. Allez, venez.

Il saignait et respirait avec difficulté. Il attendit dans la plus parfaite immobilité que les bruits se soient tus; il n'avait aucune peine à jouer les cadavres.

Lorsqu'il releva la tête, il aperçut Curran qui gisait à quelques mètres, le visage contre les plaques du sol. Terrifié à l'idée d'être repéré, il rampa vers lui pouce par pouce sur le métal gelé. Ses blessures lui lançaient des appels au calme lancinants, son bras gauche refusait totalement de fonctionner, mais il se sentait capable de se relever. Et Curran... Curran respirait. Il l'agrippa par le col et tenta de le retourner; sous l'effort, la douleur lui déchira le flanc. Toutefois, Curran avait tressailli.

– Viens, lui dit Sandor. Nous sommes trop à découvert. Tâchons de rejoindre le vaisseau.

Curran voulut se mettre debout, retomba à genoux et

du sang commença à s'écouler de la brûlure de son épaule. Sandor en revanche parvint à se redresser. Il tendit une main au Dublinois et l'aida à se relever, puis chercha du regard un coin où s'abriter dans l'immense dock désert aux machineries surannées, au puits d'accès obscur... et là-bas, l'*Australie* sombre, pointée vers la sortie, tandis que la *Lucy* se trouvait de l'autre côté... la *Lucy*.

En titubant, ils parvinrent à franchir une vingtaine de mètres, le long du mur, puis le froid et la faiblesse eurent raison d'eux. Epuisé, Sandor se laissa glisser au pied de la paroi, s'y adossa, et Curran l'imita.

– Reposons-nous un moment, souffla-t-il.

– Ils vont faire sauter la station, ils vont faire le vide, prédit Curran en se relevant. Viens, mon vieux, viens.

C'était lui qui le traînait à présent. Mais la *Lucy* était loin, trop loin pour eux. A bout de forces, ils s'écroulèrent dans un renfoncement des installations et fixèrent leur inaccessible but.

Des portes étanches claquèrent. L'*Australie* allait se dégager du dock. Sandor et Curran se raidirent dans l'attente de la décompression qui allait peut-être les entraîner. Mais la station resta entière.

Puis il y eut de nouveaux claquements de sas.

La *Lucy* se préparait à partir elle aussi.

Quelqu'un qui possédait le code du comp se tenait aux commandes.

– C'est Allison, dit Sandor, et Curran retint son souffle.

– Ils veulent une réponse.

Neill, installé au com, le visage baigné de sueur, s'était tourné vers Allison.

– Pas question, dit-elle...

– Allie... ils ont des canons.

– Oui, mais ils savent que le comp est verrouillé et que leur homme *ne peut* pas répondre.

– Ils partent, intervint Deirdre en lui passant l'image vidéo.

Sur son écran, Allison découvrit le monstre jumeau

du *Norway* : la sinistre lumière de ses lampes en illuminait les sombres surfaces anguleuses. Les ailettes des cylindres se mirent lentement en mouvement, et le vaisseau commença à virer de bord.

– Ils ont coupé la communication, annonça Neill.

– Mouvement à babord, lança Deirdre. Genre cargo.

Le vaisseau qui était à quai, plus loin dans la courbe, s'ébranlait à son tour.

– C'est sûrement l'un des leurs, avança Allison. (Puis, après un temps de réflexion :) Descendez établir l'étanchéité. Il vaut mieux que nous soyons prêts à partir.

– Tous les deux ? demanda Deirdre.

– Allez-y.

Ses deux cousins quittèrent leurs fauteuils, et toutes les fonctions passèrent sur son pupitre. Il fallait que les sas soient parfaitement clos, sinon ils souffleraient le dock et endommageraient la *Lucy*.

L'immense navire, pendant ce temps, glissait à côté d'eux.

C'était un départ bien précipité. Les Mazianni avaient certainement piqué quelque chose sur leur scan. Elle n'osait pas activer le sien, se contentant d'observer ce que les récepteurs passifs lui fournissaient... pas d'output, aucun signe visible de l'extérieur, excepté les imperceptibles mouvements des caméras dont elle espérait qu'ils passeraient inaperçus.

S'ils avaient laissé des soldats sur le dock, ils allaient peut-être remarquer la fermeture du sas. Sans doute aurait-il été plus sage de ne rien faire. Si jamais...

Avec des « si » et des « peut-être », on ne ferait jamais rien. Elle devait protéger ceux des siens qui se trouvaient à bord. Quant à ce qu'étaient devenus les autres... elle l'ignorait... et en souffrait, mais il n'y avait pas de remède.

Pour le moment, le mieux était de faire le mort, de préparer la *Lucy* à être propulsée dans le vide comme une épave s'ils faisaient tout sauter.

Ce vaisseau de guerre partait trop précipitamment. Il devait avoir repéré quelque chose d'inquiétant. Et si c'était le cas... *rien* n'allait plus dans le système venturien.

Mallory ? Elle le souhaitait ardemment.

Les voyants rouges virèrent au vert : les sabords étaient hermétiquement clos. Deirdre et Neill avaient terminé. Quelques secondes plus tard, elle perçut le chuintement de l'ascenseur.

Le bib-bip du com se déclencha, suivi des crachotements et des chutes d'intensité caractéristiques d'une transmission lointaine. Un signal chiffré. A l'évidence, un vaisseau qui arrivait. Elle brancha le comp et entra le signal.

Compris, dit la voix déjà familière, et la réponse arriva peu après. *Finity's End.* Un vaisseau de l'Alliance. Il se jetait tête baissée dans le piège. Elle tendit la main vers le com... La vidéo ne donnait soudain plus d'image du navire des Mazianni – une poussée si puissante qu'un instant durant toute réception fut brouillée. Seigneur, ils étaient partis... et à quelle vitesse !

Ses cousins qui revenaient n'avaient pas la moindre idée de ce qui se tramait. Si elle avait eu les nerfs plus solides, elle aurait allumé le com pour avertir le *Finity*... et cela aurait été leur perte.

– Le *Finity* des Neihart arrive, leur dit-elle. Ils foncent dans le traquenard.

Les deux Dublinois s'abattirent dans leurs fauteuils et, sans commentaires, chacun reprit ses fonctions.

Fallait-il les avertir ou continuer à faire le mort ? Si elle optait pour la seconde solution, ils pourraient – à condition que l'occasion s'en présentât – surprendre les Mazianni... mais leur puissance de feu était d'une faiblesse désastreuse...

– J'en ai un autre, lança Neill. (Puis :) Allie, c'est le *Dublin !*

Elle sentit le sang se retirer de son visage.

– Nous devons à tout prix les prévenir, dit Deirdre.

– Non. On ne bouge pas.

– Allie...

– On ne bouge pas. Nous tenons la base des Mazianni. Nous aiderons le *Dublin* si l'occasion se présente. Mais ne précipitons rien.

– Comment ça, précipiter ? C'est un guet-apens !

– Non.

Un simple non, désespéré. Elle avait tout calculé, la portée dont ils avaient besoin, l'équilibre des forces, et soudain la balance penchait du bon côté. Plus de mille Dublinois, environ autant de Neihart – un Nom du côté de l'Alliance, avec des canons qui promettaient autre chose que du badinage.

– Ils ne basculent pas, annonça Deirdre. A la façon dont ils arrivent, ils n'ont pas basculé. Je demande l'autorisation d'utiliser le scan.

– Vas-y.

Les cargos arrivaient à la vitesse maximale : ils *savaient.* Ils savaient ce qu'ils faisaient. Allison, pétrifiée, les mains jointes devant sa bouche, suivait sur le scan les positions approximatives des Mazianni et des marchands que Deirdre s'évertuait à lui fournir.

– Allons-y, dit-elle.

Dans un crachement de feu, les tuyères arrachèrent la *Lucy* du dock.

– On les attaque ? demanda Neill, optimiste quant à leur vitesse et leur puissance de feu.

– Rapprochons-nous d'eux, on ne sait jamais, dit Allison. Et surveille-les, au cas où ils reviendraient en arrière. Gardons-les simplement dans notre ligne de tir.

Elle enfonça la touche commandant l'armement.

Sandy, objecta le comp, *es-tu sûr de ça ?*

Elle coda l'affirmative et saisit les commutateurs. Le voyant témoin teignait ses doigts d'une angoissante couleur écarlate. C'était un système grossier... un synchro computer scan qui ne pouvait être efficace qu'à vitesse réduite.

– J'en ai un autre, annonça Neill. (Puis :) Seigneur ! c'est Mallory !

Les mains d'Allison frémissaient. D'un coup d'œil au scan, elle calcula que le *Norway* se trouvait à une distance équivalant au diamètre de plusieurs planètes. Puis l'embrouillamini des sons fournis par le com se démêla, et soudain le scan lui donna l'angle.

Elle tira. Une pression nette de la main envoya ce qu'elle estima être une piqûre d'épingle dans le dos de l'énorme transporteur Mazianni.

De nouveaux spots apparurent sur l'écran : des croiseurs se déployaient.

Puis quelque chose surgit sur leur flanc : « Vaisseau de l'Union », entendit-elle... Soudain l'image se brouilla, les récepteurs furent coupés, et une sirène d'alarme se déclencha.

Lorsqu'elle s'arrêta, Allison avait toujours les mains sur les commandes. *Bonjour, Sandy,* déclara la voix amicale du comp qui s'était remis en route tout seul. Mais les indications du scan étaient devenues incompréhensibles. Les vaisseaux n'étaient plus aux emplacements précédents. Des signaux d'identification retentirent à nouveau.

– C'est le *Dublin,* dit Neill. Et voici *Finity. Norway* et ses croiseurs. Celui qui vient de nous frôler était un vaisseau de l'Union...

– Ils filent ! s'exclama Deirdre. Et à quelle vitesse, Seigneur ! Et ce transporteur Mazianni... il a sauté...

Les mains d'Allison avaient une fâcheuse tendance à trembler.

– Allie, est-ce que nous contactons le *Dublin* ? demanda Neill.

– Passe-les-moi.

Lorsqu'elle entendit la voix calme du com 1 du *Dublin,* elle ne ressentit aucune exaltation particulière.

– Ici, la *Lucy.* Nous avons deux portés disparus. Nous désirons de l'aide pour les rechercher sur la station.

– Bien reçu, *Lucy.*

Pas de « Qui parle ? », ni de « Salut, Allison Reilly ». Non, relation d'affaires, de vaisseau à vaisseau, et rien de plus.

– Avez-vous besoin d'assistance à bord ?

– Négatif. A bord, tout va bien.

– Ici, le com du *Norway,* trancha une nouvelle voix. Le croiseur *Odin* va investir le dock. Que le personnel non militaire se tienne à distance. Je répète...

Allison, qui avait déjà coupé les turbines, fit exécuter un demi-tour à la *Lucy* et, défiant l'ordre des militaires, elle remit toute la puissance. Qu'ils essaient de s'y opposer, songea-t-elle, que le *Norway* ose leur tirer un coup de semonce devant témoins, après tout ce qu'il avait déjà à se reprocher.

De nouvelles objections leur parvinrent, qu'ils continuèrent d'ignorer.

– *Dublin,* ici la *Lucy.* Nous réclamons des explications sur le coupe-gorge où...

– Cessez ces caquetages, intervint le *Norway.*

– Allez vous promener, *Norway...*

Un croiseur les dépassa, coupant momentanément la conversation. Le *Norway* suivit, et la *Lucy,* à son propre rythme. Le silence régnait à présent sur le pont. Personne ne faisait de triomphalisme.

Elle avait gagné. Et trouvé sa place dans l'univers : elle comptait pour du beurre.

Même le *Dublin* ne répondit pas.

– Nous les avons retrouvés, déclara le com du *Norway* alors que la *Lucy* entrait dans la station. Ils sont dans un sale état. Nous les transférons à notre antenne médicale.

– Qu'est-ce qu'ils ont, *Norway*? Nous réclamons des précisions.

– Quand nous les aurons. Et le *Norway* vous demande de ne pas encombrer cette station. Nous sommes en opération.

Allison coupa brutalement. Le dock approchait et elle se concentra sur les distances qu'égrenait la voix de Deirdre.

Le *Norway* était amarré. Le *Liberty,* un transporteur de l'Union, restait en orbite rapprochée, pour le cas où les Mazianni auraient eu l'idée de revenir.

Quant au *Dublin* et au *Finity,* ils arrivaient... en se déplaçant avec une agilité surprenante.

– Ce n'est pas possible, dit Deirdre, ils voyagent à vide.

– Exactement, lâcha Allison entre ses dents.

La colère bouillait en elle. Jamais un marchand ne se déplaçait sans cargaison sauf s'il voulait atteindre sa vitesse maximale : ainsi le *Dublin* lui-même avait coopéré avec le *Norway* et les forces de l'Union. Le *Norway* qui savait ce qui les attendait à Venture. Et si le

Dublin était venu vide, c'était bien dans le but de gagner du temps et de la maniabilité.

Pour une équipe de Dublinois perdus ? Elle en doutait. Le cône se dessinait vaguement devant eux et elle se concentra exclusivement sur les manœuvres... son premier accostage et sans aucun des systèmes automatiques standard des ports modernes. La *Lucy* toucha le dock avec la douceur d'une caresse. Allison ne s'en fit pas gloire; leurs difficultés n'allaient sûrement pas s'arrêter là.

– Transmets nos compliments à l'Ancien, ordonna-t-elle à Neill, et dis-lui que j'aimerais le rencontrer au plus tôt.

Neill lui lança un regard outré, puis reprit un air neutre et acquiesça.

– Le *Dublin* arrive et le *Finity* se met en synchro, annonça Deirdre.

Allison éteignit son poste et déboucla sa ceinture.

– Je dois avoir une conversation avec l'Ancien. Je pense qu'ils se sont servis de nous, cousins. Je ne sais pas jusqu'à quel point, mais je n'aime pas ça.

– Oui, ma'ame, dit Deirdre.

Elle se leva. Un instant, elle pensa sortir telle qu'elle était, dépeignée, en sueur.

– Avise le *Norway* qu'ils viennent récupérer ce corps, ou que sinon nous le jetterons dans l'espace sans plus de cérémonie.

– Compris, dit Neill.

L'anneau s'était arrêté de telle manière que la cabine d'Allison était accessible. Lorsqu'elle en ouvrit la porte, une bouffée d'air glacé s'en échappa. Des sacs, des vêtements, des objets de toilette jonchaient le sol, que les différentes manœuvres et accélérations brutales avaient éparpillés sans ménagement. Dans son placard, il n'y avait plus que des débris.

Elle s'imagina alors Curran et Sandor, peu avant qu'ils fussent abordés, en train d'entasser le contenu des autres cabines dans la sienne pour faire croire qu'il s'agissait d'une pièce de rangement. Supercherie efficace, puisqu'ils avaient survécu.

Elle resta là un moment, pensive, appuyée au chambranle de la porte, puis redescendit prudemment jusque sur le pont.

— Le *Dublin* souhaite ta visite, lui dit Neill.

— Parfait, commenta-t-elle d'une voix douce. Mais auparavant, je veux passer à bord du *Norway.*

— Ils ne te laisseront pas entrer.

— On verra. Eteignez tout et venez.

Deirdre et Neill obtempérèrent et lui emboîtèrent le pas.

Dehors, dans le froid aigre, des soldats du *Norway* montaient la garde devant le sas de la *Lucy;* armures rutilantes contre combinaisons maculées de taches et de traînées de sueur.

Une certaine agitation régnait sur le dock. Des haut-parleurs lançaient des appels invitant les stationautes à sortir de leurs cachettes ou à appeler à l'aide. Des hommes et des femmes en haillons, aussi hagards qu'eux trois, s'approchaient craintivement et faisaient la queue devant quelques bureaux qu'avaient dressés les militaires aux fins de vérifier leurs papiers.

— Pauvres gens, murmura Neill. Je ne voudrais pas être à leur place.

— Vous ! lui cria soudain un soldat en armure. Identifiez-vous.

Allison, encadrée de ses deux cousins, s'arrêta net.

— Allison Reilly, dit-elle, et le canon du fusil s'abaissa aussitôt.

— Papiers, demanda le soldat, et elle les lui tendit.

— Deux des nôtres se trouvent dans la section médicale du *Norway,* poursuivit-elle, et je veux y aller.

L'homme/la femme lui rendit ses papiers.

— J'ai ici l'équipage de la *Lucy,* dit-il dans son casque. Ils demandent à monter à bord.

Un long moment après, il hocha la tête en écoutant la réponse qu'il était le seul à entendre.

— L'un de vous peut y aller. Il sera pris en charge par l'officier de service.

— Merci, dit Allison, et après un coup d'œil furtif à Deirdre et Neill, elle s'éloigna en direction du *Norway.*

Un autre soldat, une autre vérification d'identité, et elle fut autorisée à gravir la rampe d'accès. En pénétrant dans les sombres entrailles métalliques du vaisseau, elle se fit la réflexion qu'après ce qui s'était passé, il était peu probable que Mallory tentât de la rencontrer.

Escortée d'un officier, elle parvint à la section médicale. Comme elle allait entrer, un médic en sortit précipitamment et la bouscula sans un mot d'excuse. Elle était encore en train de ravaler sa colère lorsqu'un nouveau médic arriva à grandes enjambées.

— Où sont les hommes de la *Lucy* ? demanda-t-elle.

Mais il passa devant elle sans même la regarder.

— Va te faire voir... lança-t-elle dans son dos, et elle pénétra dans la section.

Un immense médic lui barra brusquement le chemin.

— Ordre du capitaine, lui dit l'officier. Etat de santé du personnel de la *Lucy*. C'est une parente.

Le médic la regarda vraiment pour la première fois.

— On leur a fait des transfusions. Ils se reposent. Pas de dégâts importants. (Ils auraient pu être des machines.)

D'un doigt tendu, il lui indiqua la porte.

— Sortez. Nous avons des blessés de la station qui arrivent.

Aveuglée par la rage, les genoux tremblants, Allison obéit.

Sur le dock, les soldats étaient toujours là. Elle prit la direction du *Dublin* en se forçant à contenir la colère qui bouillait en elle.

Megan l'attendait à l'entrée du sas... depuis longtemps peut-être. Allison s'immobilisa devant elle sans rien ressentir de particulier; elle analysait simplement les traits de ce visage connu et, y reconnaissant certains des siens, elle se souvint des liens intangibles qui l'attachaient au *Dublin*. Sa mère lui tendit les bras, geste qui déclencha enfin une réaction : elle l'embrassa.

— Comment vas-tu ? lui demanda Megan en reculant un peu.

— Vous nous avez envoyés à l'abattoir, lâcha Allison.

Sa mère fit non de la tête.

— Mais nous avons compris que c'était ce qu'avait

fait Mallory et nous l'avons répété partout... Nous avons demandé au *Finity* de se joindre à nous. Ils vous avaient fourni une fausse cargaison, pour faire poids, rien de plus. Vous avez franchi la Ligne et agi honnêtement, mais dans le cas contraire, cela n'aurait rien changé. Mallory *souhaitait* que vous répétiez ses paroles et vous a envoyés en première ligne après vous avoir révélé uniquement les bruits qu'elle voulait faire courir. Dans le cas où vous seriez abordés, votre cargaison devait faire comprendre que vous n'étiez qu'un leurre et vous ne pouviez rien révéler de plus que ce que vous saviez.

La colère d'Allison retomba.

— Deirdre et Neill ont dû te dire que nous avions été abordés. Mais nous nous en sommes tirés.

— Curran et Stevens...

— Ils vont bien. Tout va bien.

Elle poussa un soupir, puis posa une main sur l'épaule de sa mère.

— Allez, viens. Où sont Deirdre et Neill ?

— Avec l'Ancien.

Elles longèrent les coursives du *Dublin* sous le regard fixe de ses cousins. Personne ne lui dit mot; au passage, elle embrassa rapidement sa sœur – un simple « salut, Connie » – qui était plus enceinte que jamais, et elles gagnèrent le niveau supérieur. Là, elles prirent la direction du pont auquel elle pouvait accéder de plein droit à présent. Elle aurait même pu porter des galons à son col en tant que membre d'équipage posté d'un associé du *Dublin*. Mais quelle importance cela avait-il ?

Michael Reilly la regardait arriver du haut de son fauteuil. Deirdre et Neill, aussi sales et débraillés qu'elle, répondaient aux questions des autorités du *Dublin*. Il y avait Ma'ame et Geoff et, à leurs postes, les nombreux officiants des pupitres de commande.

L'Ancien se leva et lui tendit la main. Elle se sentit soudain très abattue dans sa tenue malpropre, avec ses cheveux raides collés par la sueur.

— Allison, comment ça va ?

— Ça va, monsieur.

– Nous n'avons pas pu vous avertir. Nous avons dû nous contenter de venir en renfort.

– Je comprends, monsieur. Megan m'a expliqué.

– Pour eux, vous étiez un petit vaisseau... qu'ils pouvaient sacrifier.

Il lui indiqua du menton la banquette qui se trouvait près de son fauteuil, mais elle croisa les mains dans son dos sans bouger.

– Nous ne resterons pas longtemps, dit-elle.

– Ne le prends pas comme ça, Allison. (L'Ancien se rassit.) Vous pouvez être incorporés au Timon 2... Vous y avez droit.

Elle se mordilla la lèvre.

– Non, monsieur. Mon équipage peut décider autrement, mais moi, je reste sur la *Lucy.*

– Moi aussi, dit Deirdre.

Et Neill lui fit faiblement écho.

– Ils nous doivent de l'argent, reprit Allison. Mallory s'est engagée à nous verser une prime de risque pour la cargaison, et je vais aller la réclamer.

Michael Reilly hocha la tête. Mais il n'était pas évident que ce fut un signe d'approbation. Allison le prit comme une mise en congé et elle donna le signal du départ à ses deux cousins.

– Vous pouvez profiter des installations du *Dublin,* insista l'Ancien, et si vous avez besoin de quoi que ce soit, demandez-le.

– A titre gratuit ou payant ?

– Gracieusement. Sans frais aucun.

Allison fit demi-tour, officier d'un vaisseau lilliputien, parent pauvre venu en visite. Dans les coursives, de nouveaux Dublinois s'étaient rassemblés pour les regarder passer, elle et ses compagnons, et il y avait quelque chose de changé dans leur attitude. Mais elle était trop épuisée pour chercher à comprendre ce qui motivait leurs regards silencieux et ahuris, ou pour se livrer à des civilités.

18

Le *Dublin* était au port. Du moins était-ce ce qu'on leur avait dit lorsqu'on avait signifié à Curran qu'il pouvait partir. Sandor s'était retrouvé isolé au milieu des blessés de la station et avait passé des heures à échafauder un fatras d'hypothèses desquelles émergeait une seule certitude : on l'avait manipulé; cela devenait une habitude, ces derniers temps.

Evidemment, ce n'était pas sans raison que le *Dublin* avait investi cinq cent mille crédits dans ses affaires mourantes, ni que le *Norway* s'était penché sur le cas d'un rafiot insignifiant aux prises avec les douanes. Il avait couru après son destin et finalement, c'était ce dernier qui l'avait rattrapé.

Allison. Tout l'équipage de la *Lucy* était sain et sauf, lui avait-on appris également, et cela lui réchauffait le cœur, quoi qu'il ait pu se passer entre eux. Il n'avait jamais vraiment cru qu'Allison viendrait lui rendre visite dans les profondeurs du *Norway.* Il avait cependant longuement rêvé de cette rencontre, et puis, il avait fini par perdre tout espoir.

Tant qu'il y avait eu les autres blessés, il avait été une sorte de héros, car ils ne faisaient pas la différence entre lui et les capitaines de vaisseaux tels que le *Dublin* ou le *Finity's End.* Certains l'avaient pris pour celui du *Liberty,* le transporteur qui avait libéré la station, et d'autres encore pour celui du *Norway.* (Les soldats aguerris de ce dernier avaient rapidement envahi les halls et mis en déroute les Mazianni qui tenaient les stationautes en otage. Ils l'avaient découvert en train d'empêcher Curran de se vider de son sang dans le recoin où ils s'étaient terrés et d'où il avait suivi le déroulement des opérations, incapable de dire qui combattait qui.) La gratitude des stationautes l'avait mis mal à l'aise, mais il avait préféré cela que révéler le rôle peu glorieux qui avait en fait été le sien, et puis au moins ainsi, les gens lui adressaient la parole.

Lorsqu'ils furent tous partis, il demanda au médic s'il devait bientôt sortir, espérant fermement que ce serait le jour même.

– Demain, lui fut-il répondu.

L'ordre venait-il de lui ou de quelqu'un d'autre ?

Il y avait belle lurette qu'il ne croyait plus aux promesses officielles. Aussi était-il en train de chercher le sommeil, le lendemain matin après son petit déjeuner, quand le médic vint s'enquérir s'il pouvait marcher ou s'il préférait une civière.

– Je peux marcher, décida-t-il.

– Vos amis vous attendent.

– Mon équipage ?

– J'en ai bien l'impression.

Le médic déposa un paquet sur son lit de camp : son matériel de rasage et des vêtements propres. C'était donc vrai qu'ils l'attendaient. Malgré lui, cette certitude le ragaillardit, et il se fit la réflexion qu'après tout, ses Dublinois ne devaient pas le trouver si infâme que ça.

De plus, c'était certainement grâce à eux qu'il était autorisé à sortir. Il se rasa et s'habilla avec l'aide du médic, car avec une seule main, ce n'était pas chose aisée.

– Tenez, lui dit ce dernier en lui fourrant un papier dans la poche. C'est votre traitement. Il vous faut le suivre... Hé ! vous m'écoutez ?

Sandor acquiesça; ses pensées étaient ailleurs. Sur un appel du médic, une soldate apparut comme par enchantement pour l'accompagner.

– Merci, dit Sandor au médic qui hocha la tête sans se départir de son air austère. Je ne peux pas marcher vite, ajouta-t-il à l'adresse de la femme, et elle le précéda d'un pas mesuré.

L'antenne médicale était située assez près de la sortie, et ils y parvinrent rapidement. Malgré cela, la tête lui tournait un peu lorsqu'il s'engagea sur la rampe d'accès au pied de laquelle ils l'attendaient : Allison, Deirdre, Neill et Curran. Il descendit et saisit la main que ce dernier lui tendait.

– Vous allez bien ? lui demanda-t-il.

– Pas trop mal, dit Curran, et étreignant précautionneusement son épaule valide, il lui jeta un regard empreint de la même gratitude que celle des stationautes.

– Allison.

Sandor se retourna vers elle et saisit sa main. Un bref clignement de paupières masqua une seconde ses noires prunelles, et il sentit une douleur sourde se réveiller en lui.

– Tu t'es bien débrouillée, Reilly, du début jusqu'à la fin. Vraiment.

– J'aurais dû aller vous chercher, mais je ne savais pas qu'ils vous avaient laissés sur le dock.

– Tu ne pouvais pas le savoir. Impossible. L'essentiel est que nous en ayons réchappé.

– Sans dommages.

– Presque.

Il pressa amicalement le bras de Deirdre et, comme il échangeait une poignée de main avec Neill, un soldat s'avança vers lui :

– Le capitaine veut vous voir, déclara-t-il en lui indiquant les bureaux du dock.

– Mallory, précisa Allison.

Le cœur de Sandor chavira. Mais se ressaisissant, il prit la direction indiquée. Au moins ce n'était pas loin. Des bureaux de sinistre mémoire. Le froid l'engourdissait, il se sentait un peu désorienté.

– Le *Dublin* participe à la réunion, lui apprit Allison. L'Ancien et notre avocat; pour t'appuyer.

– Voici une bonne nouvelle.

– Tu ne me crois pas ?

– Bien sûr que si, puisque c'est toi qui le dis.

Elle lui jeta un regard entendu, et ils pénétrèrent dans la salle qu'il connaissait déjà; il s'y pressait de nombreux militaires en uniforme bleu et des marchands en combinaisons argentées et blanches.

La scène se répétait donc – à cette différence près que cette fois, c'était Mallory qui siégeait derrière le bureau, Talley à ses côtés. Une espèce en chassait une autre...

– Capitaine, l'accueillit Mallory avec un mouvement de tête courtois.

Sandor le lui rendit et parcourut l'assemblée du regard : les trèfles verts du *Dublin* tranchaient sur l'argent, les arrogantes sphères noires du *Finity's End* sur le blanc. Neihart : un Nom si ancien qu'ils n'avaient plus d'insigne du tout. Beaucoup de cheveux argentés par le réjouve signalaient la présence d'officiers supérieurs pour qui Sandor Kreja aurait dû représenter peu d'intérêt – même avec une cargaison attrape-nigaud et un prêt de cinq cent mille crédits sur le dos.

– Nous voudrions régler une affaire avec vous, capitaine... Vous désirez une chaise ?

– Non.

Un refus automatique qu'il regretta aussitôt. Mais Mallory était la seule à être assise et il refusait de devenir le point de mire de l'assemblée. Quoi qu'il en soit, il l'était déjà, il devait bien l'admettre.

– Vous pouvez partir quand vous le voulez, déclara-t-elle. Ce n'est pas très élégant de notre part de vous avoir convoqué ainsi, mais le *Norway* est enclin aux départs précipités. Et les autres vaisseaux ne désirent certainement pas s'attarder ici... Vous êtes sûr que vous ne voulez pas vous asseoir, capitaine ?

Il secoua la tête. Deux fines rigoles de sueur commençaient à couler le long de ses tempes. Les attentions de Mallory ne lui disaient rien de bon. Ni cette réunion.

– Vous avez joué honnêtement, capitaine. J'espérais qu'il en serait ainsi, mais je dois vous avouer que j'avais des doutes.

– Et vous, vous étiez un peu en retard.

Sandor reprenait du poil de la bête.

– Vous avez flâné en cours de route.
Mallory haussa les épaules.
– C'est vous qui êtes arrivés avec quelques heures d'avance, il me semble.
Sandor se souvint alors de la hâte dont ils avaient fait preuve lors du second saut, avec Allison aux commandes... et de la mutinerie à bord. Sa colère l'abandonna.
– Peut-être bien, souffla-t-il.
– Quant à nous, nous étions ponctuels, parfaitement ponctuels. En tout cas, vous avez bien tiré votre épingle du jeu. Dites-moi : est-ce que vous leur avez révélé où ils pouvaient me trouver ?
– J'ai pensé que c'était ce que vous vouliez. Vous ne faites pas grand cas des héros, hein ?
Mallory eut un petit rire qui l'étonna.
– Vous savez retomber sur vos pattes, n'est-ce pas ? Oui, c'était ce que je désirais.
– Je leur ai donc tout raconté par le menu et j'ai même inventé des détails. Mais j'espère que vous tiendrez vos engagements.
– Quels engagements ?
– La prime de risque.... pour une cargaison militaire.
Mallory se donna un temps de réflexion, qui ne fut pas sans inquiéter Sandor.
– Je n'ai pas touché aux scellés, précisa-t-il. Mais eux ne s'en sont pas privés. Ce ne fut pas une découverte très agréable, pour moi.
– Non, je m'en doute.
Elle fouilla dans les documents qui se trouvaient sur la table.
– Voici votre titre de dette. Vu les circonstances, vous n'aurez pas de frais de docks à payer à Venture. Le libellé fait état de fret de matériel logistique.
Elle ne manque pas d'humour, remarqua Sandor. Finalement, il s'en tirait une nouvelle fois à bon compte. Il éprouva la tentation folle de lui manifester sa reconnaissance. Mais, ses remerciements coincés dans la gorge, il lui fit une simple courbette.
– Votre vaisseau est très curieux, lâcha-t-elle de

façon inattendue – et instantanément, Sandor s'en voulut de ses élans. Un comp verrouillé, des portes fermées, des papiers d'origine douteuse, et l'appui de l'un des plus grands Noms de l'Union. Vous savez qu'un moment j'ai douté du *Dublin* lui-même, capitaine.

– C'est inadmissible, lança un officier du *Dublin*.

– Oh ! cela n'a pas duré, monsieur. Nos alliés de l'autre côté de la Ligne se sont portés garants de votre honnêteté. Mais vous avez un associé bizarre. Dites-moi, capitaine Reilly, pourquoi louez-vous les services d'un marginal de cette taille ?

– Affaires privées.

– Cela ne m'étonne pas.

Cette fois, elle tendit le titre de dette à Sandor qui l'empocha. Il avait les doigts gelés et aurait voulu s'asseoir; la pièce lui semblait tantôt surchauffée, tantôt glaciale, et envahie par un brouhaha assourdissant.

– Vos papiers sont faux, vous savez, capitaine, laissa alors tomber Mallory.

Il dut prendre appui sur le bureau.

– Ce n'est pas vrai, parvint-il à articuler.

– Et vous transportez de l'or caché dans le blindage.

– Il est à moi. J'espère que je le retrouverai au même endroit.

– Vous le retrouverez, vous le retrouverez.

– Si vous avez fait des recherches aussi minutieuses que ça sur Pell...

– Nous avons été étonnés.

– C'est le *Dublin* qui a tout financé, intervint Allison. Vous pouvez vérifier les documents. Nous sommes parfaitement solvables.

Sandor se retourna lentement vers les Dublinois. Des gouttelettes de sueur perlaient au front de Curran. Allison avait le feu aux joues. Les deux autres, au contraire, étaient blêmes. Le reste de l'assemblée se noyait dans un épais brouillard. Cette fois, ils le tenaient : ils avaient les clés du comp et une excuse. Il haussa légèrement les épaules et refit face à Mallory.

– C'est dans ces formes qu'est rédigé le contrat.

— Je suis au courant. Aussi longtemps que le *Dublin* vous épaulera...

— Aucun problème là-dessus, dit Michael Reilly.

A présent, Sandor n'éprouvait plus qu'une envie : retourner tout de suite à bord de la *Lucy, chez lui,* peu importait pour combien de temps.

— Auriez-vous l'obligeance de me donner les susdits documents, capitaine ?

Il fouilla machinalement la poche de sa veste et les lui tendit.

— Ils sont falsifiés, dit-elle en les feuilletant. C'est Pell qui l'a découvert. Ils ont analysé le papier : il ne correspond pas aux dates. Du très beau travail, toutefois. Ils envisagent de remplacer au plus tôt les papiers par des disquettes. Cela va réduire pas mal de faussaires au chômage. Ce projet fait pousser les hauts cris à certains marchands, et ce n'est pas sans raison, n'est-ce pas ? Si j'étais vous, je me dépêcherais de régulariser ma situation.

Elle les lui rendit, et il les fixa une seconde, aveugle à tout ce qui l'entourait.

— Je pense que ce sera tout, conclut-elle. Le *Dublin* répond de vous et l'Union, évidemment, répond du *Dublin.* Aussi n'avons-nous plus rien à vous demander.

— Je peux partir ?

Elle lui fit signe que oui de la tête, ses yeux sombres pleins de soupçons. S'appliquant à garder une expression neutre, il tourna les talons et sortit. Sans qu'il les y ait invités, les membres de son équipage lui emboîtèrent le pas et, à peine dehors, Allison se planta en face de lui.

— Mets-toi en règle, le pressa-t-elle. Le *Dublin* est là pour nous appuyer. Ils n'oseront rien faire. Vas-y de ton plein gré, tu m'entends ? Donne-leur ton vrai Nom et nous serons tranquilles.

— Et si je n'en ai pas envie ?

Pris de vertige, il oscillait légèrement.

— Mais pourquoi ? Qui a enregistré les messages du comp ? Ils t'étaient destinés, n'est-ce pas ?

Sandor laissa errer son regard sur les rares piétons

circulant dans les docks chichement éclairés par quelques lampes de la haute couverture.

– Vous ne voulez pas en parler? lui demanda Curran.

– Je n'y tiens pas.

– Ton frère? insista Allison.

– Il aurait pu être mon frère.

– Il a enregistré ces bandes à l'intention de quelqu'un qui était incapable de manœuvrer la *Lucy;* elles représentent un enseignement complet. Cela a dû lui prendre un temps fou. Il prévoyait que tu ne serais pas en mesure de te débrouiller seul avant longtemps.

– Cela ne te regarde pas.

– Tu n'as pas envie de nous avoir à bord, n'est-ce pas?

Il réfléchit un instant à cette dernière question.

– Vous allez revenir, ou bien le *Dublin* va-t-il m'envoyer un nouvel équipage pour le retour?

– Nous revenons. Nous savons nous servir du comp, à présent. Nous savons tout faire. Et nous sommes assez doués.

Assez doués : sans doute était-ce le maximum de ce qu'elle pouvait faire en matière de modestie.

– Je le sais bien, soupira-t-il avec un air résigné.

Il observa leurs visages, lentement, un à un, puis soudain :

– Excusez-moi, dit-il, et il repartit en direction des bureaux.

On y traitait d'autres affaires et, à son retour intempestif, les fusils des gardes se levèrent. Quant à Mallory, elle le gratifia d'un regard plus circonspect que jamais.

– C'est Kreja, lâcha-t-il tout à trac.

Un mouvement vif pour reprendre ses papiers dans sa poche, et les fusils frémirent légèrement dans les mains des soldats. Allison était derrière lui. Il le sentait.

– C'est Kreja et le *Cygne*. Je pense qu'il vaudrait mieux arranger cela tout de suite.

Les yeux de Mallory reflétaient sa curiosité.

— Vraiment ? dit-elle. Et d'où tenez-vous ce Nom, il y a longtemps qu'il n'est plus en circulation.

Un instant, il douta. Mais l'étonnement de Mallory n'avait pas l'air feint, et pour une fois il fut certain qu'elle ne se moquait pas de lui.

— C'est mon Nom de naissance. Et je voudrais le reprendre.

— Cela ne doit pas présenter de difficultés. Ça s'est passé à Pan-Paris, n'est-ce pas ? Il y a de nombreuses années, maintenant.

Sandor eut l'impression que son cœur allait flancher.

— Vous savez ce qui est arrivé ?

— On me l'a *raconté.*

Il la crut. Mallory était une femme de confiance... jusqu'à un certain point, mais sur celui-là, il la crut.

— Donnez-moi vos papiers.

Elle les déplia devant elle et, d'une écriture courante, elle inscrivit très simplement : *Le Cygne.*

— Nom du propriétaire ?

— Sandor Kreja.

La plume se remit à courir, puis stoppa. Elle lui tendit les feuillets sur lesquels il jeta un œil incrédule. Mais ce n'était pas un rêve. Au-dessous des corrections, elle avait ajouté : *Modification établie par S. Mallory.*

— Kreja.

Une main se tendit vers lui. Celle d'un Reilly. *Le* Reilly qui avait assisté à la scène. Il en accepta la pression chaleureuse, puis s'esquiva vivement, toujours suivi de son équipage.

— Voilà qui est fait, commenta-t-il sobrement.

Il rangea les papiers dans sa veste et se mit en route vers la *Lucy*/le *Cygne.*

— Dès que nous aurons le temps, il nous faudra changer le nom sur la coque.

— Cela m'étonnerait que nous trouvions une cargaison ici, dit Allison. Mais la prime de risque devrait couvrir les frais de retour. Et tu sais, d'après les rumeurs, les militaires contrôlent la Ligne.

— C'est bien joli, les rumeurs, mais je me demande si je vais continuer à les écouter.
— Je pense qu'elles sont fondées, cette fois.
Au moment où ils gravissaient la rampe d'accès, un jeune Dublinois apparut dans le sas et se plaqua contre la paroi pour les laisser passer en leur lançant un bref « Monsieur, Ma'ame. »
Sandor s'arrêta et le regarda d'un air soupçonneux, mais ses Dublinois le poussèrent gentiment en avant.
— Je n'ai autorisé personne à embarquer...
D'autres jeunes gens se tenaient dans le sas, et Allison s'empressa de lui expliquer qu'ils n'étaient que des aides d'emprunt.
La coursive était propre, la cabine de l'ascenseur impeccable.
— Ces jeunes avaient besoin d'exercice, ajouta-t-elle.
Sur le pont, même spectacle : tout était récuré à fond, ça brillait, luisait, rutilait. Sans les rembourrages rapiécés, on se serait cru à bord d'un vaisseau neuf.
— C'est pour en prendre possession que vous l'avez nettoyée ainsi ? demanda Sandor sans ménagements.
— Non, répondit Allison.
— Vous ne pouvez pas vous empêcher de laisser votre empreinte partout où vous passez, hein ?
— C'est une vieille habitude.
Il se retourna, leur fit face à tous quatre; il mesurait combien leur présence lui était devenue indispensable.
— J'en ai bien l'impression, sourit-il.

Le *Cygne* reprit l'espace, avec légèreté, les cales vides.
Le comp approuvait leurs manœuvres, une à une, sur un ton paisible.
La zone de saut approche, Sandy. Cherche ton référent.
— Je l'ai, dit Allison tant pour lui que pour Sandor, et les chiffres jaillirent sur les écrans.
Les vérifications de Deirdre et de Neill suivirent presque instantanément. Question de routine.

Ils filaient vers Pell pour y prendre une vraie cargaison, cette fois, et Sandor leur avait parié un verre qu'ils y arriveraient avant le *Dublin.* Connaissant son vaisseau comme il le connaissait, il espérait bien gagner.

Mais de toute façon, ils étaient tous sur le même compte. Alors...

LONGYEAR Barry B.
Le cirque de Baraboo (1316★★★)
Pour survivre, le dernier cirque terrien s'exile dans les étoiles. Inédit.

MARTIN George R.R.
Chanson pour Lya (1380★★★)
Trouver le bonheur dans la fusion totale avec un dieu extraterrestre, n'est-ce pas le plus dangereux de tous les pièges ? Inédit.
Des astres et des ombres (1462★★★)
Un recueil de nouvelles d'un nouveau grand de la S-F américaine. Inédit.

MONDOLONI Jacques
Je suis une herbe (1341★★★)
La flore, animée d'une intelligence collective, peut-elle détruire la civilisation humaine ? Inédit.

MORRIS Janet E.
La Grande Fornicatrice de Silistra (1245★★★)
Estri vit tous les bonheurs ; ceux d'un érotisme masochiste et ceux d'un pouvoir sans partage. Inédit.
L'ère des Fornicatrices (1328★★★★)
Devenue esclave, Estri recherche le dieu qui l'a engendrée. Inédit.
Le vent du chaos (1448★★★★)
Estri a perdu à la fois la mémoire et tous les pouvoirs. Inédit.

PELOT Pierre
Les barreaux de l'Eden (728★★)
Communiquer avec les morts est une consolation pour les travailleurs opprimés. Inédit.
Parabellum Tango (1048★★★)
Un régime totalitaire peut-il être ébranlé par une chansonnette subversive ? Inédit.
Kid Jésus (1140★★★)
Il est toujours dangereux de prendre la tête d'une croisade. Inédit.

PRIEST Christopher
Le monde inverti (725★★★)
Arrivé à l'âge de 1000 km, Helward Mann entre dans la guilde des Topographes du Futur.

TEVIS Walter
L'oiseau d'Amérique (1246★★★★)
Un homme, une femme, un robot.

VARLEY John
Le Canal Ophite (1463★★★)
Peut-on tuer une femme si ses clones sont là pour la remplacer ?

WINTREBERT Joëlle
Les maîtres-feu (1408★★★)
L'odyssée d'une adolescente et d'un saurien intelligent.

Achevé d'imprimer sur les presses de l'imprimerie Brodard et Taupin
7, Bd Romain-Rolland, Montrouge. Usine de La Flèche,
le 15 novembre 1983
1384-5 Dépôt Légal novembre 1983. ISBN : 2 - 277 - 21563 - 5
Imprimé en France

1563
★★★

Editions J'ai Lu
31, rue de Tournon, 75006 Paris
diffusion France et étranger : Flammarion